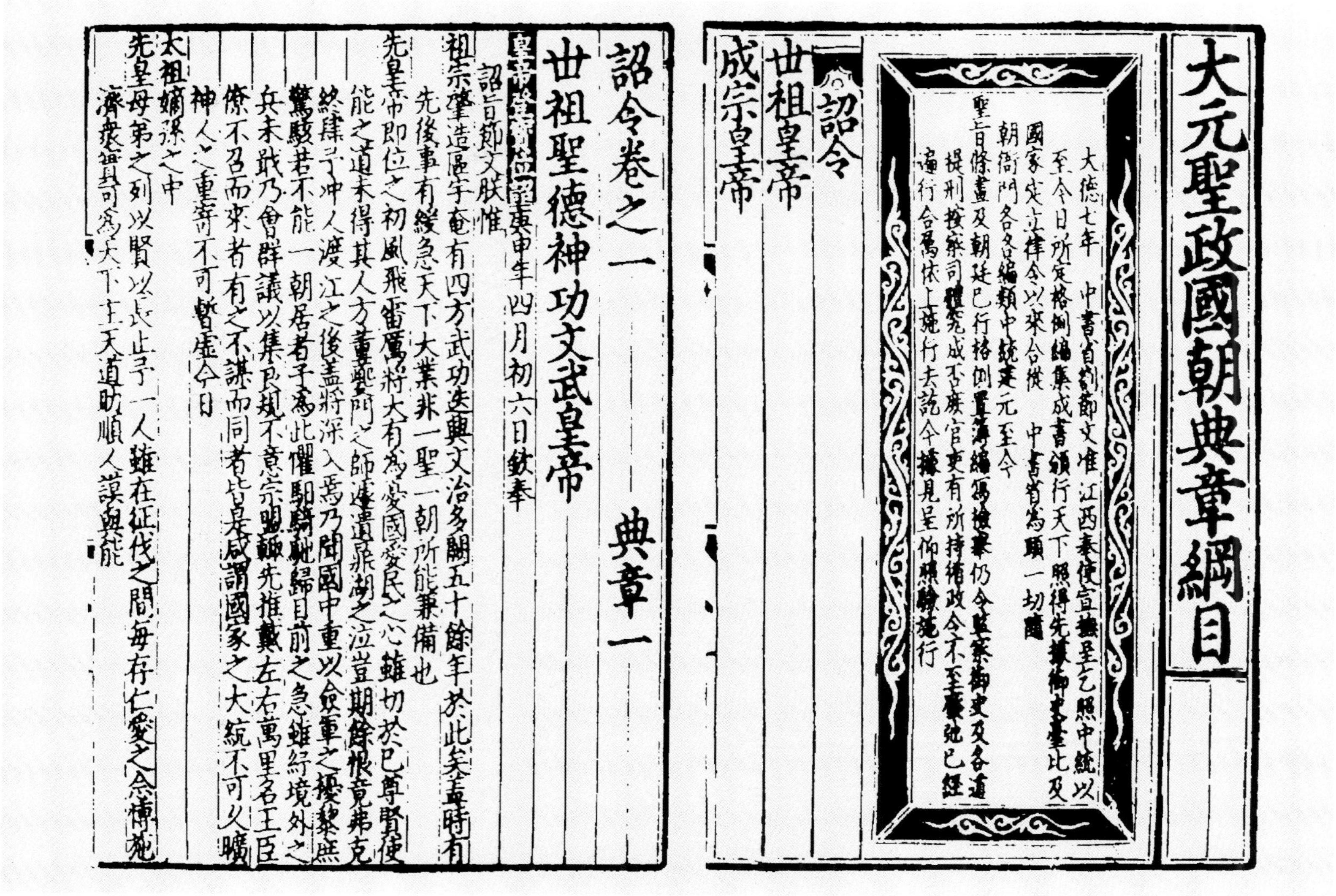
大元聖政國朝典章綱目

大德七年 中書省劄付文 准江西奏使宣撫呈乞照中統以至今日所定格例編集成書頒行天下照得先據御史臺比及國家定立律令以來合從中書省為頭一切隨朝衙門各各編類中統建元至今聖旨條畫及朝廷已行格例置簿編寫檢舉仍令監察御史及各道提刑按察司體究成否廉官吏有所持循政令不至廢弛已經遍行合屬依上施行去訖今據見呈仰照驗施行

詔令

世祖皇帝

成宗皇帝

詔令卷之一　典章一

世祖聖德神功文武皇帝

皇帝登寶位詔 庚申年四月初六日欽奉

詔旨節文朕惟

祖宗肇造區宇奄有四方武功迭興文治多闕五十餘年於此矣蓋時有先後事有緩急天下大業非一聖一朝所能兼備也

先皇帝即位之初風飛雷厲將大有為憂國愛民之心雖切於己尊賢使能之道未得其人方董夔門之師遽遺鼎湖之泣豈期餘恨竟弗克終肆予冲人渡江之後蓋將深入焉乃聞國中重以僉軍之擾黎庶驚駭若不能一朝居者予為此懼馹騎馳歸目前之急雖紓境外之兵未戢乃會群議以集良規不意宗盟輒先推戴左右萬里名王臣僚不召而來者有之不謀而同者皆是咸謂國家之大統不可以曠神人之重寄不可暫虛今日

太祖嫡孫之中

先皇母弟之列以賢以長止予一人雖在征伐之間每存仁愛之念博施濟衆實可為天下主天道助順人謨與能

忽必烈「皇帝登寶位詔」——庚申年即一二六〇年。憲宗蒙哥於一二五九年七月攻宋而死，因此忽必烈的登位詔中說：「先皇帝即位之初，風飛雷厲，將有大為。憂國愛民之心雖切於己，尊賢使能之道未得其人。方董夔門之師，遽遺鼎湖之泣。豈期餘恨，竟弗克終。肆予沖人，渡江之後，蓋將深入焉……」相傳黃帝於鼎湖乘龍上天，「鼎湖」指皇帝逝世。

中國古代陣法的軍旗──上、亢金龍，「亢」宿為二十八宿中東方七宿之一。
下、丁巳神將，巳為蛇，所以神將為蛇頭。

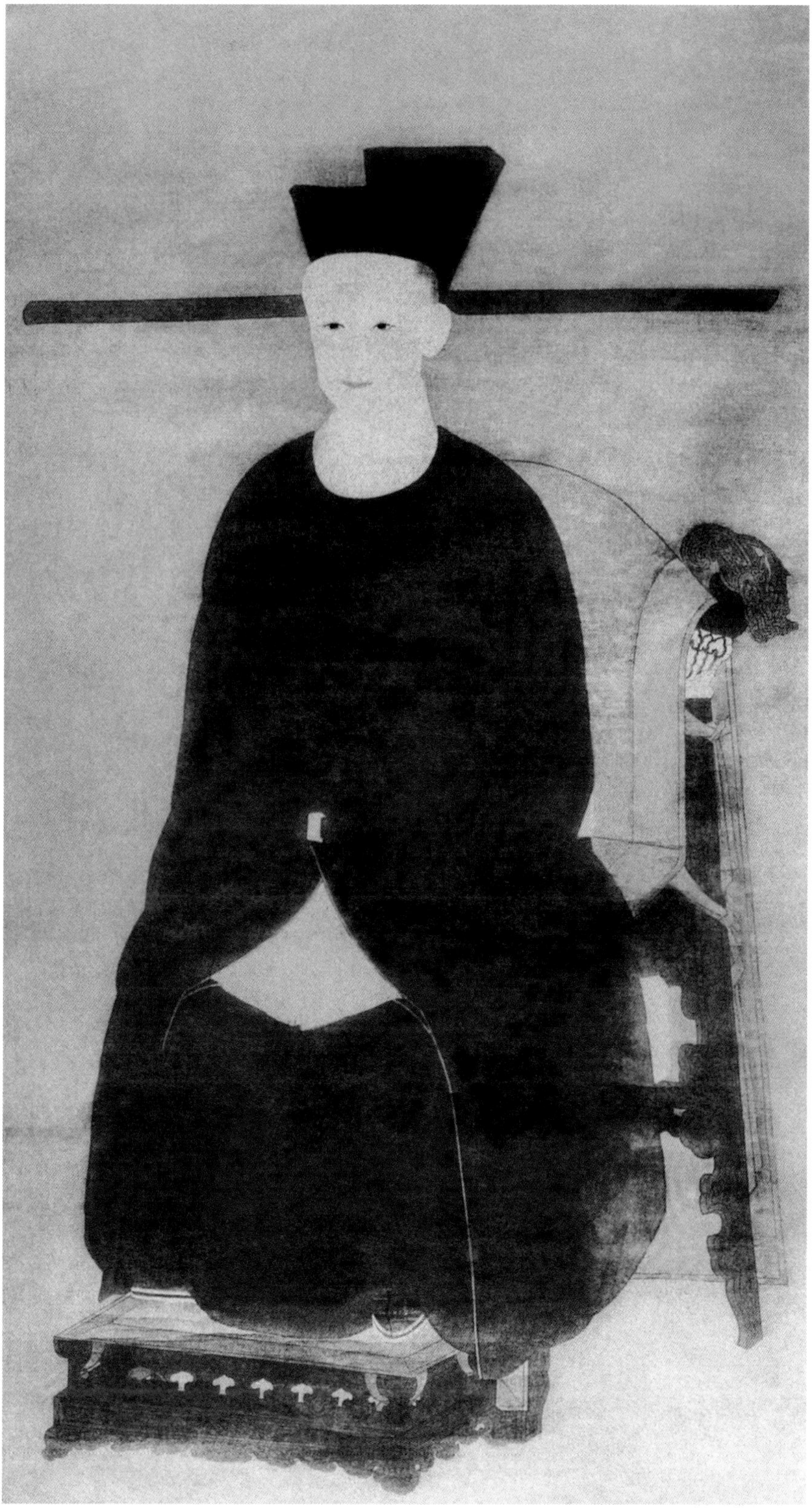

宋度宗像——理宗的姪兒，他做了十年皇帝，再過五年南宋就滅亡了。度宗九年，蒙古軍攻陷樊城，襄陽城守將呂文煥（呂文德之弟）投降。

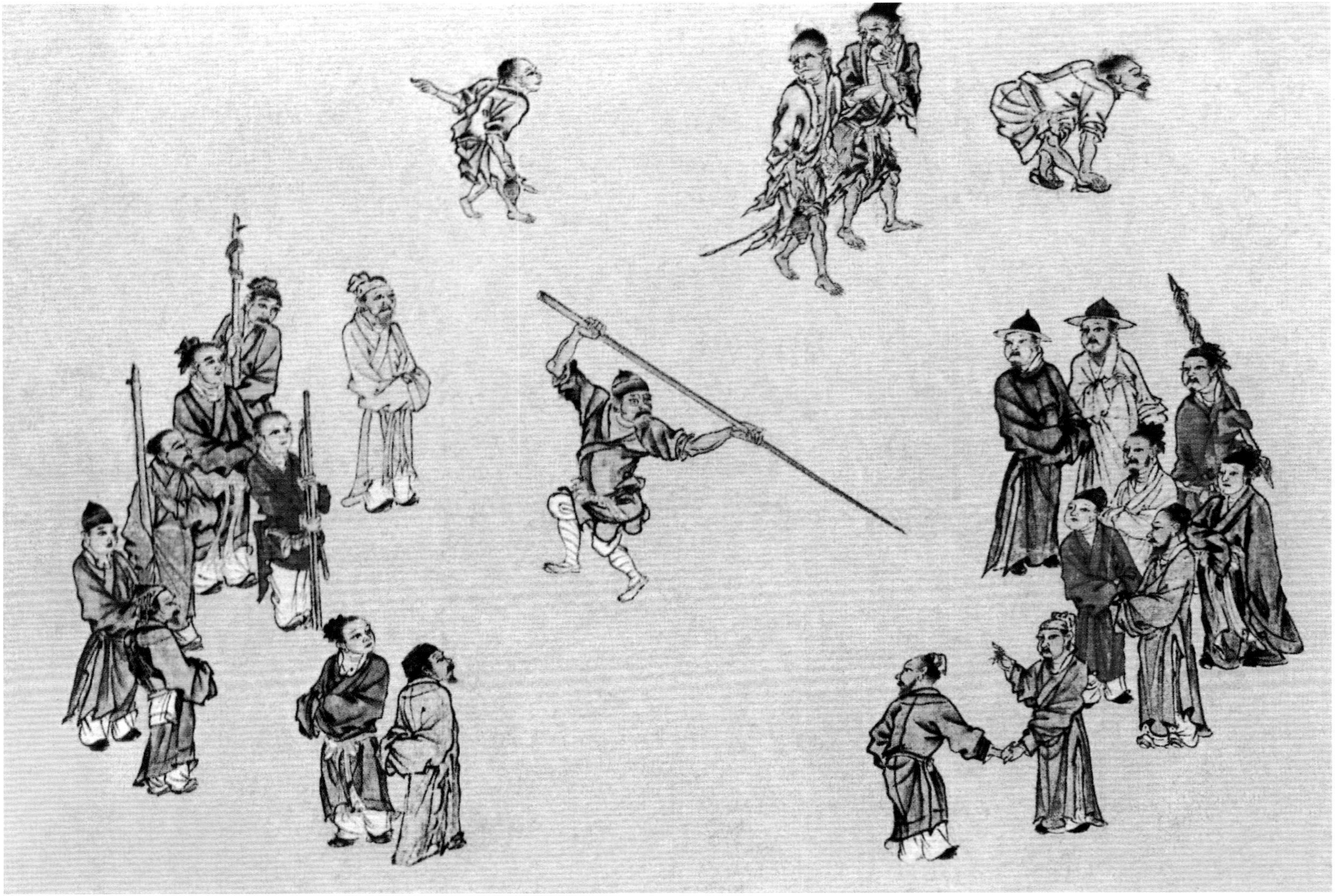

朱玉「太平風會圖」(部分)——朱玉，元朝畫家，江蘇崑山人。畫中人均作宋人裝束，描繪宋朝走江湖者在街頭賣藝的情景。據說宋太祖趙匡胤善使桿棒，「太祖棍法」在宋朝武林中甚為流行。本圖現藏美國芝加哥美術館。

朱玉「太平風會圖」（部分）——兩人打架，旁人勸阻，打架者聲勢洶洶，顯非武林高手。

華山棋亭——相傳宋太祖與陳摶在此下棋，宋太祖輸了，從此免去華山的錢糧。

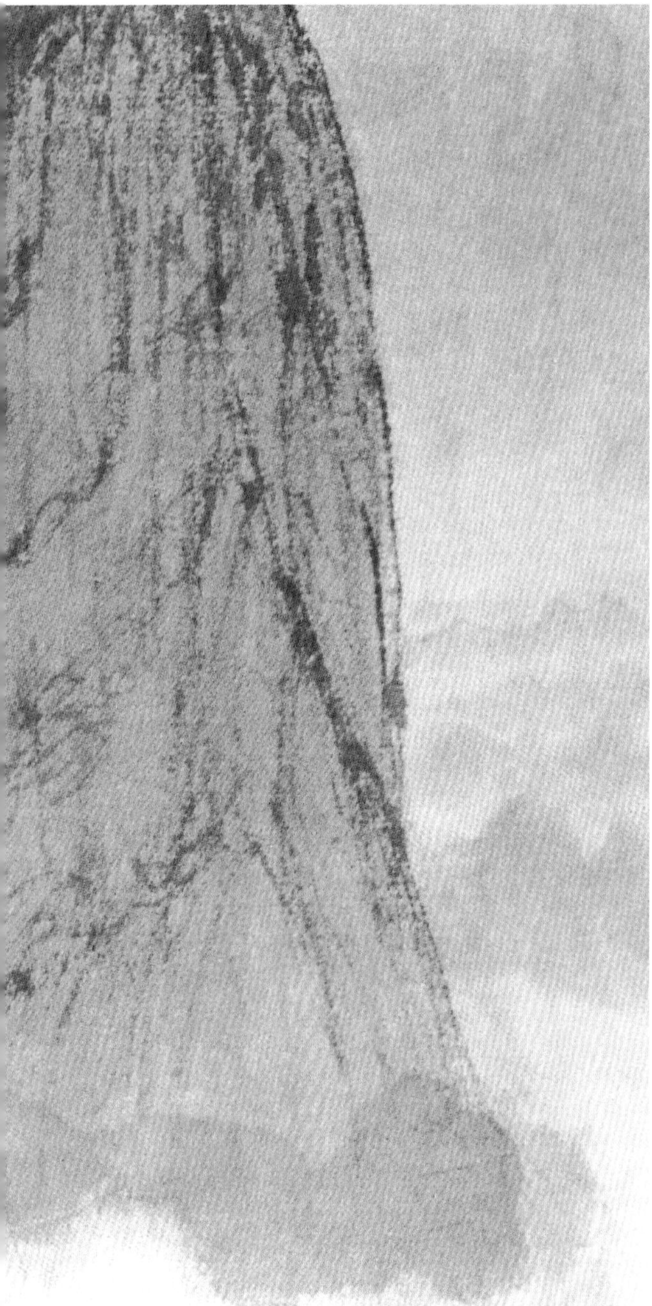

亞明「華山」——亞明，當代國畫家。

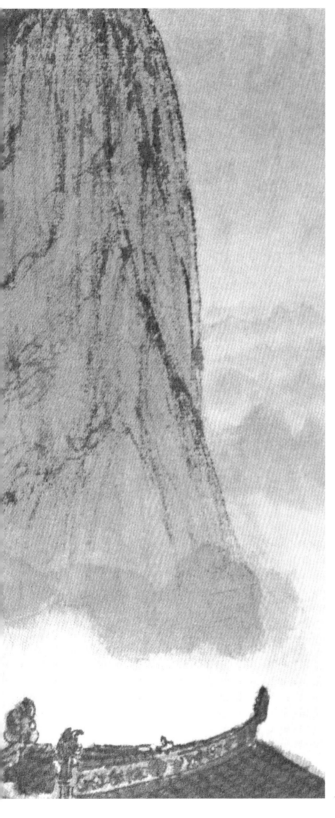

神鵰俠侶

大字版

⑧生死茫茫

金庸

大字版金庸作品集㉔

神鵰俠侶 (8)生死茫茫 「公元2003年金庸新修版」

The Giant Eagle and Its Companion, Vol. 8

作　　者／金　庸

封面設計／唐壽南　內頁插畫／姜雲行

發 行 人／王 榮 文
出版・發行／遠流出版事業股份有限公司
臺北市中山北路一段11號13樓
電話／2571-0297　**傳真**／2571-0197　**郵撥**／0189456-1

□2004年 2 月16日　初版一刷
□2023年 8 月 1 日　二版六刷

大字版　每冊380元（本作品全八冊，共3040元）
〔另有典藏版共36冊（不分售），平裝版共36冊，新修版共36冊，新修文庫版共72冊〕

ISBN　978-957-32-8094-1（**套：大字版**）
ISBN　978-957-32-8093-4（**第八冊：大字版**）
Printed in Taiwan

YLib 遠流博識網
http://www.ylib.com　E-mail:ylib@ylib.com

目錄

恭祝郭二姑

西山一窟鬼各放一個煙花，組起來是「恭祝郭二姑娘多福多壽」十個大字。十字顏色各不相同，華麗繁富，妙麗無方，高懸半空，良久方散。羣豪歡呼喝采。

第三十六回　生辰大禮

次日英雄大宴續開。郭襄房中竟又擺設英雄小宴。黃蓉早吩咐廚房精心備了菜肴，讓女兒招待客人。郭芙這幾日儘在盤算丈夫能否奪得丐幫幫主之位，對妹子的怪客毫沒放在心上。

如是數日，英雄大宴中對如何聯絡各路豪傑、如何擾亂蒙古後軍、如何協助城防，均已商議妥善。羣豪摩拳擦掌，只待廝殺。惟偵得蒙古大軍攻城欲用火藥火砲，厲害難當，羣豪不知如何應付，均感憂慮。郭靖見眾人齊心，雖然喜慰，但他久在蒙古軍中，熟知蒙古軍兵勢之強，決非數千名江湖漢子所能抵禦，思之憂心難滅。

這日九月廿四，大會已畢，排定午後推選丐幫幫主。羣豪用過午膳，紛紛趕往城西大校場去，見校場正中巍巍搭著一座高台，台南排列著千餘張椅子板凳。

這時台下已聚了二千餘名丐幫幫衆，盡是丐幫中資歷長久、武藝超羣的人物，品級最低的也是四袋弟子。這二千餘名幫衆分歸四大長老統率。丐幫原來魯簡梁彭四大長老中，魯有腳升任幫主後新近遇害，彭長老叛幫，爲慈恩所殺，簡長老年邁病逝，現下只剩下一位梁長老，成爲首席長老，其餘三位長老均係由八袋弟子遞升。幫衆按著路府州軍縣，圍著高台坐地。丐幫規矩，大會小集，人人席地而坐，不失乞丐本色。

丐幫職司迎賓的幫衆肅請羣豪分別入座觀禮。耶律齊、郭芙夫婦，武敦儒、耶律燕夫婦，武修文、完顏萍夫婦等因係小輩，又是一半主人身分，坐在最後一排；各人十餘年來苦練，均自覺武功大有進境，暗自盤算，如何在數千英雄之前一顯身手。郭破虜坐在大姊身旁，眼見羣英濟濟，聲勢非凡，心中說不出的歡喜，說道：「二姊眞奇怪，竟不愛瞧熱鬧。」郭芙嘴一扁，說道：「這小東邪的小小心眼兒，誰也猜她不透。」

只見東邊羣丐之中一名八袋弟子站起身來，伸手將一個大海螺放在嘴邊，嗚嗚嗚的吹了一陣。黃蓉躍上台去，向台下羣雄行禮，朗聲說道：「敝幫今日大會，承天下各路前輩英雄、少年豪傑與會觀禮，敝幫上下均至感榮寵，小妹這裏先謝過了。」說著又行一禮。台下羣雄一齊站起還禮。

黃蓉又道：「敝幫魯故幫主仁厚仗義，一生爲國爲民，辛勤勞苦，不幸日前在峴山羊太傅廟中爲奸人霍都所害。此仇未復，實爲敝幫奇恥大辱……」說到這裏，丐幫諸弟子想到魯有腳一生公平正直、寬厚待下，有的不禁嗚咽，有的出聲哭了出來，有的更咬牙切齒，大罵奸賊霍都。

黃蓉續道：「但蒙古大軍侵犯襄陽，指日便至，我們不能爲了敝幫一己的私事，誤了國家大計，是以本幫報仇之事，暫且擱下，且待退了強敵再說。」台下羣英轟然叫好，都說先公後私，這才是英雄豪傑的胸懷。黃蓉續道：「只是敝幫弟子十數萬人，遍布天下，須得及早推舉一位新幫主。乘著今日之便，咱們要推一位德才兼備、文武雙全的英雄，以作丐幫之主。至於如何推舉，小妹並無成見，請梁長老上台說話。」

梁長老躍上高台，衆人見他白髮如銀，但腰板挺直，精神矍鑠，這一躍起落輕捷，更見功夫，人人都喝起采來。這大校場上聚集著四五千人，沒一個不是中氣充沛的，這一齊聲喝采，直似轟轟雷鳴一般。梁長老抱拳答謝，待衆人喝采聲止歇，大聲說道：「黃前幫主神機妙算，說甚麼便是甚麼，決不能錯。但她老人家客氣，定要我們四個長老和八個八袋弟子商量決定。我們十二個臭皮匠商量了半天，只想出了這麼個法兒。」一時台下鴉雀無聲，靜聽他宣布。

只聽梁長老道：「我們想，丐幫弟子遍布天下，雖然都沒甚麼本事，不能有甚麼大作爲，人數倒也不少。要統率這十數萬人馬，正如黃前幫主所說，非得德才兼備、文武雙全不可。我們丐幫目前雖不能說人才凋零，但要像洪老幫主、黃前幫主那樣百年難見的人物，那是再也遇不上的了，甚至像魯故幫主那樣德能服衆的人品，也是尋不出的了。我們想來想去，只有請黃前幫主勉爲其難，再來統率這十數萬弟子。」他說到這裏，台下又是采聲雷動，比先前更加響了。衆人均想：「別說丐幫之中沒黃蓉這樣的人才，只怕普天下也找不出第二個人來。」

梁長老待衆人靜了下來，又道：「黃前幫主倘若不答應，我們只有苦求到底，可是眼前卻有一件大大爲難處。蒙古韃子這一次南北大軍合攻襄陽，情勢實在緊迫。黃前幫主全神貫注，輔佐郭大俠籌思保境退敵大計，這件大事非同小可，我們倘若不斷拿一羣叫化兒夥裏討錢要飯的小事去麻煩她老人家，天下老百姓不把我們臭叫化罵死才怪？因此上我們思前想後，只有另行推選一位幫主才是。」這番話只聽得台下衆人個個點頭，均想：「丐幫行事處處先公後私，無怪數百年來始終是江湖第一大幫。」

只聽他又道：「本幫之內既無傑出的人才，黃前幫主又不能分心，眼前只有一條明路，那便是請一位幫外英雄來參與本幫，統率這十數萬子弟。想當年本幫君山大會，推舉幫主，終於舉出了黃前幫主，那時她老人家可也不是丐幫的弟子啊。不瞞各位說，當時兄弟很不服氣，還跟她老人家動手過招，結果怎麼呢？哈哈，那也不用多說，總之給打得五體投地，心悅誠服。她老人家當了幫主之後，敝幫好生興旺，說得上風生水起。君山那一會，黃前幫主還只是個十來歲的小姑娘哪，她一條竹棒打得丐幫四長老心悅誠服，可當眞英雄了得。」眾人聽得悠然神往，一齊望著黃蓉。丐幫弟子之中，年長的當時大都均曾親與其會，回思昔日情境，胸間豪氣陡生。

梁長老又道：「今日座間，個個都是江湖上聞名的好漢，任那一位願來做敝幫的頭腦，我們都歡喜得緊。只不過英雄好漢太多，可就難以抉擇。我們十二個臭皮匠便想了個笨法兒，只有請各位英雄到台上一顯身手，誰強誰弱，大夥兒有目共睹。」他說到這裏，台下采聲四起。

梁長老又道：「不過兄弟有一句話說明在先，今日比武，務請點到爲止，倘若有甚人命損傷，敝幫可罪過太深。各位相互之間如有甚麼樑子，決不能在這台上了斷，否則是跟敝幫上下有意過不去了，那時卻莫怪得罪。」他說這幾句話時，目光從左至右的向眾人橫掃一遍，神色凜然。

羣雄早知今日丐幫大會中大有熱鬧，聽梁長老如此說，各自暗暗盤算。長一輩的人物本身早有名位，或爲那一家那一派的掌門，或爲那一幫那一寨的首領，自不能再出來爭作丐幫幫主。身無所屬的高手名宿爲數固亦不少，然均想武林中得名不易，自己武功雖不輸於旁人，但說要壓倒場中數千位英雄好漢，可決無把握，若給人打下台來，鬧得灰頭土臉，沒吃著羊肉卻惹上一身臊，自是顧慮良多。四十歲以下的壯年青年，卻有不少怦然心動，躍躍欲試，但都明白如此比武，自然是車輪戰，上台越早越吃虧。因此梁長老說完之後，卻無一人上台。

梁長老大聲道：「除了幾位前輩耆宿、世外高人之外，天下英雄，盡在此間，只要瞧得起敝幫的，便請上台賜教。本幫子弟中倘若自信才藝出衆，也可上台，縱然是個四袋子弟，說不定他向來深藏不露，無人知他英雄了得啊。」他說了幾遍，只聽台下一人暴雷似的喝道：「俺來也！」騰的一聲，躍到了台上。

衆人看時，都吃了一驚，但見此人高大肥胖，足足有三百來斤，這一上台，那搭得極是堅實的高台竟也微微搖晃。那人走到台口，也不抱拳行禮，雙手在腰間一叉，說道：「俺叫千斤鼎童大海，丐幫幫主太難了，俺是當不來的。那一位要跟俺動手，便上來罷。」台下衆人一聽，都是一樂，聽這人說話，準是個渾人。

梁長老笑道：「童大哥，咱們今日不是擺擂台。倘若童大哥不願做敝幫幫主，便請下台去罷。」童大海腦袋一擺，說道：「這明明是個擂台，誰說不是擂台？你不許俺出手，怎地又叫人上台？」梁長老還待要說，童大海道：「好，你要跟我動手也好！」呼的一拳，迎面向梁長老擊去。梁長老後躍避開，笑道：「我這幾根老骨頭，怎受得起童大哥一拳？」童大海笑道：「我原說你不成，乘早站開些……」他話未說完，台口人影一閃，已站著一名衣衫襤褸的化子。

這化子三十來歲年紀，背負六隻布袋，是梁長老嫡傳的徒孫，性子暴躁，平素對師祖又敬若神明，見千斤鼎童大海對師祖無禮，便按捺不住，躍上台來，冷冷的道：「我師祖不能跟後輩動手。童大哥，還是我接你三拳罷！」

童大海喝道：「再好也沒有！」也不問他姓名，提起醋缽大的拳頭，叫道：「看招！」便往他胸口錘了過去。那化子轉身踏上一步，波的一聲悶響，這拳打中了他背上的布袋。童大海只感到著拳之處軟膩滑溜，心下奇怪，喝道：「你袋中放著甚麼玩意？」那化子冷冷的道：「叫化子捉甚麼？」童大海吃了一驚，失聲道：「蛇……蛇……」那化子道：「不錯，是蛇！」童大海想起適才這一拳，不禁有些噁心，第二拳打出去時抬手直擊面門，豈知這化子縱身一躍，在空中轉了半個圈子，又將背心向著他。

童大海生怕拳頭給袋中大蛇咬著，又或是一拳打中了大蛇的毒牙，硬生生將拳頭收轉，舉掌在胸口一擋，右腿踢向對方下盤。那化子見他發毛，暗暗好笑，側身在台上一滾，背負的布袋又已靠上他小腿，童大海這一腿再碰到了布袋。袋中的大蛇其實甚是馴善，毒牙早已拔去，但童大海那裏知道，連聲大叫，雙足亂跳。那化子右臂長處，已抓住他胸口，順勢運勁，喝道：「伍子胥高舉千斤鼎！」將他身子舉在半空。

童大海慌亂中給對方抓住了胸口「紫宮穴」，登時全身酸軟，無法動彈，空自怒氣衝天，卻發不得威。台下羣雄想起他的外號叫做「千斤鼎」，再見了他這副狼狽情狀，登時全場哄笑。梁長老忍笑向那化子喝道：「快放下，休得無禮！」那化子道：「是！」

將童大海放在台上，一縱下台，鑽入了人叢。

童大海滿臉脹成了紫醬色，指著台下罵道：「賊化子，再來跟童大爺眞刀眞槍的打過啊，這般鬼鬼祟祟，算是甚麼好漢？臭叫化，瘟叫化！」他不住口的只罵化子，台下數千丐幫弟子人人只感有趣，無人理會於他。

突然間一條人影輕飄飄的縱上高台，左足在台緣一立，搖搖晃晃的似欲摔跌下來。童大海心地卻好，叫道：「小心！」上前伸手欲扶。他那知這人有意在羣英之前顯一手上乘武功，手掌剛搭上那人左臂，那人一勾一帶，施出了大擒拿手中一招「倒跌金剛」。童大海身不由主的向台外直飛出去，砰的一聲，結結實實的摔在地下。衆人瞧那人時，但見他衣飾修潔，長眉俊目，原來是郭靖的弟子武修文。

郭靖坐在台左第一排椅上，見他這招大擒拿手雖巧妙洒脫，但行逕輕狂，大違忠厚之道，心下不悅，臉色便沉了下來。果然台下有多人不服，台東台西同時響起了三個聲音，叫道：「好俊功夫，兄弟來領敎幾招！」「這算甚麼？」「人家好意扶你，你卻施暗算！」發話聲中，三個人同時躍上台來。

武修文學兼郭靖、黃蓉兩家，且家學淵源，得父親與師叔授了一陽指神技，在後輩英豪中已算第一流人才，見三人齊至，暗暗歡喜：「我同時敗此三人，方顯得功夫。」反而怕這三人分別來鬥，更不說話，身形晃動，刹時之間向上台的三人每人發了一招。

那三人尚未站穩，敵招倏忽已至，忙舉手招架。武修文不待對方緩過手來，雙掌翻飛，竟以一圍三，將三個對手包圍在垓心，自己佔了外勢。那三人互相擠撞，拳腳難以施展。台下羣雄相顧失色，均想：「郭大俠名震當世，果然名不虛傳，連教出來的徒兒也這般厲害？」那三個人互相不識，不知旁人的武功拳路，遭武修文一圍住，沒法呼應照顧，反而各自牽制。三人連衝數次，始終搶不出武修文以綿密掌法構成的包圍圈子。

完顏萍在台下見丈夫已穩佔上風，心中歡喜。郭芙卻道：「這三個人膿包，當然不是小武哥哥的敵手。其實他何必這時候便逞英雄，耗費了力氣？待會眞有高手上台，豈不難以抵敵？」完顏萍微笑不語。

耶律燕平時極愛和郭芙鬥口，嫡親姑嫂，互不相讓，這時早猜中了嫂子心意，說道：「小叔叔先上去收拾一批，待他不成了，敦儒又上去收拾一批。他又不成了，我哥哥這才上台，獨敗羣雄，讓你安安穩穩的做個幫主夫人，何等不美？」郭芙臉上一紅，說道：「這許多英雄豪傑，誰不想當幫主？怎說得上『安安穩穩』四字？」

耶律燕道：「其實呢，也不用我哥哥上台。」郭芙奇道：「怎麼？」耶律燕道：「剛才梁長老不是說了麼？當年丐幫大會君山，師母還不過十來歲，便以一條竹棒打得羣雄束手歸服，當上了幫主。常言道：有其母必有其女。嫂子啊！還是你上台去，比我哥哥更成。」郭芙嗔道：「好！小油嘴的，你取笑我。」伸手便到她脇下呵癢。耶律燕往耶律齊背後一躲，笑道：「幫主救命，幫主救命，幫主夫人這要謀財害命啦。」

這時郭芙、武氏兄弟等都已三十多歲，但自來玩鬧慣了的，耶律燕、完顏萍雖均已生兒育女，一見面仍嘻嘻哈哈，興致不減當年。

黃蓉早已在大校場四周分布丐幫弟子，吩咐見有異狀立即來報。她坐在郭靖身旁，時時放眼四顧，察看是否有面生之人混入場來。她一直擔心聖因師太、韓無垢、張一氓等這一干人前來搗亂，但時屆未末申初，四下裏一無動靜，尋思：「那一干人來襄陽到底爲的甚麼？若說有甚麼圖謀，怎地仍不見有絲毫端倪？如說眞的來爲襄兒慶賀生辰，世間決無是理。」轉頭看台上時，見武修文已將兩人擊下台來，剩下一人苦苦撐持，料得五招之內也須落敗，心想：「今日天下羣雄以武會友，爲爭丐幫幫主，最後卻不知是誰奪得魁首，獨佔鰲頭？」

其時台下數千英雄心中，個個存的都是這個念頭，但在郭府後花園中，卻有一人始終沒想到這件大事。小郭襄一直在想：「今日是我十六歲生日。那天我拿了一枚金針給他，要他今兒來見我一面，他當時親口答允了，怎地到這時還不來？」

她坐在芍藥亭中，臂倚欄干，眼見紅日漸漸西斜，心想：「今日已過去了大半天，他就算立刻到來，最多也只有半天相聚。」眼望著地下的芍藥花影，兩枚手指拈著剩下的一枚金針，輕輕說道：「我還能求他一件事……但說不定他壓根兒就已把我忘了，連今天要來看我都沒記得，這第三件事還說甚麼？」轉念又想：「不會的，決計不會。他是當世大俠，最重然諾，怎能說過的話不算？再過一會兒，唔，只再過一會兒，他一定便會前來瞧我。」一想到不久便能和他見面，不由得暈生雙頰，拈著金針的手指微微發顫。

她輕輕嘆了口氣，一個念頭終是排遣不去：「他雖重然諾，可是我終究是個小姑娘啊。他答應的話倘是對爹爹說的，無論怎麼也定會信守。但是我呢，我這個小東邪小郭襄，在他眼中算得是甚麼？只不過是個異想天開的小女孩兒罷啦。這時他便算記得我的話，也不過是哈哈一笑，搖頭說道：『胡鬧，胡鬧！』」

芍藥亭畔，小郭襄細數花影，情思困困。大校場中，黃蓉兀自在反覆推想：「羊太傅廟中芙兒、襄兒遇險，得逢高人暗中解救。靖哥哥說，當世只二人有此剛猛內力，但洪恩師已故，靖哥哥更加不是。難道邀集這些旁門左道之士來給襄兒慶賀生辰的，便是那個殺死尼摩星的高手？然則此人是誰？老頑童周伯通雖愛玩鬧，行事無此細密；一燈大師端嚴方正，沒如此閒情逸致；西毒歐陽鋒、慈恩和尚裘千仞都已亡故，竟難道是爹爹？」

她與父親已十餘年不見。黃藥師便如閒雲野鶴，漫遊江湖，誰也不知他的行蹤。說到這件事的古怪難測，倒與他性子頗有幾分相似。黃藥師名震江湖數十年，乃出名的

「黃老邪」，這些邪魔外道多半跟他臭味相投，倘若他出面招集，那些人非賣他的老面子不可。她想到這裏，不自禁的又驚又喜。按理說黃藥師決不會來跟女兒和外孫女如此胡鬧，但他一生行事從來不可以常理推斷，當眞如天外神龍，夭矯變幻，黃蓉雖是他親生女兒，卻也往往莫測其高深。他大舉邀人來給外孫女兒賀壽，說不定自有深意呢？

她想到這裏，向郭芙招了招手，命她過來，低聲問道：「你妹子在風陵渡出去了兩日兩夜，她回來後，有沒說起外公甚麼事？」郭芙一怔，道：「外公？沒有啊！妹子連外公的面也沒見過。」黃蓉道：「你仔細想想，她在風陵渡和西山一窟鬼一齊出去，到底還講到誰沒有？」

郭芙道：「沒有啊，沒說到誰。」她自知妹子當日是要去瞧瞧楊過，但她在父母面前，最怕的便是提及「楊過」兩字。母親倒還罷了，父親只要一聽見，往往臉色一沉，便有一兩天不跟她說話。因此妹子既然沒說，她也就樂得不提，何況此事早已過去，並無下文，又何必提起此人，自討沒趣？

黃蓉見她臉色微微有異，料到她心中還隱瞞著甚麼，說道：「眼前之事可不是鬧著玩的，你聽到見到過甚麼，全說給我知道。」郭芙見母親臉色鄭重，不敢再瞞，只得道：「只是聽幾個閒人講起甚麼神鵰大俠，那便是楊……楊……楊過了。妹子便說要去瞧瞧他。」黃蓉心中一凜，道：「見到了他沒有？」郭芙道：「一定沒見到。倘若見到了，妹子還不咭咭呱呱的說個不停麼？」

黃蓉心中暗叫：「是過兒，是過兒！當眞是他麼？」問道：「在羊太傅廟中出手殺死尼摩星的，你想會不會是他？」郭芙道：「怎麼會啊？楊……楊大哥怎會有這等好功夫？」黃蓉道：「你跟妹子在羊太傅廟中說了些甚麼，從頭至尾跟我說，一句也不能漏了。」郭芙道：「也沒甚麼大不了的，妹子就是愛跟我頂嘴。」於是將妹子如何說不赴英雄大宴、不瞧丐幫推舉幫主，如何說在她生日那天將有一位少年英俊的英雄來見她等言語一一說了，最後笑道：「她朋友倒果然來了不少，但不是和尙尼姑，便是老頭兒老太婆，那有甚麼少年英俊的英雄？」

聽到這裏，黃蓉更無懷疑，料定郭襄所說之人，必是楊過無疑，想來郭襄與楊過約定在羊太傅廟中相會，卻給姊姊闖去撞散了，楊過不忿郭芙譏刺，爲了給郭襄爭一口氣，竟遍邀江湖高手，來給她送禮慶生辰。「但是，他，他爲甚麼要給襄兒花這麼大的力氣？」想到小女兒日來心神不定，眼光朦朧，恍恍惚惚，想到她時常突然間紅暈雙頰，黃蓉不由得倒抽一口涼氣：「竟難道襄兒在風陵渡兩日兩夜不歸，已和他做出事來？」跟著便想：「楊過恨我害死他父親，恨芙兒斷他手臂，更恨芙兒用毒針打傷小龍女。啊喲，小龍女和他相約十六年後重會，今年正是第十六年了。楊過是報仇來啦！」

一想到「楊過是報仇來啦」這七個字，驀地裏背上感到一陣涼意。她知楊過自小便行事十分厲害，對小龍女又用情既專且深，倘若苦候小龍女十六年終於不得相見，推尋禍根，自會深恨郭家滿門。這一十六年的怨毒積了下來，以他性情，決不會將郭芙一劍殺了便能罷休，定當設下狠毒陰損的計謀，大舉報復，「難道他竟要誘騙襄兒上手，使她傾心相從，然後折磨得她求生不能，求死不得？不錯，不錯，依著楊過的性兒，他正會如此。」一想到此點，連日積在心頭的疑竇盡數而解：楊過所以要殺尼摩星救郭襄，所以遍請當世高手來給她祝壽，全是爲了要贏得她的心。

心下又默默計算：「可是有一點不對了！今日是襄兒生日。十六年前，襄兒出世之後，又過數月，楊過才在絕情谷中與小龍女分手。按理推想，他便要報仇，也得等足十六年，過了與小龍女約會之期再說。這十六年之約雖然渺茫，但那留言明明是她親手所書，誰又能知道他夫妻倆終究不得相會？難道我爹爹……難道南海神尼……」她眉尖深鎖，越想越不安，心想：「不管怎樣，襄兒若再和他相見，委實凶險無比。襄兒天眞爛漫，怎懂得人心的險詐狠毒？」

她自始對楊過懷有偏見，一切都想得左了。其實楊過見郭襄溫和豪邁，天眞活潑，人又美秀，心中便甚喜歡，又想到她初生之時，自己曾爲她捨生忘死的爭奪，不禁充滿了愛護之意，又見她對己眞誠依戀，自此對她全是一片柔情美意。若有人加害，他便捨了性命，也要維護她周全。

只聽得「啊喲」一聲叫，跟著騰的一響，黃蓉抬起頭來，見武修文又將一個上台比武的胖大和尚使掌力震下台來。她走到郭靖身邊，低聲道：「你在這裏照料，我去瞧瞧襄兒。」郭靖道：「襄兒沒來麼？」黃蓉道：「我去叫她，這小丫頭真古怪。」郭靖微微一笑，想到與妻子初識之時，她穿了男裝，打扮成一個小乞兒模樣，何嘗又不古怪了？

黃蓉見丈夫笑得溫馨，也報以一笑，匆匆趕回府中。一路上雖感焦慮，但想到丈夫那副笑容，想到他那寬厚堅實的雙肩，似乎天塌下來也能擔當一般，心頭又寬慰了許多。

她逕到郭襄房中，女兒並不在房，一問小棒頭，說是二小姐在後花園中，不許去打擾她。黃蓉微微一驚：「襄兒連大校場上的比武也不要看，定是和楊過暗中約上了。」先回自己房中，身邊暗藏金針暗器，腰間插柄短劍，再拿竹棒，然後往後花園來。她知楊過此時武功大非昔比，實是個可畏可怖的強敵，絲毫不敢怠忽。她不走鵝卵石鋪成的花徑，從假山石後的小路繞去，將近芍藥亭邊，聽得郭襄幽幽的歎了口長氣。

黃蓉伏低身子，躲在假山石後，聽得女兒輕輕說道：「怎麼到這個時候，仍還不來，可眞叫人心焦死了。」黃蓉大慰：「原來他還沒到，正可先行攔阻。」只聽郭襄又道：「每年生日，媽總叫我說三個心願，待會他來了不便，我先跟老天爺說了罷。」黃蓉本要出去跟女兒說話，聽了她這幾句話，本已跨出一步的左腳又縮回來，尋思：「我雖是她母親，平時也不易猜得中她心思，這時正好聽她說三個甚麼心願。」

過了片刻，只聽郭襄道：「老天爺，我第一個心願，盼望爹爹媽媽率領人馬，會同衆位英雄好漢，殺退來犯的蒙古兵，襄陽百姓得保太平。」黃蓉暗暗舒了口氣，心道：「這小丫頭雖然古怪，可並非不識大體。」又聽她道：「我第二個心願，盼望爹爹媽媽身子安泰，百年長壽，盼望爹娘事事如意稱心。」黃蓉誕育郭襄時，夫婦倆都遭逢生死大險，事後思及，不免心驚，因此自然而然的對她不如對大女兒那般愛憐，這時聽了她這幾句至性流露的祝願，不自禁的眼眶微濕，疼愛之情，油然而增。

郭襄的第三個心願一時卻說不出，隔了片刻，才道：「我第三個心願，盼望神鵰大俠楊過……」黃蓉早料到女兒第三個心願定與楊過有關，但聽到她親口說出「楊過」兩字，心頭終於還是一震，聽得她續道：「……和他夫人小龍女早日團聚，平安喜樂。」

這一句話卻爲黃蓉萬萬料想不及，她只道楊過既要誘騙女兒，定然花言巧語，說上許多假話，豈知女兒已知小龍女之事，也明白楊過一心一意等待和小龍女相會，因此暗中爲他禱祝。但轉念一想，卻又躭上了心：「啊喲，不妙！楊過這廝用心更加深了一層，他越是跟襄兒說不忘舊情，襄兒越會覺得他是個深情可敬之人，對他更爲傾心。不錯，不錯，當年靖哥哥倘若見了我之後便將華箏公主拋諸腦後，半點也不念昔日恩義，我反要怪他薄倖了。」

只因黃蓉將這件事四面八方的想得十分周至，自來又對楊過存著幾分忌憚防範之意，再加上對女兒關懷過切，不由得思潮起伏，暗暗心驚。便在此時，忽聽得擦的一聲輕響，牆頭上躍下一人，但見他大頭矮身，形相古怪。

郭襄一見那人，便跳起身來，喜道：「大頭鬼，大頭鬼叔叔，他……他也來了麼？」大頭鬼走進芍藥亭中，躬身施了一禮，神態竟異常恭謹。郭襄笑道：「啊喲，大頭鬼叔叔，你怎地跟我這般客氣啊？」大頭鬼道：「你別叫我大頭鬼叔叔，只叫『大頭鬼』三字便成了。神鵰大俠命我來跟郭姑娘說……」

郭襄一聽，好生失望，登時眼眶便紅了，道：「大哥哥說有事不能來看我麼？可是他答允過的……」大頭鬼不住搖晃他那顆大頭，說道：「不是，不是……」郭襄急道：「怎麼不是？他明明答允過的。」心中一急，竟要流下淚來。大頭鬼道：「我不是說他沒答允你，我是說，他不是不來看你啊！」郭襄破涕為笑，嬌嗔道：「你瞧你，說話不明不白的，不是這個，又不是那個。」

大頭鬼微笑道：「神鵰大俠說，他要親自給姑娘預備三件生日禮物，因此今日要到得遲了些。」郭襄心花怒放，道：「這許多人已給我送了這麼多好東西，我甚麼也都有啦，請你跟大哥哥說，不用費心再預備禮物了。」大頭鬼搖頭道：「這三件禮物嘛，第一件已辦好啦，第二件神鵰大俠帶領了兄弟們正在辦，這時候多半已經齊備。」郭襄嘆道：「我倒寧可他早些來，別費事跟我辦禮物了。」

大頭鬼道：「那第三件禮物，神鵰大俠說須得在大校場丐幫大會之中親手交給姑娘，因此請你就去大校場，算來時候也差不多啦。」郭襄嘆口氣道：「我本來跟姊姊嘔氣，說過不去丐幫大會的，大哥哥既這麼說，就非去不可了。好罷，你同我一塊兒去。」大頭鬼點了點頭，噓溜溜吹了聲口哨，牆外黑黝黝的撲進一件龐然大物來，卻是那頭神鵰。

郭襄一見神鵰，撲過去要攬他項頸，便如見到久別重逢的好友一般。神鵰卻退開兩步，傲然昂立，側首斜睨。郭襄笑道：「你可真神氣得緊，不睬我嗎？我偏偏要你睬我。」說著縱身而上，一把抱住了神鵰的頭頸。這一次神鵰沒再閃避，但斜過腦袋，便似莊嚴的父親遇到了又頑皮又可愛的女兒，終於無可奈何。

郭襄道：「鵰大哥，咱們一起去罷。我請你吃好東西，你喝酒不喝？」大頭鬼笑道：「你請神鵰喝酒，那牠再喜歡也沒有了。」

當下二人一鵰奔往大校場。走進大會場子，羣雄見到神鵰軀體雄偉、形相醜怪，無不嘖嘖稱奇。郭襄引著大頭鬼和神鵰來到台邊，揀一處空地坐下。負責知賓的丐幫弟子見大頭鬼是生客，過來招呼，請問姓名。大頭鬼冷然道：「我沒名字，甚麼也不懂得的，郭二姑娘帶我來，我便來了。」

不久黃蓉也即來到，只想：「楊過公然要到大校場來，事先又作了周密布置，待會定要大鬧一場。」設想諸般兇險情狀，一一籌思對策。

這時武敦儒、修文兄弟已給人打下台來，朱子柳的姪兒、點蒼漁隱的三個弟子、丐幫中的三名八袋弟子、六名七袋弟子，均已先後失手。台上耶律齊已連敗三名好手，正施展周伯通所授的七十二路空明拳，和一個四十餘歲的壯漢交手。

這壯漢名叫藍天和，是貴州的一個苗人，幼時隨人至四川青城山採藥，失足墮入山崖，得遇奇人，學得了一身剛猛險狠兼而有之的外門武功。他掌力中隱隱有風雷之聲，轟轟發發，的是威風了得。耶律齊的拳法卻拳出無聲，腳去無影，飄飄忽忽，令對方難以捉摸，兩人一剛一柔，在台上打了個旗鼓相當。這番功夫顯露出來，台下數百名本來想上台一較的好漢無不自愧不如，均想：「幸虧我沒貿然上台，否則豈不是自獻其醜？人家這般的內力外功，我便再練十年，也未必是他二人對手。」

藍天和的掌力雖猛，但狂風不終朝，驟雨不終夕，畢竟難以持久，雖聽他一掌掌發出去時呼呼之聲越來越大，其實中間所蘊潛力卻已大不如前。耶律齊的拳招既不比前快，亦不比前慢，始終全神貫注的見招拆招。他知今日之鬥不是擊敗幾個對手便算了局，上台來的敵手多半愈來愈強，因此必得留下後勁。

藍天和久戰不勝，心下焦躁起來，自思在西南各路二十餘年，從未遇到過一個能擋得住自己三十招的勁敵，想不到今日在天下英雄之前，偏偏奈何不了一個後輩，催動內勁，不住增加掌力。兩人迴旋反覆的又拆了二十餘招，藍天和陡見對方拳法中露出破綻，大喝一聲：「著！」一掌「九鬼摘星」，往耶律齊胸口打去。耶律齊右掌揮出，雙掌相交，登時黏著不動，變成了各以內力相拚的局面。

過了片刻，藍天和忽然臉上變色，踉踉蹌蹌的退了兩步，拱手說道：「佩服，佩服！」他走到台口，朗聲說道：「耶律大爺手下留情，沒要了兄弟的性命，果然是英雄仁義，兄弟心悅誠服。」說著深深吸了一口氣，搖了搖頭，向耶律齊躬身行禮，躍下台去。耶律齊拱手道：「承藍兄相讓。」

原來藍天和一掌打出，與耶律齊右掌相交，急忙催動內力，猛覺著手之處突然間變得虛虛盪盪，便如伸手入水，似空非空，似實非實，另有一股黏稠之力纏在掌上。這股似虛非虛的知覺，瞬息間便從對方掌心傳到自己手臂，再自手臂通到胸口，直降丹田，小腹中登時便如積蓄了十多碗沸水，擠逼著要向外爆炸。他一驚之下，魂飛天外，忙運勁後奪，但手掌竟如給極韌的膠水黏住了一般，雖向後拉了半尺，卻離不開對方掌心。當年師父授他武藝之時，曾說他這一路風雷掌法，以之行走江湖已綽綽有餘，但若遇上內家高手，千萬要小心在意，只要給對方內力侵入丹田，縱非當場斃命，這一身功夫可也廢了。這念頭在腦海中一閃，雙目一閉，只待就死，陡然間掌上黏力忽失，跟著丹田中鬱熱之氣也緩緩消失，他微一運勁，全身功夫絲毫未損，自是對方手下容情，感愧之餘，站到台口交代了幾句。

適才二人這一場龍爭虎鬥，藍天和掌力威猛淩厲，台下人人有目共睹，但耶律齊居然將他敗於無形，凡稍有見識之人，再也不敢上台挑戰。耶律齊是郭靖、黃蓉的女婿，與丐幫大有淵源，四大長老和衆八袋弟子都願他當上幫主。他又是全眞派耆宿周伯通的弟子，全眞教弟子算來都是他晚輩。凡是與郭靖夫婦、全眞教有交情的好手，都不再與爭。只有幾個不自量力的莽撞之徒才上台領教，但都接不上數招，便即落敗。

郭芙見丈夫藝壓當場，心中的歡喜難以言宣，一瞥眼間，忽見一隻奇醜的巨鵰、和那個在風陵渡見過的大頭矮子分坐在妹子兩側，不禁一怔。當郭襄和大頭鬼、神鵰來到大校場時，耶律齊和藍天和激鬥正酣，郭芙全神貫注在丈夫身上，神鵰雖形貌驚人，她卻視而不見。這時勁敵已去，她才想到何以妹子說過不來卻又來了？一轉念間，暗道：「不好！楊過自稱『神鵰大俠』，這隻窮兇極惡的大鳥，必定便是甚麼神鵰了。神鵰既來，楊過也必就在左近，他倘若來搶幫主……他倘若來搶幫主……」一刹那間，心中自喜變憂，當日楊過拂袖將她長劍擊彎的情景歷歷如在目前，「齊哥武功雖強，能不能敵得過這獨臂怪人呢？唉，這人自幼便是我命中魔星，今日當此要緊關頭，他遲不遲，早不早，卻又來了！」但遊目四顧，並不見楊過的蹤跡。

這時天色將黑，耶律齊又連敗七人，待了良久，再也無人上台較藝。梁長老走到台口，朗聲道：「耶律大爺文武雙全，我幫上下向來欽仰，若能為我幫之主，自是人人悅服擁戴……」他說到這裏，台下丐幫的幫眾一齊站起，大聲歡呼。梁長老又道：「不知有那一位英雄好漢，還欲上來一顯身手？」他連問三遍，台下寂靜無聲。

郭芙大喜，心想：「楊過此刻不至，時機已失！待齊哥一接任幫主，他便再要來搗亂，也已來不及了。」便在此時，忽聽得蹄聲緊迫，兩騎馬向大校場疾馳而來，聽那馬蹄之聲，馬上乘客顯是身有急事。郭芙一驚：「終於來了！」

但見兩騎馬如飛般馳進校場，乘者身穿灰衣，卻是郭靖派出去打探軍情的探子。郭靖雖瞧著台上比武，心中可無時無刻不念著軍情，一見這兩個探子如此縱馬狂奔，心道：「終於來了！」郭靖、郭芙父女心中說的都是「終於來了」四字，但女兒指的是楊過，父親心中所指卻是「蒙古大軍」。

兩名探子馳到離高台數丈處翻身下馬，奔上前來向郭靖行禮。郭靖與黃蓉不等二人開口，先瞧臉色，蓋軍情好惡，臉上必有流露，但見二人滿臉又是迷惘又是歡喜之色，似乎見到了甚麼意外的喜事。

只聽一名探子報道：「稟報郭大俠：蒙古大軍左翼前鋒的一個千人隊，已到了唐州。」郭靖心中一驚，暗道：「來得好快！」又聽另一名探子道：「稟報：蒙古右翼前鋒的一個千人隊，已抵鄧州。」郭靖「嗯」了一聲，心想：「北路敵軍又分兩路，軍行神速，鋒勢銳利之極。」唐州、鄧州離襄陽均不過一百餘里，由兩地南下而至襄陽對岸的樊城，一路平野，並無山川隔阻之險，蒙古鐵騎馳驟而來，只須兩天便能攻到。

卻聽第二個探子喜孜孜的說道：「可是有件奇事，鄧州城郊的蒙古千人隊一個個都死在就地，軍官士卒，無一得生。」郭靖奇道：「有這等事？」第一個探子道：「小人所見也是如此，唐州的蒙古前鋒一千人全變了野鬼，遍地都是屍首。最奇怪的是，這些蒙古兵屍首上的左耳都給人割了去。」第二個探子道：「鄧州的蒙古兵也是這般，人人沒了左耳。」

郭靖和黃蓉對瞧一眼，驚喜交集，尋思：「蒙古兩路先鋒都全軍覆沒，那是大大的折了銳氣。雖說來攻敵軍至少有十餘萬之衆，損折二千人無關大局，但訊息傳去，蒙古三軍爲之奪氣，於我大吉大利。卻不知是誰奇兵突出，將這兩路蒙古兵盡數殲滅？」郭靖問道：「唐州和鄧州的守軍怎樣了？」兩名探子齊道：「兩城守軍閉城不出，蒙古軍死在郊外，守城的將軍只怕此刻尚未得知。」黃蓉道：「你們快去稟報呂大帥，他這一高興，定然重重有賞。」兩探子磕過了頭，歡天喜地的去了。

蒙古先鋒隊尚未與襄陽守軍交戰，即已兩路齊殲，黃蓉站到台上宣布這個喜訊，登時全場歡聲雷動。黃蓉道：「丐幫新立幫主，固是喜事，可怎及得上這件聚殲敵軍的大事？梁長老，快命人擺設酒筵，咱們須得好好慶祝一番。」

這酒筵早就預備下了的，丐幫今晚本來要大宴羣雄，祝賀新立幫主，這時傳到大捷之訊，錦上添花，人人均興高采烈。武敦儒等較藝落敗，雖不無怏怏，但滿場喜氣洋溢，早把少數人心中的鬱悶沖得乾乾淨淨。丐幫宴客不設桌椅，羣雄東一團、西一堆的在大校場上席地而坐，便此杯觥交錯，吃喝起來。筵席模樣雖陋，酒肉菜餚卻極豐盛。郭襄斟了三大碗酒給神鵰飲用，神鵰一口一碗，意興甚豪。

羣雄都道是郭靖、黃蓉安排下的奇計，流水價過來敬酒祝捷。郭靖不住口的說絕非自己之功。但他向來謙抑，羣雄那裏肯信？黃蓉道：「靖哥哥，這事好生奇怪，此時實在琢磨不透。咱們別忙分辯，且候確息。」原來黃蓉一得探子之報，知道其中必有蹊蹺，當即派遣八名精明強幹的丐幫弟子，騎了快馬，分赴唐州、鄧州再探。

郭襄和大頭鬼、神鵰坐在一起，旁人見了神鵰這等威猛模樣，誰也不敢坐近。郭襄只問：「大哥哥怎麼還不來？」大頭鬼道：「他說過要來，總會來的。」一言甫畢，忽道：「你聽，那是甚麼聲音？」郭襄側耳靜聽，只聽得遠處傳來一陣陣獅吼虎嘯、猿啼象奔之聲，她心中一喜，叫道：「史家兄弟來啦！」

過不多時，羣獸吼叫之聲越來越近。校場上羣雄先是愕然變色，跟著紛紛拔出兵刃，站了起來，場中登時亂成一片：「那裏來的這許多猛獸？」「是獅子，還有大蟲！」

郭靖對武修文道：「去傳我號令，調二千弓弩手來。」武修文應道：「是！」剛欲轉身，忽聽得遠處有人長聲叫道：「萬獸山莊史家兄弟奉神鵰俠之命，來向郭二姑娘慶賀生辰，恭獻賀禮。」聲音非一人所發，乃史氏五兄弟齊聲高呼。他五人內功另成一家，雖非一等一的高手，但縱聲長嘯，竟同具宮商角徵羽五音之聲，鏗鏘豪邁，震人耳鼓。黃蓉向武修文一揮手，命他即去傳令，心想史氏兄弟雖如此說，但人心難測，未必便無他意，寧可調集弓弩手有備而不發，勝於無備而受制於人。

武修文躍上馬背，馳去調兵。不多時第一隊弓弩手已到，布在大校場之側，郭靖在蒙古習得騎射之術，以此教練士卒，是故襄陽兵精，甲於天下，遂能以一城之眾，獨抗蒙古數十年。襄陽弓弩手人人能挽強弓，發硬箭，射術實不遜於蒙古武士。

弓弩手剛布好陣勢，只見一條大漢身披虎皮，領著一百頭猛虎來到大校場外，正是白額山君史伯威。那一百頭猛虎排得整整齊齊，蹲伏在地。接著管見子史仲猛率領一百頭金錢豹子、青甲獅王史叔剛率領一百頭雄獅、大力神史季強率領一百頭大象、八手仙猿史少捷率領一百頭巨猿，各列隊伍，排在校場四周。羣獸猛惡猙獰，不斷發出低吼，然行列整齊，竟絲毫不亂。校場上羣雄個個見多識廣，但斗然間見到這許多猛獸，亦不免心中惴惴。

史氏五兄弟手中各提一隻皮袋，走到郭襄身前，躬身說道：「恭祝姑娘長命百歲，平安如意。」郭襄忙起立還禮，道：「多謝五位史家叔叔。史三叔，你身子可大好了？史五叔，你胸口的傷也好了？」史叔剛、史少捷齊道：「多謝姑娘關懷，都好了。」

史伯威指著五隻皮袋道：「這是神鵰俠送給姑娘的第一件生辰禮物。」郭襄笑道：「眞是生受不起。那是甚麼啊？嗯，我猜你的皮袋裏裝著一隻小老虎，他的裝著一隻小豹子，是不是？那倒好玩得緊。」史伯威搖頭道：「不是，這件禮物，是神鵰俠率領了七百多位江湖好手去辦來的，費的氣力可眞不少。」說著打開手中的皮袋。

郭襄探頭往袋口一張，大吃一驚，叫道：「是耳朵！」史伯威道：「正是！五隻皮袋之中，共是兩千隻蒙古兵將的耳朵。」郭襄尙未會意，驚道：「這許多人的耳朵，我……我要來幹麼？」郭靖、黃蓉卻聽得分明，一齊離座，走到史伯威身前，就皮袋中一看，再想起適才探子之言，不由得驚喜交集。黃蓉道：「史大哥，原來唐州和鄧州城郊的蒙古兵，是神……神鵰俠率人所殺？」

史氏五兄弟向郭靖、黃蓉拜倒。郭靖夫婦拜倒還禮。史伯威才答道：「神鵰俠言道：郭二姑娘身在襄陽，今日是她生辰好日子，蒙古蠻兵竟敢無禮前來進犯，豈不要驚嚇了郭二姑娘？確是非殺不可。只恨番兵勢大，不能盡誅，因此帶領豪傑，殺了他作先鋒的兩個千人隊。」

郭靖道：「神鵰大俠現在何處？小可當親自拜見，爲襄陽合城百姓致謝。」這十多年來，郭靖專心練兵守城，極少理會江湖遊俠之事，而楊過隱姓埋名，所交多是介乎邪正之間的人物，因此郭靖竟不知「神鵰俠」便是楊過。史伯威道：「神鵰俠說，他是郭大俠與郭夫人的晚輩，只因連日忙於爲令愛採備生日禮物，未克前來拜見郭大俠和郭夫人，請勿怪罪。」

忽聽得遠處嘯聲又起，一個聲音叫道：「西山一窟鬼奉神鵰俠之令，來向郭二姑娘慶賀生辰，恭獻賀禮。」聲音尖細，若斷若續，但人人聽得十分清楚。

郭靖見第一件禮物實在太大，忙提聲叫道：「郭靖謹候台駕。」他話聲渾厚和平，遠遠傳送出去，跟著走到大校場入口處相迎。

黃蓉和他並肩而立，低聲道：「你猜這神鵰俠是誰？」郭靖道：「我猜不出。」黃蓉道：「便是楊過！」郭靖一呆，隨即滿心歡暢，說道：「了不起，了不起！他立下如此奇功，當眞是大宋之福。」黃蓉道：「你猜他第二件禮物是甚麼？」郭靖微笑道：「過兒才智卓絕，只有你方勝得了他，也只有你，才猜得中他心思。」黃蓉搖頭道：「這一次我可猜不中了。」心想：「楊過爲襄陽立此大功，但口口聲聲說是爲了襄兒。他對我夫婦與芙兒的怨恨可絲毫未消。」

過不多時，長鬚鬼樊一翁領著八鬼來到校場，向郭靖夫婦見了禮，逕自走到郭襄身前，說道：「恭祝姑娘康寧安樂，福澤無盡！神鵰俠命我們來送第二件生辰禮物。」

郭襄道：「多謝，多謝。」眼見西山一窟鬼手中各自拿著一隻木盒，生怕他們又送甚麼人鼻子、人耳朵來，忙道：「如是難看的物事，就請別打開來。」大頭鬼笑道：「這次是挺好看的。」

樊一翁打開盒子，取出一個極大的流星火炮，晃火摺點著了。火炮沖天而起，在半空中一聲爆炸散開，但見滿天花雨，組成個「恭」字。郭襄拍手笑道：「好玩，好玩得很！」吊死鬼接著也放了個煙花，卻是一個「祝」字。西山一窟鬼各放一個，組起來是「恭祝郭二姑娘多福多壽」十個大字。十字顏色各不相同，高懸半空，良久方散。羣雄歡呼喝采。這煙花乃漢口鎮天下馳名的巧手匠人黃一砲所作，華美繁富，妙麗無方，端的是當世一絕。

郭靖微微一笑，心想：「小女孩兒原喜歡這個，也虧過兒覓得這妙製煙花的巧匠。」半空中十個大字剛放，北邊天空突然升起一個流星，相距大校場約有數里，跟著極北遠處，又有一個流星升起。

黃蓉心想：「這流星傳訊，取法於烽火報警，頃刻之間，便可一個接一個的傳出數百里之遙，只不知楊過安排下了甚麼。他這第二件禮物，決不只是放幾個煙花博裏兒一粲便算。」吩咐丐幫弟子安排筵席，宴請史氏兄弟和西山一窟鬼。斟酒未定，忽聽得北方遠遠傳來猶如悶雷般的聲音，一響跟著一響，轟轟不絕，只隔得遠了，響聲卻極輕。

史氏兄弟和西山一窟鬼聽了這聲音，突然間一齊躍起身來，高聲歡呼，大叫：「成功了，成功了！」羣雄愕然不解。大頭鬼搖頭晃腦，手指北方，大叫：「妙極，妙極！」這時天已全黑，北面天際卻發出隱隱紅光。

黃蓉又驚又喜，叫道：「南陽大火！」郭靖拍腿大叫：「不錯，正是南陽！」黃蓉向樊一翁道：「願聞其詳。」樊一翁道：「這是神鵰俠送給郭二姑娘的第二件薄禮，燒了蒙古二十萬大軍的糧草。」黃蓉心中本已猜到三分，聽他如此說，不禁與郭靖相顧大喜。

原來蒙古大軍南攻襄陽，以南陽爲聚糧之地，數年之前，即在南陽大建糧倉草場，跟著四處徵發，成千成萬斛米麥、成千成萬擔草料，流水般滙向南陽。常言道：「大軍未動，糧草先行」，米麥是士卒的食物，乾草是馬匹的秣料，實是軍中的命脈所在。蒙古自來以騎兵爲主，這草料更一日不可或少。郭靖曾數次遣兵襲擊南陽，但蒙古官兵守得牢固，始終無功，想不到楊過竟在一夕之間放火將它燒了。

郭靖眼見北方紅光越沖越高，躭心起來，向樊一翁道：「出手的諸位豪傑都能全身而退麼？可須咱們前去接應？」樊一翁心道：「郭大俠不問戰果，先問將士安危，果然仁義過人。」說道：「多謝郭大俠掛懷，神鵰俠早有安排。在南陽城中縱火的，是聖因師太、人廚子、張一氓、百草仙這些高手，共有三百餘人，想來尋常蒙古武士也傷他們不得。」郭靖恍然大悟，向黃蓉道：「你聽！過兒邀集羣豪，原來是爲立此奇功。若非這許多高人同時下手，原也不易使兩千蒙古兵全軍覆沒。」

樊一翁又道：「我們探得蒙古番兵要以火砲轟打襄陽，南陽城的地窖之中藏了數十萬斤火藥。因此我們的祝壽煙花一放起，流星傳訊，埋伏在南陽城內的一千好手便同時動手，先燒火藥，再燒糧草。蒙古大軍的士卒馬匹，這番可要餓肚子了。」

郭靖和黃蓉對視一眼，都又驚又喜。他夫婦倆當年隨成吉思汗西征，曾親見蒙古軍以火砲轟城，當眞有崩山裂石之威。但火藥和鐵砲殊不易得，因此蒙古數攻襄陽，都未用砲。這次皇帝蒙哥御駕親征，自是攜有當世最厲害的攻城利器了。若不是楊過這一把火，襄陽合城軍民難免遭逢大劫。兩人又想：「殲滅敵軍兩個千人隊，固然大殺其威，但毀了蒙古軍在南陽積貯數年的火藥和大軍糧草，只要他糧運不繼，那就逼得非退兵不可。這場功勞可更加大了。」夫婦倆向史氏兄弟、西山一窟鬼連聲稱謝。史伯威和樊一翁都道：「小人等只是奉了神鵰俠之命辦事，小小奔走之勞，兩位何足掛齒？」

這時遠處火藥爆炸聲仍不斷隱隱傳來，只隔得遠了，聽來模糊鬱悶。斗然之間，幾下聲音略響，接著地面也微微震動。樊一翁喜道：「那個最大的火藥庫也炸了。」

校場上歡呼大叫，把盞敬酒之聲，響成一片，人人都稱頌神鵰俠功德無量。

郭芙眼見丈夫藝冠羣雄，將丐幫幫主之位拿到了手，於當世豪傑之前大大露臉，那知驀地裏生出這些事來。楊過人尚未到，已將丈夫的威風壓得絲毫不賸，雖說殲滅蒙古先鋒、火燒南陽糧草火藥，實是兩件大大好事，但她總不免愀然不樂；又聽史氏兄弟和西山一窟鬼說道，這是楊過送給妹子的兩件生日禮物，那十個煙火大字高懸天空，惟恐羣雄不知此舉全是爲了妹子，相形之下，自己更加沒了光采。她轉念一想：「好哇！楊過這廝恨我斬他的手臂，故意削我面子來著！」想到此處，更勃然而怒。

梁長老和耶律齊、郭芙同席，眼見人人興高采烈，郭芙卻臉色不豫，微一沉吟，已知其理，笑道：「老頭子可眞老胡塗啦，這一歡喜，竟把眼前的大事拋到了腦後。」躍上高台，朗聲說道：「各位英雄請了，蒙古番兵連遭兩大挫折，咱們自是不勝之喜。可還有一件喜上加喜之事，適才耶律大爺顯示了精湛武功，人人欽服，我們丐幫便奉耶律大爺爲本幫之主。天下英雄，可有不服的麼？本幫弟子，可有異言的麼？」

他連問三聲，台下無人出聲。梁長老道：「如此便請耶律大爺上台。」耶律齊躍上高台，抱拳向台下團團行禮，正要說幾句「無德無能」的謙抑之言，忽聽得台下有人叫道：「且慢，小人有一句話，斗膽要請教耶律大爺。」耶律齊一怔，眼見這句話是從丐幫弟子的人叢中發出，拱手道：「不敢！請說便是。」

只見丐幫中站起一人，大聲道：「耶律大爺的令尊在蒙古曾貴爲宰相，令兄也曾位居高官，但咱們丐幫和蒙古爲敵。耶律大爺負此重嫌，豈能爲本幫之主？」耶律齊恨恨的道：「先君楚材公爲蒙古皇后下毒害死，家兄耶律鑄也蒙冤遭害，小可護送家母妹子，逃來南朝，做個難民百姓。小可與蒙古暴君，實有不共戴天之仇。」那乞丐道：「話雖如此說，但令尊之死，甚爲曖昧，下毒云云，只是風傳，未聞有何確證。令兄犯法獲罪，乃所應得，此仇不報也罷，倒是本幫大仇未復……」郭芙聽得他出言譏刺丈夫，再也按捺不住，喝道：「你是誰？膽敢在此胡言亂語？有膽子的，站到台上去說。」

那乞丐仰天大笑，說道：「好，好，好！幫主還沒做成，幫主夫人先顯威風。」也不見他移步抬腳，身子微晃，已站在台口。羣雄見他露了這手輕功，心頭都是一驚：「這人武功強得很啊，那是誰？」台下數千對眼光，齊都集在他身上。

只見他身披一件寬大破爛的黑衣，手持一根酒杯口粗細的鐵杖，滿頭亂髮，一張焦黃臃腫，凹凹凸凸的滿是疤痕，背上負著五隻布袋，原來是一名五袋弟子。丐幫中本乏相貌俊雅之人，這人更奇醜無倫。丐幫幫衆識得他名叫何師我，向來沉默寡言，隨衆碌碌，只因多年來爲幫務勤勉出力，才逐步升到五袋弟子，但武藝平常，才識卑下，誰都沒對他重視，均想他升到五袋弟子，已屬極限，那料到這樣個庸人竟會突然向耶律齊公然質問，而武功之強更大出幫衆意料之外，都想：「這何師我從那裏偷偷學了這一身功夫來啦？」

何師我人雖平庸，相貌之醜卻令人一見難忘，因此耶律齊倒也識得他，抱拳道：「不知何兄有何高見，要請指教。」何師我冷笑道：「指教兩字，如何敢當？不過小人有兩件事不明白，因此上台來問問。」耶律齊道：「那兩件事？」何師我道：「第一件，我幫新舊幫主前後交接，歷來以打狗棒爲信物。耶律大爺今日要做幫主，不知這根本幫至寶的打狗棒卻在何處？小人想要見識見識。」此言一出，丐幫幫衆心中都道：「這一句話問得厲害。」耶律齊道：「魯幫主命喪奸人之手，這打狗棒也給奸人奪了去。此乃本幫的奇恥大辱，凡本幫弟子，人人有責，務須將打狗棒奪回。」

何師我道：「小人第二件不明白之事，是要請問：魯幫主的大仇到底報是不報？」耶律齊道：「魯幫主爲霍都所害，衆所共知，當世豪傑，無不悲憤。只是連日追尋，未知霍都這奸賊的下落，這是本幫的要務，咱們便找遍了天涯海角，也要尋到霍都這奸賊，爲魯幫主報仇。」

何師我冷笑道：「第一，打狗棒尚未奪回。第二，殺害前幫主的兇手還沒找到。這兩件大事未辦，便想做幫主啦，未免太性急了些罷？」這幾句話理正詞嚴，咄咄逼人，只說得耶律齊無言以對。

梁長老道：「何老弟的話自也言之成理。但本幫弟子十數萬人，遍布天下，不能無人爲首，而尋棒鋤奸，更不是說辦便辦，也須得有人主持，方能成此兩件大事。咱們急於立一位新幫主，正是爲此。」何師我搖頭道：「梁長老這幾句話，錯之極矣。」

梁長老是丐幫中四大長老之首，幫主死後便以他爲尊，這五袋弟子竟敢當衆搶白，可說大膽已極。梁長老怒道：「我這話如何錯了？」何師我道：「依弟子之見，誰人能奪回打狗棒，誰人能殺了霍都爲魯幫主報仇，咱們便奉他爲本幫之主。但如今日這般，誰的武功最強，誰便來作本幫幫主，假如霍都忽然到此，武功又勝過耶律大爺，難道咱們便奉他爲幫主不成？」這幾句話只說得羣雄面面相覷，都覺得委實頗爲有理。

郭芙卻在台下叫了起來：「胡說八道，霍都的武功又怎勝得過他？」何師我冷笑道：「耶律大爺武功雖強，卻也不見得就天下無敵。小人只是丐幫的一個五袋弟子，也未必便輸於他了。」郭芙正惱他言語無禮，聽他自願動手，那是再好也沒有，叫道：「齊哥，你便教訓教訓這大膽狂徒。」

何師我冷冷的道：「本幫事務，向來只幫主管得，四大長老管得，幫主夫人卻管不得。別說耶律大爺還沒做幫主，就算當上了，耶律夫人也不能這般當衆斥責幫中弟子，是不是？」郭芙滿臉通紅，只道：「你……你這廝……」

何師我不再理她，轉頭道：「梁長老，弟子倘若勝了耶律大爺，這幫主便由弟子來當，是不是？還是等到有人獲棒殺仇，再來奉他爲主？」梁長老見他越來越狂，胸中怒氣上升，說道：「不論是誰，他如不能技勝羣雄，那就當不上幫主，日後如不能獲棒殲仇，終也是愧居此位。耶律大爺如當了本幫之主，那兩件大事他不能不辦。但如勝不過何兄弟，他又焉能得任此位？」何師我大聲道：「梁長老此言有理，小人便先領教耶律大爺的手段，再去尋棒鋤奸。」言下之意，竟十拿九穩能勝得耶律齊一般。

耶律齊行事自來穩健持重，但聽了何師我這些話，心頭也不禁生氣，說道：「小弟才疏學淺，原不敢擔當幫主的重任。何兄肯予賜教，那好得很。」何師我冷冷的道：「好說，好說。」將鐵杖在台上一插，呼的一掌，便向耶律齊擊去。這一掌力道似乎並不甚強，但掌力分布所及，幾有一丈方圓。梁長老尚未退開，竟給他掌力在臉頰上一帶，熱辣辣的頗爲疼痛，忙躍向台側。

耶律齊不敢怠慢，左手一撥，右拳還了一招「深藏若虛」，使的仍是七十二路空明拳中的招數。兩人拳來腳往，在高台上鬥了起來。

這時將近戌時，月沉星淡，高台四周插著十多枝大火把，兩人相鬥的情狀台下羣雄都瞧得清清楚楚。黃蓉看了十餘招，見耶律齊絲毫未佔上風，細看何師我的武功，竟辨不出是何家數，所出拳腳，招式駁雜，全無奇處，但功力卻極深厚，少說也已有四十年以上的勤修苦練，心想：「最近十一二年來，才偶爾在丐幫名册之中，見到何師我因積勞而逐步上升，從沒聽人稱道過他武功。但瞧他身手，決非最近得逢奇遇這才功力猛進。他在幫中一直隱晦不露，難道爲的便是今天麼？」

耶律齊這一日已連鬥數人，但對手除藍天和外，餘子碌碌，均不足道，並沒耗去他多少力氣，眼見何師我若往若還，身法飄忽不定，於是雙拳一挫，斗然間變拳爲掌，逕行搶攻。周伯通那雙手互搏之術並非人人可學，耶律齊雖是他入室高弟，卻也沒學到他這路奇功，但全眞敎玄門的正宗武功，耶律齊卻已學到了十之八九，這時施展出來，但見台邊十多根火把的火頭齊向外飄，只此一節，足見掌力之強。火把照映之下，高台上兩人拳掌飛舞，形影迴旋，當眞好看煞人。

黃蓉問郭靖道：「你說這人是何家數？」郭靖道：「迄此爲止，他尙未露出一招本門武功，顯是在竭力隱藏自身來歷，再拆七八十招，齊兒可漸佔勝勢，那時他若不認輸，便得露出眞相。」

這時兩人越鬥越快，一轉瞬間便或攻或守的交換四五招，因之沒多時便拆了七八十招，果如郭靖所云，耶律齊的掌風已將對手全身罩住。郭靖和黃蓉凝目注視著何師我，知他處此境地，若再不使出看家本領，仍以旁門雜派武功抵擋，非吃大虧不可。耶律齊也已瞧出此點，掌力加重，但並不盲進，只穩持先手。

眼見何師我非變招不可，驀地裏他雙手袍袖齊拂，一股疾風向外疾吐，跟著縮了回去，台邊十餘枝火把的火燄同時暴長，一陣光亮，隨即盡皆熄滅。羣雄眼前一黑，只聽得耶律齊和何師我齊聲大叫，騰的一聲，有人跌下台來。何師我卻在台上哈哈大笑。眾人驚訝之下，誰都沒作聲，靜寂中只聽得何師我得意的笑聲。

梁長老叫道：「點燃火把！」十多名丐幫弟子上來將火把點亮，見耶律齊站在台下，左臉上鮮血淋漓，破了個酒杯大的傷口。何師我伸出左掌，冷笑道：「好鐵甲，好鐵甲。」一手掌中抓著一把鮮血。郭靖和黃蓉對望一眼，知道郭芙愛惜夫婿，將軟蝟甲給他穿在身上，因之何師我擊了他一掌，手掌反給甲上的尖刺刺破，但耶律齊臉上如何受傷，如何跌下台來，黑暗中卻未瞧見。

原來何師我於激鬥正酣之際，突然使出「大風袖」功夫，將高台四周的火把盡數吹滅。耶律齊一怔之下，忙拍出一掌，以護自身，猛覺得指尖上一涼，觸到甚麼鐵器，立時醒覺，知道對方久戰不勝，忽施奸計，在黑暗之中取出兵刃突襲。他雖赤手空拳，也不懼敵人手有兵刃，當下施出「大擒拿手」，意欲奪下對方兵器，將他奸謀暴於天下英雄之前，一招「巧手八打」，欺到了何師我身前兩尺之處，右腕翻處，已抓住了敵人兵刃之柄。他左掌跟著拍出，直擊敵人面門，這一來，何師我兵刃非撒手不可。

黑暗之中，何師我果然側頭閃避，鬆了手指，耶律齊挾手將兵刃奪過。便在此時，他左頰上猛地一陣刺痛，已然受傷，跟著啪的一下，胸口中掌，站立不穩，登時被震下台。他那料到對手的兵刃甚為特異，中裝機括，分為兩截，上半截給他奪去，餘下的半截斗然飛出，擊中了他面頰。這一下深入半寸，創口見骨，但所中尚非要害，何師我的殺手本在那一掌之中，幸好郭芙硬要他在長袍內暗披軟蝟甲，這一掌他非但未受損傷，何師我的掌心反給刺得鮮血淋漓。

郭芙見丈夫跌下台來，驚怒交迸，忙搶上去護持。梁長老等明知何師我暗中行詐，然無法拿到他的佐證，同時兩人一齊受傷帶血，也不能單責那一個違反了「點到為止」的約言，看來兩人都只稍受輕傷，但耶律齊受擊下台，這番交手顯是輸了。

郭芙大不服氣，叫道：「這人暗使奸計，齊哥，上台去跟他再決勝敗。」耶律齊搖頭道：「他便是以智取勝，也是勝了。何況縱然再拚武功，我也未必能贏。」

黃蓉向耶律齊招招手，命他近前，瞧他奪來的那半截兵刃時，卻是一根五寸來長的鋼條，一時也想不起武林之中有何人以此作為武器。

何師我昂起一張黃腫的醜臉，說道：「在下雖勝了耶律大爺，卻未敢便居幫主之位。須得尋到打狗棒，殺了霍都，那時再聽憑各位公決。」眾人心想，這幾句話倒說得公道，眼見他雖勝得曖昧，但武功究屬十分高強，聽了這幾句話後，丐幫中便有人喝起采來。何師我站到台口，抱拳向眾人行禮，說道：「那一位英雄願再賜教，便請上台。」

他那「台」字剛出口，猛聽得史伯威「啊」的一聲大叫，圍在大校場四周的五百頭猛獸忽地站起，齊聲吼叫。單是一頭雄獅或猛虎縱聲而吼，已有難當之威，何況五百頭猛獸合聲長嘯？這聲音當眞如山崩地裂一般，但見大校場上沙塵翻騰，黃霧沖天，羣雄身前的酒杯菜碗爲這巨聲震得互相碰撞，玎玎不絕。羣獸吼叫聲中，西山一窟鬼和史氏兄弟十五人同時躍到台邊，抽出兵刃，團團將高台四面圍住。

忽見校場入口處火光明亮，八個人高舉火炬，朗聲說道：「神鵰俠祝賀郭二姑娘芳辰，奉上第三件禮物。」八人說畢，便即足不點地般進場，勢若飄風般來到郭襄身前，人人露了一手上乘輕功。中間四人各伸一手，合抓著一隻大布袋，看來那第三件禮物便在這布袋之中。

八人躬身向郭襄行禮，自報姓名，羣雄一聽，無不駭然，原來當先一個老和尙，竟是五台山佛光寺方丈曇華大師，素與少林寺方丈天鳴禪師齊名，其餘趙老爵爺、聾啞頭陀、崑崙派掌門靑靈子等，無一不是武林中久享盛名的前輩名宿。

郭襄卻不知這些人有多大名頭，起身還禮，盈盈拜倒，笑靨如花，說道：「有勞各位伯伯叔叔了。那是甚麼好玩的物事？」提著布袋的四人手臂同時向後拉扯，喀喇一聲響，布袋裂成四塊，袋中滾出一個光頭和尙來。

兩邊旗斗之中各自躍下一人，斜斜下墮，正是黃藥師和楊過。兩人落到離台數丈之處已然靠近，黃藥師伸右手拉住了楊過的左手，在半空中攜手而下。

第三十七回　三世恩怨

那和尚肩頭在地下一靠，立即縱起，身手竟十分矯捷，但見他怒容滿臉，嘰哩咕嚕的大聲說話，卻誰也不懂。郭靖與黃蓉識得這和尚是金輪國師的弟子達爾巴，不知他怎生給曇華大師、趙老爵爺等擒住。

郭襄本來猜想袋中裝的是甚麼好玩的物事，卻見是個形貌粗魯的蒙古和尚，微感失望，說道：「大哥哥送這和尚給我，我要來沒用，又不喜歡。他自己怎麼還不來？」

來送第三件禮物的八人之中，青靈子久居西夏，會說蒙古語，他在達爾巴耳邊低聲說了幾句話。達爾巴臉色一變，大吃一驚，目不轉睛望著台上的何師我。青靈子又用蒙古語大聲說了兩句話，將背上負著的一根黃金杵交給了達爾巴。那本是達爾巴的兵刃，他受八大高手圍攻而遭擒，這兵刃也給奪了去。

達爾巴倒提金杵，大叫一聲，縱身躍到台上。

青靈子向郭襄笑道：「郭二姑娘，這和尚會變戲法，神鵰俠叫他上台變戲法給你看。」郭襄大喜，拍手道：「原來如此。我正奇怪，大哥哥費了這麼大的勁兒，找了這和尚來有甚麼用呢。」

達爾巴對何師我嘰哩咕嚕的大聲說話。何師我喝道：「兀那和尚，你說些甚麼，我一句不懂。」達爾巴猛地踏步上前，呼的一聲，揮金杵往他頭頂砸落。何師我側身避過。達爾巴舞動金杵，著著進逼。何師我赤手空拳，在這沉重的兵刃猛攻之下不住倒退。丐幫幫眾見這蒙古和尚如此兇猛，都起了敵愾同仇之心，紛紛鼓噪。但達爾巴那裏理睬，將金杵舞成一片黃光，風聲呼呼，越來越響。

梁長老喝道：「大和尚休得莽撞，這一位是本幫未來的幫主。」郭靖、黃蓉聽了達爾巴的蒙古話，已猜到了幾分真相，吩咐梁長老不必阻攔。

丐幫中卻早有六七名弟子忍耐不住，躍到台邊，欲待上台應援。但青靈子等八大高手、史氏五兄弟、西山一窟鬼，一共二十三人團團圍在台邊，阻住旁人上台。丐幫雖然人衆，一時卻搶不上去。正紛亂間，青靈子晃身上了高台，拔起何師我插在台邊的鐵棒。何師我大驚，縱身來搶，但給達爾巴的金杵逼住了，竟沒法上前一步。

青靈子高舉鐵棒，大聲道：「各位英雄請了，請瞧瞧這是甚麼物事。」突伸右掌，向鐵棒攔腰一劈，喀的一響，鐵棒登時碎裂，這棒原來中空，並非實心。青靈子拉開兩截斷了的鐵棒，露出一條晶瑩碧綠的竹棒來。

丐幫幫眾一見，剎那間寂靜無聲，跟著齊聲呼叫：「幫主的打狗棒！」正和史氏兄弟、西山一窟鬼等動手的幫眾紛紛退開，人人都大為奇怪：「打狗棒怎麼會藏在這鐵棒之內？如何會落入何師我手中？他又幹麼隱瞞不說？」

眾人靜待青靈子解釋這許多疑團，青靈子卻不再說話，躍下台來，雙手橫持打狗棒，恭恭敬敬的交給郭襄。郭襄雙手接過，道：「多謝伯伯！」睹物思人，想起魯有腳的聲音笑貌，不禁心下黯然，眼眶中充滿了淚水，將棒遞給母親。

這時達爾巴的金杵招數更緊，何師我全仗小巧身法東閃西避，險象環生。丐幫幫眾見了打狗棒後，都知青靈子等擒了達爾巴來對付何師我，中間必有重大緣故，便不再有人想上台應援。只見達爾巴的金杵掠地掃去，何師我躍起閃避。達爾巴金杵倒翻，自下砸上。何師我雙腳離地，身在半空，這一招無論如何沒法閃躲，忽聽得錚的一響，兵刃相交，何師我借勢躍開，手中已多了一件短短的兵器。達爾巴怒容滿面，大聲咒罵，黃金杵舞得更加急了。何師我兵刃在手，劣勢登時扭轉，但見他點、戳、刺、打，兵刃雖短，招數卻極奧妙，與達爾巴鬥了個旗鼓相當。

朱子柳看了片刻，終於省悟，叫道：「郭夫人，我知道他是誰了。只是還有一件事不明白。」黃蓉微微一笑，道：「那是用膠水、蜂蜜，調了麵粉、石膏之類塗上去的。」郭芙、郭襄姊妹這時都站在黃蓉身邊，聽了他二人對答，都摸不著頭腦。郭芙問道：「朱伯伯，你說誰是誰了？」朱子柳道：「我說的是打傷你丈夫這個何師我。」郭芙道：「怎麼？他不是何師我麼？那麼又是誰了？」朱子柳道：「你仔細瞧瞧，他使的是甚麼兵刃？」郭芙凝神瞧了一會，道：「這短兵刃長不過尺，卻又不是蛾眉刺、判官筆，也不是點穴橛。」

黃蓉道：「你得用心思想想啊。他何以一直不用兵刃，寧可干冒大險，東躲西閃，直到給那和尚逼得性命交關，才不得不取出兵刃？他用兵刃打傷齊兒，何以要先滅燭火？」郭芙皺眉道：「這人奸詐狡猾，那又有甚麼道理了？」郭襄道：「想是他怕場中有人認得他的兵刃身法，因此不願顯示眞相。」朱子柳讚道：「照啊，郭二小姐聰明得緊。」

郭芙聽他稱讚妹子，心中不服，道：「甚麼不願顯示眞相？他不是淸淸楚楚的站在台上嗎？誰都瞧得見。」郭襄想起母親適才的話，說道：「啊，他臉上這些凹凹凸凸的瘡疤，原來都是用膠水麵粉假扮的。這張臉啊，眞是嚇人，我只瞧了一眼，就不想再瞧第二眼。」黃蓉道：「他越裝得可怖，便越不易露出破綻，因爲人人覺得醜惡，不敢多看，那麼他喬裝的假臉上日久如有甚麼變形，別人便不會發覺。唉！喬裝這麼多年，可眞不容易呢。」朱子柳道：「臉型可以假裝，武功和身法卻假裝不來，練了數十年的功夫，那裏變得了？」

郭芙道：「你們說這何師我是假的，那麼他是誰啊？妹子，你聰明得緊，你倒說說看。」郭襄搖頭道：「我一點也不聰明，因此我一點也不知道。」朱子柳微笑道：「大小姐是見過他的，那時候二小姐可還沒出世。十七年前，大勝關英雄大會上，有一人曾和我鬥了數百合，那是誰啊？」郭芙道：「是霍都？不，不會是他。嗯，他用的是一把摺扇，和這兵刃倒有點兒相像，是了，他現下手中這把扇子只賸扇骨，沒扇面。」朱子柳道：「我跟他這場激鬥，是我生平的大險事之一，他的身法招數我怎能不記得？這人若不是霍都，朱子柳是瞎了眼啦。」

郭芙再瞧台上那何師我時，見他步武輕捷，出手狠辣，果然依稀便是當年英雄大會上那個霍都，但心中仍有許多不明之處，又問：「倘若他眞是霍都，這蒙古和尚是他師兄啊，難道便認他不出，卻跟他這般狠打？」黃蓉道：「只因達爾巴認得出他是師弟，才跟他拚命。那年終南山重陽宮大戰，楊過以一柄玄鐵重劍壓住了達爾巴、霍都二人，霍都眼見性命危殆，突使奸計，叛師脫逃。這事全眞教上下人人得見，你總也聽人說過罷？」郭芙道：「嗯，原來達爾巴因此才這般恨他。」

郭襄聽母親說「楊過以一柄玄鐵重劍壓住了達爾巴、霍都二人」這句話，想像楊過當年的雄姿英風，不禁神住。

郭芙又問：「怎地他又變成了乞丐？咱們的打狗棒怎地又在他手中？」黃蓉道：「那還不容易推想嗎？霍都叛師背門，自然怕師父和師兄找他，於是化裝易容，混入了丐幫，渾渾噩噩，不露半點鋒芒，十餘年中按部就班的升為五袋弟子，丐幫中固然無人疑心，金輪國師更尋他不著。可是這等奸惡自負之徒決不肯就此埋沒一生，時機一到，他便要大幹一場了。那日魯幫主出城巡查，他暗伏在側，忽施毒手，下手時卻露出自己本來面目，並留下活口，讓那弟子帶回話來，說殺魯有腳的乃是霍都。他奪得打狗棒後，暗藏在這鐵棒之中。待得本幫大會推舉幫主，他便可提出『尋還打狗棒』這件大事來。這是本幫世代相傳的幫規，又有誰能駁他呢？唉，霍都這奸賊，如此工於心計，也可算得是個人傑。」

朱子柳笑道：「但有你郭夫人在，他縱能作偽一時，終究瞞不過你。」黃蓉微笑不答，心道：「霍都混在丐幫之中，始終不露頭角，便能瞞過了我，但想作丐幫之主，卻把黃蓉忒也瞧得小了。」朱子柳道：「楊過這孩子也真了得，他居然能洞悉霍都的奸謀，既將打狗棒奪回，又揭穿了霍都的真面目，待會自再要為魯幫主報仇，送給郭二小姐的這件禮物，可不算小啊。」

郭芙道：「哼，不過他碰巧得知罷了，也沒甚麼了不起。」

郭襄心想：「那日大哥哥在羊太傅廟外，見到我祭奠魯老伯，知道我跟魯老伯是好朋友，因此千方百計去為我報仇，嗯，這件禮物可當眞不小，他這番心意……」忽然想起一事，說道：「霍都雖在丐幫中扮成一個醜叫化子，可是有時卻又以本來面目在外惹事生非。史氏兄弟中的史三叔曾給他打傷過，想是史三叔一意找他報仇，終於尋到了他的蹤跡。」黃蓉點頭道：「不錯，江湖上時時有霍都的行跡，旁人更不會想到丐幫中的何師我和他同是一人。何師我，何師我，你瞧他這假名，便是以自己為師之意。一個人太自以為了不起，終有敗事的一日。」

郭芙道：「媽，怎地這何師我又說要去殺死霍都？自己殺自己，那不傻麼？」黃蓉道：「這是一句掩飾之言，不過令旁人更加不起疑心而已。」郭芙道：「楊……楊大哥既早知何師我便是霍都，應當早就說了出來，不該讓這何師我來打傷齊哥。」黃蓉微笑道：「楊過又不是神仙，怎知齊兒會中此人暗算？」郭襄道：「大姊卻是神仙，因此把軟蝟甲先給姊夫穿上了。」郭芙瞪了她一眼，心中不自禁的得意。

郭靖與黃蓉便過去向青靈子、趙老爵爺、聾啞頭陀等高手，以及史氏兄弟、西山一窟鬼等逐一致敬，隆重道謝，有的還斟了酒來敬酒。衆英豪奉楊過之召，有大惠於襄陽百姓及丐幫，豈僅是博郭襄一粲而已。

說話之間，台上達爾巴和霍都鬥得更加狠了。兩人一師所傳，互知對方武功家數，達爾巴勝在力大招沉，霍都長於矯捷輕靈，堪堪又鬥數百招，兀自不分勝敗。突然之間，達爾巴大喝一聲，金杵脫手，疾向霍都擲去，金杵重達五十餘斤，一擲之下勢道凌厲之極。霍都吃了一驚，他生平從未見師兄使過這般招數，心道：「他久鬥不勝，發起蠻來了？」忙側身閃避。達爾巴搶上前去，手掌在金杵上一推，金杵轉過方向，又向霍都追擊過去。霍都大駭，才知十餘年來師兄追隨師父左右，師父又傳了他深湛武功，這飛擲金杵之技正是從師父五輪飛砸的功夫中變化出來的，眼見金杵撞來的力道太猛，決不能以鐵扇招架，只得滑步斜身躲過，金杵從他頭頂橫掠而過，相差不逾兩寸。

達爾巴金杵越擲越快，高台四周插著的火把為疾風所激，隨著忽明忽暗。霍都在杵影中跳盪閃避，往往間不容髮。台下羣雄屏息以觀，瞧著這般險惡的情勢，無不駭然。達爾巴突然猛喝一聲，雙掌推杵，金杵如飛箭般平射而出。霍都此時正站在台口，沒法閃避，砰的一聲，金杵撞正胸口。他身子軟軟垂下，橫臥台上，一動也不動了。

達爾巴收起金杵，大哭三聲，盤膝坐在師弟身前，唸起「往生咒」來，唸咒已過，縱下高台，走到青靈子身前，高舉金杵交還。青靈子卻不接他兵刃，以蒙古語說道：「恭賀你清洗師門敗類。神鵰俠饒了你，叫你回去蒙古，清心禮佛，不可再來中原。」達爾巴道：「多謝神鵰大俠，小僧謹如所命。」合什行禮，飄然而去。

郭芙見霍都死在台上，一張臉臃腫可怖，總不信這臉竟是假的，拔出長劍，躍上台去，說道：「咱們瞧瞧這奸人的本來面目，究是如何。」說著用劍尖去削他鼻子。

驀地裏霍都一聲大喝，縱身高躍，雙掌在半空中直劈下來。原來他給金杵一撞，身受重傷，卻未立即斃命。他故意一動不動，只待達爾巴上前察看，便施展臨死一擊，與其同歸於盡。豈知達爾巴誠心念咒，祝其轉世轉入善道，倒是一番美意，當時便下不了手。郭芙卻上來用劍削他面目。霍都這一擊之中，將身上力道半分不餘的使了出來。郭芙乍見死屍復活，大驚之下，竟忘了揮劍抵禦。她身上的軟蝟甲又已借給了丈夫，眼見性命要喪在霍都雙掌之下。郭靖、黃蓉、耶律齊等同時躍起，均欲上台相救，其勢卻已不及。

只聽得嗤嗤兩聲急響，半空中飛下兩枚暗器，分從左右打到，同時擊中霍都胸口。這兩枚暗器形體甚小，似乎只是兩枚小石子，力道卻大得異乎尋常。霍都身子一仰，向後直摔，噴出一口鮮血，這才眞的死去。

衆人驚愕之下，仰首瞧那暗器射來之處，但見雲淡星稀，鉤月斜掛，此外空盪盪的並無別物，暗器似乎分從台前兩根旗桿的旗斗中發出。

黃蓉聽了這暗器的破空之聲，知道當世除了父親的「彈指神通」之外，再無旁人有此等功力，但兩根旗桿都高達數丈，相互隔開十餘丈，何以兩邊同時有暗器發出？驚喜之下不暇細想，縱聲叫道：「是爹爹來了麼？」

只聽得左邊旗斗中一個蒼老的聲音哈哈大笑，說道：「楊過小友，咱們一起下去罷！」右邊旗斗中一人應聲：「是！」兩邊旗斗之中各自躍下一人。

星月光下，兩個人衣衫飄飄，同時向高台躍落，一人白鬚青袍，一人獨臂藍衫，正是黃藥師和楊過。兩人都斜斜下墮，落到離台數丈之處已然靠近，黃藥師伸右手拉住了楊過的左手，在半空中攜手而下。眾人若不是先已聽到了兩人說話之聲，真如斗然見到飛將軍從天而降一般。

郭靖、黃蓉忙躍上台去向黃藥師行禮。楊過跟著向郭靖夫婦拜倒，說道：「姪兒楊過，向郭伯伯、郭伯母磕頭。」郭靖忙伸手扶起，笑道：「過兒，你這三件厚禮，唉，眞是……眞是……」他心中感激，不知道要說「眞是」甚麼才好。

郭芙生怕父親要自己相謝楊過救命之恩，搶著向黃藥師道：「外公，幸好你老人家的彈指神通功夫，免得我受那奸人雙掌的重擊。」

楊過躍下高台，走到郭襄身前，笑道：「小妹子，我來得遲了。」

郭襄一顆心怦怦亂跳，臉頰飛紅，低聲道：「大哥哥費神給我備了三件大禮，當眞……當眞多謝你啦。」楊過笑道：「不過乘著小妹子的生日，大夥兒圖個熱鬧，那算得甚麼？」說著左手一揮。

大頭鬼縱聲怪叫：「都拿上來啊。」大校場口有人跟著喝道：「都拿上來啊！」遠處又有人喝道：「都拿上來啊。」一聲跟著一聲，傳令出去。

過不多時，校場口擁進一羣人來，有的拿著燈籠火把，有的挑擔提籃，有的扛抬木材木板，分布在校場四周，當即豎木打樁，敲敲打打，東搭一個木台，西掛一個燈飾，進來的人源源不絕，但秩序井然，竟沒一人說話，個個只忙碌異常的幹活。

羣雄見楊過適才送了那三件厚禮，都對他佩服得五體投地，暗想他召集這一大批人來，定又大有作爲。那知過不多時，西南角上一座木台首先搭成，有人打起鑼鼓，做起傀儡戲來，做的是「八仙賀壽」。接著西北角上有人粉墨登場，唱一齣「滿床笏」，那是郭子儀生日，七子八婿祝壽的故事。片刻之間，這邊放花炮，那邊玩把戲，滿場上鬧哄哄的全是喜慶之聲。每一台戲都是三湘湖廣、河南四川的名班所演，當眞人人賣力，各展絕藝。羣雄各依所喜，分站各處台前觀賞，喝采之聲，此伏彼起。

這時史氏兄弟已帶領猛獸離場，西山一窟鬼和神鵰、青靈子等高手也都悄然退去。郭襄見楊過給自己想得這般周到熱鬧，雙目含著歡喜之淚，一時無話可說。郭芙想起妹子在羊太傅廟中的言語，說有一位少年大俠要來給她慶賀生辰，現下果如所言，不禁暗暗恚怒，拉著黃藥師的手問長問短，對身周的熱鬧只作不見。

郭靖雖覺楊過爲小女兒如此鋪張招搖未免小題大作，但想他自來行事異想天開，今天一日之中爲襄陽城和丐幫幹下如此三件大事，此刻要任性胡鬧一番，自也由得他，當下只撚鬚搖頭，微笑不語。

黃蓉問父親道：「爹爹，你和過兒約好了躲在這旗斗中麼？」黃藥師笑道：「非也！那日我在洞庭湖上賞月，忽聽得有人中夜傳呼，來訪煙波釣叟，說有個甚麼神鵰俠，邀他赴襄陽一會。那個煙波釣叟武功不弱，性兒卻有點古怪，我老頭子䠀起心來，生怕他暗中要對我的好女兒、好女婿不利，於是悄悄跟了來。原來這神鵰俠竟是小友楊過，早知如此，老頭子又何必操這份心？」黃蓉知道父親雖在江湖上到處雲遊，心中卻時時掛念著自己，笑道：「爹，這一次你可也別走啦，咱們得好好聚一聚。」

黃藥師不答，向郭襄招了招手，笑道：「孩子過來，讓外公瞧瞧你。」郭襄忙近前行禮。黃藥師拉著她手，細細瞧她臉龐，黯然道：「眞像，眞像。」黃蓉知他又想起了亡妻，說郭襄生得像她外婆年輕之時，怕勾起他心事，並不接口。郭芙笑道：「那還有不像的麼？你叫老東邪，她叫小東邪……」郭靖喝道：「芙兒，對外公沒規沒矩！」黃藥師大喜，道：「襄兒，你外號叫『小東邪』麼？當眞妙之極矣，老東邪有傳人了。」郭襄臉上微微一紅，道：「起初是姊姊這麼叫我，後來人人都這麼叫了。」

這時丐幫的四大長老圍在楊過身邊，不住口的稱謝，均想：「此人精明能幹，俠名播於天下，此番爲襄陽城立此大功，又奪回打狗棒，揭破霍都的奸謀，魯幫主大仇得報，若肯爲本幫之主，眞再好也沒有了。」梁長老道：「楊大俠，敝幫老幫主不幸逝世……」楊過早猜中他心思，不待他說下去，搶著道：「耶律大爺文武雙全，英明仁義，是我昔年的知交好友，由他出任貴幫幫主，定能繼承洪、黃、魯三位幫主的大業。」他怕丐幫長老要奉他爲幫主，忙告辭別過。

黃藥師問了幾句郭襄的武功，轉過頭去，要招呼楊過近前說話，一回頭，只見他身影微晃，已走出校場口外，說道：「楊過小友，我也走啦！」長袖擺動，一瞬眼間已追到了楊過身邊，一老一少，攜手沒入黑暗之中。

黃蓉心頭有一句要緊話要對父親說，只身旁人多，不便開言，那知他說走便走，竟沒片刻停留，吃了一驚，急忙追出。

但黃藥師和楊過走得好快，待黃蓉追出，已在十餘丈外。黃蓉叫道：「爹爹，過兒，且相聚幾日再去！」遠遠聽得黃藥師笑道：「咱兩個都是野性兒，最怕拘束，你便讓咱們自由自在的去罷。」最後那幾個字音已是從數十丈外傳來。黃蓉暗暗叫苦，眼見追趕不及，只得回轉。大校場上鑼鼓喧天，兀自熱鬧。

丐幫四大長老聚頭商議。一來若無霍都打擾，已立耶律齊作了幫主，二來楊過於丐幫有大恩，他既也推舉耶律齊，此事可說順理成章。當下四人稟明黃蓉，上台宣布，立耶律齊爲丐幫幫主。

幫衆依著歷來慣例，依次向耶律齊身上唾吐。幫外羣雄紛紛上前道賀。

郭襄見楊過此次到來，只與自己說得一句話，微笑相對片刻，隨即分手，心中說不出的惆悵，眼見姊姊興高采烈的站在姊夫身畔，與道賀的羣雄應酬，但覺心中傷痛再難忍受，當即轉身，要回自己家去。只走得幾步，黃蓉已追到她身邊，攜住了她手，柔聲道：「襄兒，怎麼啦？今天不快活麼？」郭襄道：「不，我快活得很。」說了這句話，隨即低頭，滿眶淚水，跟著淚珠兒便掉落胸前。黃蓉如何不明白女兒的心事，卻只說些戲文中的有趣故事，要引她破涕爲笑。

兩人慢慢回府。黃蓉陪女兒到她自己房裏，問道：「襄兒，你累不累？」郭襄道：「還好。媽，你一夜沒睡，該休息了。」黃蓉拉著她，並肩坐在床邊，伸手給她攏了攏頭髮，說道：「襄兒，楊過大哥的事，我從來沒跟你說過。這回事說來話長，你如不累，我便跟你說說。」郭襄精神一振，道：「媽，請你說罷。」

黃蓉道：「這事須得打從他祖父說起。」於是將如何郭嘯天與楊鐵心當年在臨安牛家村結義、郭楊兩家指腹爲婚，如何楊康認賊作父、賣國求榮、終至死於非命，如何楊過幼時寄居桃花島，如何她初生時楊過奮力救她、以豹餵乳，如何郭芙斬斷他手臂，如何他和小龍女在絕情谷分手等情，一一說了。

郭襄只聽得驚心動魄，緊緊抓住了母親的手，小手掌心中全是汗水。她怎料想得到這個自己心中藏之、何日忘之的「大哥哥」，與自己家竟有這深的淵源，更料不到他那隻手臂竟是爲姊姊斬斷，而他妻子小龍女所以離去，也是因中了姊姊誤發的毒針所起。她只道楊過只是她邂逅相逢的一位少年俠士，只因他仁義任俠、神采飛揚，這才使她芳心可可，難以自遣，卻原來這中間恩恩怨怨，竟牽纏及於三代。待得母親說完，她已如醉如痴，心中一片混亂。

黃蓉幽幽嘆了口氣，說道：「初時我還會錯了意，還道他和你結識，實蓄歹念。唉，說到誠信知人，我實遠遠不及你爹。你楊大哥今晚幹這三件大事，別說他絕無邪念，縱是不安好心，咱們受惠非淺，也感激不盡。」郭襄奇道：「媽，楊大哥怎會不安好心？他能有甚麼邪念？」黃蓉道：「我起初想錯了，只道他深恨咱們郭家，因此要在你身上復仇。」郭襄搖頭道：「那怎麼會？他如要殺我出氣，那眞易如反掌，風陵渡邊，他只須出一根手指便戳死了我，費甚麼事？」黃蓉道：「你是小孩子，不懂的。他如要叫你受苦，要咱們傷心煩惱，自有比殺人更惡毒十倍的法兒。唉，那不必說了，我此刻也知道他不會。可是我心中掛著一件事，好生不安。」

郭襄道：「媽，你躭心甚麼？我瞧楊大哥對從前的事也已不放在心上。他不久便要和楊大嫂相會，那時心裏一快活，甚麼事都一筆勾銷了。」黃蓉嘆道：「我躭心的，便是怕他見不著小龍女。」

郭襄瞿然而驚，道：「那怎麼會？楊大哥親口跟我說，楊大嫂因爲身受重傷，得蒙南海神尼救去醫治，約好了十六年後相會，他夫妻倆情深愛重，互相等了這麼久，怎能見不著？」黃蓉眉頭深皺，嗯了一聲。郭襄又道：「楊大哥說，楊大嫂在斷腸崖下以劍刻字，說道：『十六年後，在此重會，夫妻情深，勿失信約。』又說『珍重萬千，務求相聚』，難道刻的字是假的麼？」黃蓉道：「這刻的字是千眞萬確，半點不假，可是我便躭心小龍女對楊過相愛太深，因而楊過終於再也見她不著。」

郭襄不明母親言中之意，怔怔的望著她。黃蓉道：「十六年前，你楊大哥夫妻都受了重傷，你楊大哥尚有藥可治，小龍女卻毒入膏肓。你楊大哥見愛妻難愈，他也不想活了，雖有靈丹妙藥，他卻丟入了深谷之中，不肯服食。」她說到這裏，聲音更轉柔和，嘆道：「唉，有些事情，你年紀還小，這時候是不會懂的。」

郭襄怔怔的出神，過了片刻，抬頭道：「媽，倘若我是楊大嫂，我便假裝身子好了，讓他服食丹藥治傷。」

黃蓉一呆，沒料到女兒雖然幼小，竟也能這般爲人著想，說道：「不錯，我只躭心小龍女當時便是如此，才離楊過而去。她諄諄叮囑，說夫妻情深，勿失信約，又說珍重萬千，務求相聚。當時我瞧著『珍重萬千』四個字，便猜想小龍女突然影蹤不見，是爲了要你楊大哥安安靜靜的等她十六年。唉，她想這長長的十六年過去，你楊大哥對舊情也該淡了，縱然心裏難過，也會愛惜自己身體，不會再圖自盡了。」

郭襄道：「那麼，那南海神尼呢？」黃蓉道：「那南海神尼，卻是我的杜撰了。世上壓根兒就沒這一個人。」郭襄大吃一驚，顫聲道：「沒……沒有南海神尼？」

黃蓉嘆道：「那日在絕情谷中，斷腸崖前，我見了楊過這般淒苦模樣，心有不忍，只得揑造了一個南海神尼來安慰他，好教他平平安安的等過這一十六年。我說南海神尼住在大智島，實則世上就沒這一個島。我又說南海神尼教過你外公掌法，好令他更加堅信不疑。楊過這孩兒聰明絕頂，我若非說得活龍活現，他怎能相信？他如不信，小龍女這番苦心，也就沒著落了。」郭襄心中大驚，突然放聲大哭，不能自制，黃蓉輕拍她背安慰，過了好一會，郭襄這才止哭。

郭襄問道：「媽，你說楊大嫂已經死了麼？這一十六年的信約全是騙他的麼？」黃蓉忙道：「不，不！說不定小龍女仍在人世，到了相約之日，她果眞來和楊過相聚，那自是謝天謝地。她是古墓派的唯一傳人，古墓派的創派祖師林朝英學問淵博，內功外功俱臻化境，倘若遺下神奇功夫，令小龍女得保不死，也在情理之中。」

郭襄心下稍寬，道：「是啊！我也這麼想，楊大嫂是這樣的好人，楊大哥又這般愛她，她不會就這麼死的。倘若楊大哥到了約會之期見她不著，豈不是要發狂麼？」

黃蓉道：「今日你外公到來，我便想向他提一句，請他老人家相助圓這個南海神尼的謊兒，可是一直不得其便。」郭襄也擔起憂來，說道：「這會兒楊大哥正和外公在一起，他立時會問起南海神尼之事。外公不知前因後果，不免洩漏了機關，那可怎生是好？我快去找他！」黃蓉道：「來不及啦！倘若小龍女眞能和他相聚，自是上上大吉，甚麼都好。要是到了約期他見不著小龍女，此人一發性兒，不知要鬧出多大亂子來。他會深恨我撒謊騙他，令他苦等了一十六年。」

郭襄道：「媽，這你不用躭心！你是一片好心，救了他性命，全是爲了他啊。」黃蓉道：「不說郭楊兩家三世相交，便過兒自己，他曾數次相救你爹爹、媽媽、姊姊和你，我們一家個個曾受過他的大恩。他今日又爲襄陽立了這等大功，雖說咱們於他曾有過小小好處，但實不足以相報其萬一。唉，過兒一生孤苦，他活到三十多歲，眞正快活的日子實在沒幾天。」

郭襄黯然低首，心想：「大哥哥倘若不能和楊大嫂相會，只怕他眞的要發狂呢。」黃蓉又道：「你楊大哥是個至性至情之人，只因自幼遭際不幸，性子不免有點孤僻，行事往往出人意表。」郭襄淡淡一笑，道：「他和外公，和我，都是邪派。」黃蓉正色道：「不錯，他是好人，可是有點邪氣。要是小龍女不幸已經逝世，你可千萬別再跟他見面了。」郭襄沒料到母親竟會這般說，忙問：「爲甚麼？爲甚麼不能再見楊大哥？」

黃蓉握住她手，說道：「要是他和小龍女終於相會，你要跟他們一起去遊玩，便一起去，愛到他們家裏去作客，就去好了，便隨他們到天涯海角，我也放心。但若他會不到小龍女，襄兒，你不知你楊大哥的爲人，他發起狂來，甚麼事都做得出。」郭襄顫聲道：「媽，他如見不到楊大嫂，傷心悲痛，咱們該得好好勸他才是。」黃蓉緩緩搖頭，說道：「他是不聽人勸的。」

郭襄尋思：「他如怪上了我家，最好用黯然銷魂掌一掌把我打死了。他出了氣，就不會發狂了。或者後來想到不該殺我，心裏對我有點可憐，他就完全好了。」頓了一頓，問道：「媽，隔了一十六年，你說他傷心之下，會不會再想自盡呢？」黃蓉沉吟半晌，道：「許多人的心思我都猜得到，可是你楊大哥，他從小我就不明白他心中在打甚麼主意，正因爲我猜他不透，是以不許你再跟他相見，除非他和小龍女同來，那又當別論。」郭襄呆呆出神，並不接口。

黃蓉道：「襄兒，媽這全是爲你好，你如不聽媽的話，將來後悔可來不及了。」她見女兒秀眉緊蹙，臉現紅暈，柔聲道：「襄兒，我再說一回事你聽，那是你楊大哥之父楊康的作爲。」於是又將楊鐵心如何收穆念慈爲義女，如何比武招親而遇到楊康，如何楊康作惡多端，而穆念慈始終對他一往情深、生下楊過、終於傷心而死等情一一說了，最後道：「你穆念慈阿姨品貌雙全，實是一位難得的好女子，只因誤用了眞情，落得這般下場。」郭襄道：「媽，她是沒法子啊。她既喜歡了楊叔叔，楊叔叔便有千般不是，她也要喜歡到底。」

黃蓉凝視著女兒的小臉，心想：「她小小年紀，怎地懂得這般多？」眼見她神情困頓，眼皮軟垂，於是拉開棉被，幫她除去鞋襪外衣，叫她睡下，給她蓋上了被，道：「快合上眼睛，媽看你睡著了再去。」郭襄依言合眼，一夜沒睡，也眞的倦了，過不多時，便即鼻息細細入睡。但睡夢之中，時發嗚咽之聲。

黃蓉望著女兒俏麗的臉龐，心想：「三個兒女之中，我定要爲你操心最多。你們三姊弟中，到底我最疼愛那一個，可也眞的說不上來呢。」當下自行回房安睡。

隔日傍晚時分，武氏兄弟派了快馬回報，說道南陽的大軍糧草果然一焚而盡，火藥爆炸，炸死不少蒙古兵將，餘火兀自未熄，蒙古前軍退兵百里，暫且按兵不動。襄陽城中得到這個確訊，滿城狂喜，「神鵰大俠」四個字掛在口上說個不停。有的更加油添醬，將楊過說得猶似三頭六臂一般，講到他怎地殲滅唐州、鄧州兩路敵兵，怎地火燒南陽，口沫橫飛，有聲有色，似乎一切全是他親眼目睹，誰也沒他知道得明白詳盡。

當晚郭靖夫婦應安撫使呂文煥之邀，到署中商議軍情，直到深夜方回。次日清晨，耶律齊、郭芙、郭破虜依例到後堂向父母請安，等了良久，不見郭襄到來。黃蓉擔心起來，命丫鬟到二小姐房中瞧瞧，是不是她身子不適。過了一會，那丫鬟和郭襄的貼身使女小棒頭同來回報，說道：「二小姐昨晚沒回房安睡。」

黃蓉吃了一驚，忙問：「怎地昨晚不來稟報？」小棒頭道：「昨夜夫人回來得晚了，婢子不敢前來驚擾，只道二小姐過一會兒就能回房，那知道等到這時還沒見到。」

黃蓉微一沉吟，即到女兒房中察看，只見她隨身衣服和兵刃、銀兩等一件也沒攜帶，正自奇怪，忽見女兒枕底露出白紙一角。黃蓉情知不妙，暗暗叫苦，抽出一看，只見紙上寫道：

「爹爹媽媽尊鑒：女兒去勸楊大哥千萬不要自尋短見，怕去遲了來不及。勸得他聽了之後，女兒即歸。女兒一切小心，請勿掛念。女襄叩上。」

黃蓉呆在當地，做聲不得，心道：「這女孩兒恁地天真！楊過是何等樣人，這世上除小龍女之外，他還能聽誰的勸？要是他肯聽旁人言語，那也不是楊過了。」有心要出去尋女兒回來，但南北兩路蒙古大軍虎視襄陽，眼前攻勢雖然頓挫，但隨時能再揮兵進攻，這時候如何能爲兒女之私，輕身涉足江湖？和郭靖商議之後，寫了四通懇切的書信，分交八名能幹得力的丐幫弟子，分四路出去尋找郭襄，命她即行歸家。

郭襄那日聽了母親詳述往事之後，雖即睡去，但惡夢連連，一會兒見楊過揮劍自殺，將另一條手臂也斬斷了，一會兒又見他自千丈高崖上躍將下來，跌得血肉模糊。做了幾個惡夢之後，滿身冷汗的醒來，坐在床上細細思量：「大哥哥給了我三枚金針，答允給我做到三件事。眼下金針還賸一枚，正好持此相求，要他依我，千萬不能自盡。他是豪俠之士，言出必踐，我這便找他去。」留了一封短簡，當即出城。

可是楊過和黃藥師攜手同行，此刻到了何處，委實全無頭緒。郭襄行出三十餘里，腹中飢餓起來，要想尋一家飯店打尖。襄陽城郊百姓爲了逃避敵軍，早已十室十空，別說飯店，連有人的人家也找不到一家。郭襄從未獨自出過門，想不到道上有這等難處，坐在路旁一塊石上，雙手支頤，暗暗發愁。

坐了一會，心想：「沒飯店，尋些野果充飢便了。」縱目四顧，身周數里之內連果樹也沒一株。正沒做理會處，忽聽得馬蹄聲響，一乘馬自東而西奔來。馳到近處，見馬上坐著個極高極瘦的年老僧人，身披黃袍。馬匹奔馳極快，轉眼便過去了，奔出數丈，那老僧忽地圈轉馬頭，回到郭襄身前停住，問道：「小姑娘，你是誰？怎麼一個人在這兒？」

郭襄見他目光如電，心中微微一凜，但隨即想到在黑龍潭前所遇到的一燈大師，暗想：「那一燈大師如此慈祥，這老和尙想必也是好人。」答道：「我姓郭，要去找一個人。」那老僧道：「你去找誰？」郭襄側過了頭微微一笑，道：「老和尙多管閒事，我不跟你說。」那老僧道：「你要找的人是怎生模樣，或許我曾在道上見到，便可指點途徑。」郭襄一想不錯，便道：「我找的那人最好認不過，是個沒右臂的青年男子。他或許是和一隻大鵰在一塊兒，也或許只他獨自一人。」

那老僧正是金輪國師，聽她所說之人正是楊過，心中一驚，臉上卻現喜色，道：「啊，你要找的人姓楊名過，是不是？」郭襄大喜，道：「是啊，你識得他？」國師笑道：「我怎不識得？他是我的小朋友。我識得他的時候，你還沒出世呢。」

郭襄俏臉上一陣紅暈，笑問：「大和尚，請問你的法名。」國師道：「我叫珠穆朗瑪。」珠穆朗瑪是吐蕃境內一座高山之名，此峯之高，天下第一，國師所學佛法武功源自吐蕃，他隨口說出來，隱有武功高極、無人可及之意。

郭襄笑道：「甚麼珍珠，木馬，嘰哩咕嚕的，名字這麼長。」金輪國師道：「叫珠穆朗瑪。」郭襄道：「好，是珠穆朗瑪大師。你知道我大哥哥在那兒麼？」國師道：「你大哥哥？」郭襄道：「楊過啊？」國師道：「啊，你叫楊過作大哥哥，你說姓郭啊？」郭襄臉上又微微一紅，道：「我們是世交，他從小住在我家裏的。」

國師心念一動，道：「我有個方外之交，與老僧相知極深。此人武藝高強，名滿天下，也是姓郭，單名一個靖字，不知姑娘識得他麼？」郭襄一怔，心想：「我偷偷出來，他既是爹爹的朋友，說不定硬要押我回去，還是不說的好。」說道：「你說郭大俠麼？他是我本家長輩。大和尚是瞧他去麼？」

國師人既精明，又久歷世務，郭襄這麼神色稍異，他如何瞧不出來？當即嘆道：

「我和郭大俠乃過命的交情，已有二十餘年不見，日前在北方聽到噩耗，說郭大俠已經逝世，老僧心痛如絞，因此兼程趕來，要到他靈前去一拜。唉，大英雄不幸短命，眞是蒼天無眼了。」說到這裏，淚水滾滾而下，衣襟盡濕。他內功深湛，全身肌肉呼吸皆能控縱自如，區區淚水，自是說來便來。

郭襄見他哭得悲切，雖明知父親不死，但父女關心，不由得心中也自酸苦，眼眶一紅，說道：「大和尙，你不用傷心，郭大俠沒死。」國師搖頭道：「你別瞎說！他確是死了。小女孩兒怎知道大人的事？」郭襄道：「我正自襄陽出來，怎不知道？剛剛昨天我便見過郭大俠。」國師此時再無懷疑，仰天大笑，說道：「啊，你便是郭大俠的小姐。」突然又搖頭道：「不對，不對，郭大俠的小姐名叫郭芙，我也識得，她今年總有三十五歲出頭了，那像你這般小？你是假的。」郭襄經不起他這麼一激，道：「那是我大姊姊。她叫郭芙，我叫郭襄。」

國師心中大喜，暗想：「今日當眞是天降之喜，這福氣自己撞將過來。」說道：「如此說來，郭大俠當眞沒死！」郭襄見他喜形於色，還道他眞是爲父親健在而歡喜，覺得此人良心眞好，說道：「自然沒死！我爹爹倘若死了，我哭也哭死了。」國師喜道：「好，好，好！我信你了。郭二姑娘，如此我便不到襄陽去了。相煩你告知令尊郭大俠和令堂黃幫主，便說故人珠穆朗瑪敬候安好。」他料知郭襄定要問他楊過之事，於是以退為進，雙手一合什，牽過馬來，便要上鞍。

郭襄道：「喂喂，大和尚，你這個人怎麼如此不講理啊？」國師道：「我怎地不講理了？」郭襄道：「我跟你說了我爹爹的消息，你卻沒跟我說楊過的消息，他到底在那裏？」國師道：「啊，昨天在南陽之北的山谷之中，老僧曾和楊過小友縱談半日，他正在該處練劍，此刻十九未走，你去找他便了。」郭襄秀眉微蹙，道：「這許多山谷，到那裏去找他？請你說得明白些。」國師沉吟半晌，便道：「好罷！我本要北上，就帶你去見他便了。」郭襄大喜，道：「如此多謝你啦。」

國師牽過馬來，道：「小姑娘騎馬，老僧步行。」郭襄道：「這個何以克當？」國師笑道：「這馬四條腿，未必快得過老僧的兩條腿。」郭襄正欲上馬，忽道：「啊喲，大和尚，我肚子餓啦，你帶著吃的沒有？」國師從背囊中取出一包乾糧。郭襄吃了兩個麵餅，上馬便行。

國師大袖飄飄，隨在馬側。郭襄想起他那句話：「這馬四條腿，未必快得過老僧的兩條腿。」一提馬韁，笑道：「大和尚，我在前面等你。」話聲未畢，那馬四蹄翻飛，已發足向前疾馳。這馬腳力甚健，郭襄但覺耳畔風生，眼前樹過，晃眼便奔出了里許。她回頭笑道：「大和尚，你追得上我麼？」說話甫畢，微微一驚，原來竟不見了金輪國師的蹤影。

忽聽得那和尚的聲音從前面樹林中傳出：「郭姑娘，我這坐騎跑不快，你得加上幾鞭。」郭襄大奇：「怎地他又在前面？」縱馬搶上，只見國師在身前十餘丈處大步而行。郭襄揮鞭抽馬，那馬奔得更加快了，然而和國師始終相距十餘丈，幾乎要迫近數尺也有所不能。這時兩人已走上襄陽城北大路，一望平野，那馬四隻鐵蹄濺得黃土飛揚，看國師時，卻是腳下塵沙不起，宛似御風而行一般。

郭襄好生佩服，心想：「他若非身具這等武功，也不配和爹爹結成知交。」由欽生敬，叫道：「大和尚，你是長輩，還是你來騎馬罷，我慢慢跟著便是。」國師回頭笑道：「咱們何須在道上多費時光？早些找到你大哥哥不好麼？」這時郭襄胯下的坐騎漸感乏力，奔跑已無先前之速，反與國師越離越遠了。

便在此時，只聽得北邊又有馬蹄聲響，兩乘馬迎面馳來。國師道：「咱們把這兩匹馬截下來，三匹馬掉換著騎，還可趕得快些。」過不多時，兩乘馬奔到近前，國師雙手一張，說道：「下來走走罷！」

兩馬受驚，齊聲長嘶，都人立起來。馬上乘客騎術甚精，身隨鞍起，並沒落馬，一人怒喝：「甚麼人？要討死麼？」唰的一聲，馬鞭從半空抽將下來。郭襄喜叫：「大頭鬼，長鬚鬼，別動手，是自己人！」馬上乘客正是西山一窟鬼中的長鬚鬼和大頭鬼。

國師左手回帶，已抓住了大頭鬼的馬鞭，往空一奪。不料大頭鬼人雖矮小，卻天生神力，那馬鞭又是極牢韌的牛皮所製，國師這一奪實有數百斤的大力，馬鞭居然不斷，也沒將大頭鬼拉得鞭子脫手。國師叫道：「好小子！」手勁暗加，呼的一聲，終於將大頭鬼拉下馬來。大頭鬼大怒，撒手鬆鞭，便欲撲上跟國師放對。長鬚鬼叫道：「五弟且慢！」說道：「郭二小姐，你怎地和金輪國師在一起了？」當日金輪國師和楊過等同入絕情谷，長鬚鬼樊一翁見過他，因此識得。

郭襄笑道：「你認錯人啦，他叫珠穆朗瑪大師，是爹爹的好朋友。金輪國師卻是爹爹的對頭，這不是牛頭不對馬嘴麼？」樊一翁問道：「你在那裏遇見這和尚的？」郭襄道：「我剛碰著他。這位大和尚說道我爹爹不在了，你說好笑不好笑？他要帶我去見大哥哥呢。」大頭鬼道：「二小姐快過來，這和尚不是好人。」郭襄將信將疑，道：「他騙我嗎？」大頭鬼道：「神鵰俠在南邊，怎地他帶你往北？」

金輪國師微微一笑，道：「兩個矮子瞎說八道。」身形略晃，倏忽間欺近二鬼身側，雙掌齊下，逕向二鬼天靈蓋拍落。

這十餘年來，國師在蒙古苦練「龍象般若功」，那是金剛宗中至高無上的護法神功。那「龍象般若功」共分十三層，第一層功夫十分淺易，縱是下愚之人，只要得到傳授，一二年中即能練就。第二層比第一層加深一倍，需時三四年。第三層又比第二層加深一倍，需時七八年。如此成倍遞增，越往後越難進展。待到第五層後，欲再練深一層，往往便須三十年以上的苦功。金剛宗一門，高僧奇士歷代輩出，但這一十三層「龍象般若功」，卻從未有一人練到十層以上。這功夫循序漸進，本來絕無不能練成之理，若有人得享數千歲高齡，最終必臻第十三層境界，只人壽有限，金剛宗中的高僧修士欲在天年終了之前練到第七層、第八層，便非得躁進不可，這一來，往往陷入了欲速不達的大危境。北宋年間，吐蕃曾有一位高僧練到了第九層，繼續勇猛精進，待練到第十層時，心魔驟起，無法自制，終於狂舞七日七夜，自絕經脈而死。

那金輪國師實是個不世出的奇才，潛修苦學，進境奇速，竟爾衝破第九層難關，此時已到第十層境界，當眞是震古鑠今，雖不能說後無來者，卻確已前無古人。據那《龍象般若經》言道，此時每一掌擊出，均具十龍十象的大力，他自知再求進境，此生已屬無望，但既已自信天下無敵手，即令練到第十一層，也已多餘。當年他敗在楊過和小龍女劍下，引爲生平奇恥大辱，此時功力既已倍增，乘著蒙古皇帝御駕親征，便扈駕南來，要雙掌擊敗楊龍夫婦，以雪當年之恥。

這時他雙掌齊出，倏襲二鬼，大頭鬼舉臂一格，喀的一響，手臂立斷，腦門跟著中掌，連哼也沒哼一聲，當即斃命。樊一翁功力遠爲深厚，見敵人這一擊甚是厲害，使一招「托天勢」，雙手舉起撐持，立覺有千斤重力壓在背上，眼前一黑，撲地便倒。

郭襄大驚，喝道：「這兩個是我朋友，你怎敢出手傷人？」

樊一翁噴了兩口鮮血，猛地縱起，抱住了國師兩腿，叫道：「姑娘快逃。」國師左手抓住他背心，要將他提起摔出，但樊一翁捨命迴護郭襄，雙手便如鐵圈般牢牢握住了敵人雙腿。國師雖然力大，卻拉他不脫。郭襄又驚又怒，此時自已知道國師不懷好意，可是不願捨樊一翁而獨自逃命。雙手在腰間一插，凜然道：「惡和尚，你恁地歹毒！快放了長鬚鬼，姑娘隨你去便是。」樊一翁叫道：「姑娘快逃，別管……」下面一個「我」字沒說出口，就此氣絕。

國師提起樊一翁的屍身往道旁一擲，獰笑道：「你若要逃，何不上馬？」郭襄一生從未恨過任何人，當日魯有腳死在霍都手下，但她未曾目睹霍都下手，只心中悲痛，卻沒憎恨仇人，這時見國師如此毒辣殘忍，不由得恨到極處，對他怒目冷視，竟沒半點懼色。國師道：「小姑娘，你怎地不怕我？」郭襄道：「我怕你甚麼？你要殺我，快動手好啦！」國師大拇指一翹，讚道：「好，不愧是將門虎女！」

郭襄向著國師狠狠的望了一眼，想要埋葬兩位朋友，苦無鋤頭鐵鏟之屬，微一沉吟，提起兩人屍身，放在樊一翁的坐騎背上，翻過踏蹬皮索，將屍身綁住了，在馬臀上踢了一腳，說道：「馬兒，馬兒，你送主人回家去罷。」那馬吃痛，疾馳而去。

那晚楊過和黃藥師並肩離了襄陽，展開輕功，向南疾趨，倏忽間奔出數十里之遙，卯末辰初，已到宜城。兩人來到一家酒樓，點了酒菜，共叙契闊。黃藥師說起程英、陸無雙姊妹十餘年來隱居故鄉嘉興，以傻姑爲伴。他曾想攜同兩人出來行走江湖散心，兩姊妹總是不願。楊過黯然長嘆，頗感內疚。

兩人喝了幾杯，楊過說道：「黃島主，這十多年來，晚輩到處探訪你老人家的所在，想請問你一件事，直到今日，方始如願。」黃藥師笑道：「我隨意所之，行蹤不定，要找我確是不易。但不知老弟要問我何事？」楊過正要回答，忽聽得樓梯上腳步聲響，上來三人。

黃楊二人聽那腳步之聲，知上樓的三人武功甚強，大非庸手，一瞥之下，楊過識得當先一人乃瀟湘子，第二人面目黝黑，並不相識，第三人卻是尹克西。瀟湘子和尹克西見到楊過，愕然止步，互相使個眼色，便欲下樓。

楊過軒眉笑道：「故人久違，今日有幸相逢，何以匆匆便去？」尹克西拱了拱手，陪笑道：「楊大俠別來無恙？」瀟湘子深恨終南山上折臂之辱，這十餘年來雖功力大進，自知終非敵手，再也不向楊過多瞧一眼，逕自走向樓梯。

那黑臉漢子也是忽必烈帳下有名武士，這次與尹瀟二人來到宜城打探消息。見瀟湘子滿臉怒色，當即大聲道：「瀟湘兄且請留步，既有惡客阻了清興，待小弟趕走他便是。」一說著伸出大手便往楊過肩頭抓來，要提起他摔下樓去。

楊過見他手掌心紫氣隱隱，知道此人練的是毒砂掌中的一門，心念微動：「我何不借此三人，向黃老前輩探問南海神尼之事？」眼見他手掌將及自己肩頭，反手一搭，啪的一聲，清清脆脆的打了他個耳光。黃藥師暗吃一驚：「這一掌打得好快！」就只這麼一掌，已瞧出楊過自創武功，已卓然而成大家。只聽得啪啪連響，瀟湘子左右雙頰也均中掌。楊過念著尹克西舉止有禮，便饒過了他。

黃藥師笑道：「楊老弟，你新創的這路掌法可高明得緊啊，老夫意欲一睹全豹，以飽眼福。」楊過道：「正要向前輩請教。」身形晃動，將那路「黯然銷魂掌法」施展開來，長袖飄動，左掌飛揚，忽而一招「拖泥帶水」，忽而一招「徘徊空谷」，將瀟湘子、尹克西、和黑臉漢子一起裹在掌風之中。那三人猶如身陷洪濤巨浪，跌跌撞撞，隨著楊過的掌風轉動，別說掙扎，竟連站定腳步也有不能，到了全然身不由主的境地。黃藥師舉杯乾酒，嘆道：「古人以漢書下酒，老夫今日以小兄弟的掌法下酒，豪情遠追古人矣。」

楊過叫道：「老前輩請指點一招。」手掌一擺，掌力將瀟湘子向黃藥師身前送來。黃藥師不敢怠慢，左掌推出，將瀟湘子送了回去，只見那黑臉大漢跟著又衝近身來，於是舉杯飲了一口，回掌將他推出。楊過凝神瞧他掌法，雖功力深厚，卻也並非出奇的神妙，心想：「我若非出全力以赴，引不出他學自南海神尼的掌法。」當下氣聚丹田，催動掌力，將瀟湘子、尹克西、黑臉漢子三人越來越快的推向黃藥師身前。

黃藥師回了數掌，只覺那三人衝過來的勢頭便似潮水一般，一個浪頭方過，第二個更高的浪頭又撲了過來，心想：「這孩子的掌力一掌強似一掌，確是武學奇才！」

便在此時，那黑臉漢子忽地凌空飛起，腳前頭後，雙腳向黃藥師面門踹到。黃藥師斜掌卸力，右手不自禁的微微一晃，酒杯中一滴酒潑了出來，跟著尹克西和瀟湘子雙雙凌空，一正一斜的撞到。黃藥師叫道：「好！」放下酒杯，右手還了一掌。

黃楊兩人相隔數丈，你一掌來，我一掌去，那三人竟變成了皮毬玩物，給兩人的掌力帶動，在空中來往飛躍。「黯然銷魂掌」使到一半，黃藥師的「桃華落英掌法」已相形見絀，他眼見尹克西如箭般衝到，自忖掌力不足以與之對抗，伸指一彈，嗤的一聲輕響，一股細細的勁力激射出去，登時將楊過拍出的掌力化解了。他連彈三下，但聽得噗通、噗通、噗通三響，瀟湘子等三人摔上樓板，暈了過去。這「彈指神通」奇功與楊過的「黯然銷魂掌」鬥了個旗鼓相當，誰也沒能贏誰。

兩人哈哈一笑，重行歸座，斟酒再飲。黃藥師道：「老弟這一路掌法，以力道的雄勁而論，當世唯小婿郭靖的降龍十八掌可以比擬。老夫的桃華落英掌便輸卻一籌了。」楊過連連遜謝，說道：「晚輩當年得蒙前輩指點『彈指神通』與『玉簫劍法』兩大奇功，終身受益不淺，當時便有師徒之分，一直感激在心。晚輩自創這路掌法，頗有不少淵源於前輩所點撥的功夫，前輩自早已看出。聞道前輩曾蒙南海神尼指點，學得一路掌法，不知能賜晚輩一開眼界否？」

黃藥師奇道：「南海神尼？那是誰啊？我從沒聽過此人的名頭。」

楊過臉色大變，站起身來，顫聲說道：「難道……難道世上並無……並無南海神尼其人？」黃藥師見他神色斗然大異，倒也吃了一驚，沉吟道：「莫非是近年新出道的異人？老夫孤陋寡聞，未聞其名。」

楊過呆立不動，一顆心便似欲從胸腔中跳將出來，暗想：「郭伯母說得明明白白，說龍兒蒙南海神尼所救，原來盡是騙人的鬼話，原來都是騙我的，都是騙我的！」仰天一聲長嘯，震動屋瓦，雙目中淚珠滔滔而下，難以止歇。

黃藥師道：「老弟有何爲難之事，不妨明示，說不定老夫可相助一臂之力。」楊過一揖到地，哽咽道：「晚輩心亂如麻，言行無狀，請前輩恕罪。」長袖揚起，轉身下樓，但聽得喀喇喀喇響聲不絕，樓梯踏級盡數給他踹壞。

黃藥師茫然不解，自言自語：「南海神尼，南海神尼？那是何人？」

楊過放開腳步狂奔，數日間不食不睡，只是如一股疾風般捲掠而過。他自忖唯有疲累如死，才不致念及小龍女，到底日後是否能和她相見，此時實是連想也不敢想。不一日已到了大江之濱，他心力交瘁，再難支持，見一帆駛近岸旁，便縱身躍上，摸出一錠銀兩擲給舟子，也不問那船駛向何處，在艙中倒頭便睡。

大江東去，濁浪滔滔，楊過所乘那船沿江而下，每到一處商市必定停泊數日，上貨卸貨，原來是在長江中上落貿遷的一艘商船。楊過心中空蕩蕩地，反正是到處漫遊，也不怕那船在途中多所躭擱，在舟中只白日醉酒，月夜長嘯，書空咄咄，不知時日之過。舟子和客商貪他多給銀兩，只道他是個落拓江湖的狂人，也不加理會。

這一日舟抵江陰，聽得船中一個客商說起要往嘉興、臨安買絲。楊過聽到「嘉興」兩字，猛地一驚：「我父當年在嘉興王鐵槍廟中慘爲黃蓉害死，說道是『葬身鴉腹』，難道竟連骸骨也四散無存了？我不好好安葬亡父骸骨，是爲不孝。」一言念及此，當即捨舟上陸。此時已當十月盡，江南雖不若北方苦寒，這一年卻冷得甚早，這幾日又適逢大雨，楊過身披簑衣，頭戴斗笠，冒雨南行，第三日上到了嘉興。

到得城中，已近黃昏，他找一家酒樓用了酒飯，問明王鐵槍廟的路徑，冒著大雨，大踏步而行。到得鐵槍廟時已二更時分。大雨稍歇，北風仍緊。

天色昏暗中，依稀見這廟年久失修，已破敗不堪，山門腐朽，輕輕一推，竟便倒在一邊。走進廟去，見神像毀破，半邊斜倒，到處蛛網灰塵，並無人居。悄立殿上，想像三十餘年之前，父親在此處遭人毒手，以致終身父子未能相見一面，傷心人臨傷心地，倍增苦悲。在廟中前前後後瞧了一遍，心想父親逝世已久，自不致再留下甚麼遺跡，走到廟後，只見兩株大樹之間有座墳墓，墳前立著一碑，看碑上刻字時，不由得怒火攻心，難以抑制，原來碑上刻著一行字道：「不肖弟子楊康之墓」，旁邊另刻一行小字：「不才業師丘處機書碑」。

楊過大怒，心想：「丘處機這老道忒也無情，我父既已死了，又何必再立碑以彰其過？我父卻又如何不肖了？哼，肖了你這個牛鼻子老道有甚麼好？我不到全眞教去大殺一場，此恨難消。」手掌揚起，便要往墓碑拍落。

便在此時，忽聽得西北方傳來一陣快速的腳步聲，這聲音好生奇怪，似是幾個武林好手同行，卻又似是兩頭野獸緊接而行，腳步著地時左重右輕，大異尋常。楊過好奇心起，停掌不擊，耳聽得這聲音正是奔向王鐵槍廟而來，於是回進正殿，隱身在圮倒的神像之後，要瞧瞧是甚麼怪物。

片刻之間，腳步聲走到廟前，停著不動，似怕廟中有敵人隱伏，過了一會，這才進殿。楊過探頭一瞧，險些兒啞然失笑。原來進廟的共是四人，這四人左腿均已跛折，各人撐著一根拐杖，右肩上各有一條鐵鍊，互相鎖在一起，因此行走時四條拐杖齊落，跟著便是四條右腿同時邁步。

只見當先那人頭皮油光晶亮，左臂斷了半截。第二人額生三瘤，左臂齊肘而斷，兩人均是殘廢中加了殘廢。第三人短小精悍。第四人是個高大和尚。四人年紀均已老邁。楊過暗暗稱奇：「這四人是甚麼路數？何以如此相依為命，永不分離？」只聽得嗒嗒兩聲響，為首的禿子取出火刀火石打著了火，找半截殘燭點著了。楊過看得分明，見除第一人外，其餘三人都只有眼眶而無眼珠，這才恍然：「原來那三人須仗這禿子引路。」

禿頭老者舉起蠟燭，在鐵槍廟前後巡視，四人便如一串大蟹，一個跟一個，相距不逾三尺，楊過早已藏好，別說這四人行動不便，又只一人能夠見物，縱然四人個個耳目靈便、手足輕捷，也搜不出他藏在神像之後。四人巡查後回到正殿。禿頭老者道：「柯老頭沒洩露咱們行蹤，他如邀了幫手，定是先行埋伏在此。」第三人道：「不錯，他答應決不吐露半句，這些人以俠義自負，那『信義』兩字，倒是瞧得很重的。」

四個人並肩坐地。生瘤子的第二人道：「師哥，你說這柯老頭眞的會來麼？」第一人道：「那就難說得很，按理是不會來的，誰能有這麼傻，眼巴巴的自行來送死？」第三個瘦子道：「可是這柯老頭乃江南七怪之首，當年他們和那十惡不赦的丘老道打賭，萬里迢迢的趕到蒙古去教郭靖武藝，這件事江湖傳聞，都說江南七怪千金一諾，言出必踐。咱們也瞧在這件事份上，那才放他。」

楊過在神像後聽得清楚，心想：「原來他們在等候柯老公公。」只聽第二人道：「我說他一定不來，彭大哥，要不要跟你打一個賭，瞧瞧是誰……」一句話還沒說完，只聽得東邊傳來一陣腳步聲，也是一輕一重，有人以拐杖撐地而來。楊過幼時曾在桃花島上與柯鎮惡相處，一聽便知是他到了。那瘦子哈哈一笑，道：「侯老弟，柯老頭來啦，還打不打賭呢？」那生瘤子的喃喃道：「賊廝鳥，果真不怕死，這般邪門。」

但聽得錚錚錚幾聲響，鐵杖擊地，飛天蝙蝠柯鎮惡走進殿來，昂然而立，說道：「柯鎮惡守約而來，這是桃花島的九花玉露丸，一共十二粒，每人三粒。」右手輕揚，一個小瓷瓶向爲首的禿頭老者擲去。那老者喜道：「多謝！」伸手接了。柯鎮惡道：「老夫的私事已了，特來領死。」但見他白鬚飄飄，仰頭站在殿中，自有一股凜凜之威。

那生瘤子的道：「師哥，他取來了九花玉露丸，治得好咱們身上的內傷隱痛，咱們跟他又沒深仇大怨，就饒了他罷。」那瘦子冷笑道：「嘿，侯老弟，常言道養虎貽患，你這婦人之仁，只怕要叫咱們死無葬身之地。他此刻雖未洩露，誰保得定他日後始終守口如瓶？」提高聲音喝道：「一齊動手！」四人應聲躍起，將柯鎮惡圍在垓心。

那光頭老者啞聲道：「柯老頭，三十餘年之前，咱們同在此處見到楊康慘死，想不到今日你也走上他這條路子，這才眞叫報應不爽。」

柯鎮惡鐵杖在地下一登，怒道：「那楊康認賊作父，賣國求榮，乃卑鄙無恥小人。我柯鎮惡堂堂男兒，無愧天地，你如何拿這奸賊來跟我飛天蝙蝠相比？你難道不知柯某可殺不可辱嗎？」那瘦子哼的一聲，罵道：「死到臨頭，還充英雄好漢！」其餘三人同時出掌，往他頂門擊落。柯鎮惡自知非這四人敵手，持杖挺立，更不招架。

只聽得呼的一聲疾風過去，跟著砰的一響，泥塵飛揚，四人都覺得落掌之處情形不對，似乎並非擊上了血肉之軀。那禿頭老者早已瞧得明白，但見柯鎮惡已不知去向，他原先站立之處，竟爾換上了廟中那鐵槍王彥章的神像。神像的腦袋爲這勁力剛猛的四掌同時擊中，登時變成泥粉木屑。

那禿頭老者大驚之下，回過頭來，只見一個三十來歲的男子滿臉怒容，左手抓住柯鎮惡的後頸，將他高高舉在半空，喝道：「你憑甚麼辱罵我先父？」

柯鎮惡問道：「你是誰？」楊過道：「我是楊過，楊康是我爹爹。我幼小之時，你待我不錯，卻何以在背後胡言毀謗我過世的先人？」柯鎮惡冷冷的道：「古往今來的人物，有的流芳百世，有的遺臭萬年，豈能塞得了世人悠悠之口？」楊過見他絲毫不屈，更加憤怒，提起他身子重重往地下一擲，喝道：「你說我爹爹如何卑鄙無恥了？」

那禿頭老者見楊過如此神功，在一瞬之間提人換神像，自己竟爾不覺，諒來非他對手，輕輕一扯連著其餘三人的鐵鍊，悄步往廟外走去。楊過身形略晃，攔在門口，喝道：「今日不說個明白，誰都不能活著離去。」四人齊聲大喝，各出一掌，合力向前推出。楊過喝道：「來得好！」左手也是一掌推出，這股強勁無倫的掌風橫壓而至，四個人立足不定，向後便倒，喀喇喇一聲響，都壓在神像之上，將神像撞得碎成了十多塊。

四人中第二個武功最弱，偏是他額頭肉瘤剛好撞正神像的胸口，立時昏暈。

楊過道：「你四人是誰？何以這般奇形怪狀的連在一起？又何以與柯鎭惡在此相約會面？」那禿頭老者給楊過這一掌推得胸口塞悶，五臟六腑似乎盡皆倒轉，盤膝坐著運了幾口氣，這才慢慢說出一番話來。

原來這禿頭老者乃沙通天，第二人生瘤子的是他師弟三頭蛟侯通海，第三個短小精悍之人是千手人屠彭連虎，最後一個高大和尙是大手印靈智上人。三十餘年之前，老頑童周伯通將這四人拿住，交給丘處機、王處一等看守，監禁在終南山重陽宮中，要他們改過自新，這才釋放。四人惡性難除，千方百計的設法脫逃，每次均給追了回來，第三次脫逃之時，彭連虎、侯通海、靈智上人三人各自殺了幾名看守的全眞弟子。全眞教的道人爲懲過惡，打折了他們一腿，又損了三人眼睛，只沙通天未傷人命，雙目得以保全。到得十餘年前蒙古武士火焚重陽宮，沙通天等終於在混亂中逃了出來。只因三人目盲，非依沙通天指路不可，彭連虎等生怕他一人棄衆獨行，是以堅不肯除去全眞道人繫在他們肩頭的鐵鍊，四人連成一串，便是爲此。

楊過當年在重陽宮學藝爲時甚暫，又不得師父和師兄們的歡心，從未得准許走近監禁四人之處，因此不識四人面目，更不知他們來歷。

沙通天等逃出重陽宮後，知全眞教根本之地雖然遭毀，在江湖上仍勢力龐大，自己四人已然殘廢，無法與抗，於是潛下江南，隱居於荒僻鄉村，倒也太太平平的過了十幾年。這一日四人在門外晒太陽，忽見柯鎮惡從村外小路經過。沙通天生怕他是為己而來，當即攔路截住。柯鎮惡眼睛盲了，瞧不到他們而及早避開，武功又遠不及四人，一動手就給制住，詢問之下，才知他另有要事。四人雖與他並無重大仇怨，但恐他洩漏了自己行蹤，便要將他打死。

柯鎮惡當時言道，他須赴嘉興一行，事畢之後，自當回來領死，四人若能容他多活數日，他願取桃花島的療傷至寶九花玉露丸為酬。四人傷腿之後，每逢陰雨便酸痛難熬，聽柯鎮惡說能贈以靈藥，要他發下重誓，決不吐露四人行藏，亦不邀幫手助拳，這才約定日子，在王鐵槍廟中重會。

沙通天敘畢往事，說道：「楊大俠，令尊在日，我們都是他府中上客。直至他老人家逝世，我們絲毫沒對不起他之處，望你念在昔日之情，放我們去罷。」數十年前，沙通天、彭連虎諸人都是江湖上響噹噹的腳色，縱然刀劍加頸，斧鉞臨身，亦決不肯絲毫示弱，但自遭長期囚禁、斷腿盲目之後，心灰氣沮，豪氣盡銷，竟向楊過哀哀求告。

楊過哼了一聲，並不理會，向柯鎮惡道：「你剛才可是去見程英、陸無雙姊妹麼？卻為了何事？」柯鎮惡仰天長笑，說道：「楊過啊楊過，你這小子好不曉事？」楊過怒道：「我怎地不曉事了？」柯鎮惡笑道：「事到如今，我飛天蝙蝠早沒把這條老命放在心上，便在年輕力壯之時，柯鎮惡幾時又畏懼於人了？你武功再高，也只能嚇得倒貪生怕死之輩，難道江南七怪是受人逼供的麼？」

楊過見他正氣凜然，不自禁的起敬，說道：「柯老公公，是我楊過的不是，這裏向你謝過了。只因你言語中辱及先父，這才得罪。柯老公公名揚四海，楊過自幼欽佩，從來不敢無禮。」柯鎮惡道：「這才像句人話。我聽說你人品不錯，又在襄陽立下大功，才當你是一號人物。倘若與你父親一般，便跟我多說一句話，也污辱了我。」

楊過胸間怒氣又增，大聲道：「我爹爹到底做錯了何事，請你說個明白。」

楊過所交遊的人中，知悉他父親楊康往事的原亦不少，但誰都不願直言其短，觸犯於他，便逢楊過問起，也只揀些不相干的事說說。柯鎮惡自來嫉惡如仇，生性鯁直異常，那來理會楊過是否見怪，當下將楊康和郭靖的事蹟原原本本的說了，又說到楊康和歐陽鋒如何害死江南七怪中的五怪，如何在這鐵槍廟中掌擊黃蓉，終於自取其死，最後說道：「當晚經過，這幾個都親眼目睹。沙通天、彭連虎，你兩個且說說，柯老頭這番話中可有半句虛言？」

六人在殿中擊毀神像，大聲說話，驚起了高塔上數百隻烏鴉，盤旋空際，呀呀而鳴。沙通天嘆道：「那一天晚上，也是有這許多烏鴉……我手上給楊公子抓了一把，若不是彭兄弟見機得快，將我這手臂斬去，怎能活到今日？」彭連虎道：「柯老頭的話雖大致不錯，但楊大俠的令尊當年禮賢下士，人品是十分……十分英俊瀟洒的。」

楊過抱頭在地，悲憤難言，想不到自己生身之父竟如此奸惡，自己名氣再響，也難洗生父之羞。神殿上六人均不作一聲，唯聽得烏鴉嗚聲不絕。

過了良久，柯鎮惡道：「楊公子，你在襄陽立此大功，保國衛民，普天下都說你的好處。你父親便有千般不是，也都彌蓋過了。他在九泉之下，自也喜歡你爲父補過。」

楊過回思自識得郭靖夫婦以來諸般情事，暗想黃蓉所以對自己始終提防顧忌，過去許多誤會別扭，皆是由斯種因。若無父親，己身從何而來？而自己無數煩惱，也實由父親而起，不禁深深嘆了口氣，問柯鎮惡道：「柯老公公，程陸兩位可都安好麼？」

柯鎮惡道：「她們聽說你火燒南陽糧草火藥，盡殲蒙古軍先鋒，歡喜得了不得，細細問你的詳情，又問起小龍女的消息，她兩姊妹都很掛懷。只可惜我所知也是有限。」

楊過幽幽的道：「這兩位義妹，我也快十六年沒見了。」轉過身來，向沙通天喝道：「柯老公公答應把性命交給你們，他老人家向來言出必踐，從不失信於人。現下你們快快動手。倘若你們倚多爲勝，四個人合力殺得了他，我便再殺你們四個狗才，給他老人家報仇。」

沙通天等呆了半晌。彭連虎道：「楊大俠，我們四人無知，冒犯了柯老俠的虎威，望你兩位大人不記小人之過。」楊過道：「那你們記好，這是你們自己不守信約，不敢跟柯老公公動手。」彭連虎道：「是，是。柯老俠大信大義，我們向來十分欽佩。這次得罪，全是我們錯了。」楊過道：「那快快給我走罷。下次休要再撞在我手裏。」沙通天等四人一齊躬身行禮，向柯鎭惡謝罪，退出廟去。楊過如此救了柯鎭惡性命，卻又顧全他面子，柯鎭惡自十分感激。兩人踢開殿上泥塊，坐在地下。

柯鎭惡道：「我來到嘉興，是爲了郭二姑娘。」楊過微微一驚，問道：「這小姑娘怎麼了？」柯鎭惡嘆了口氣，臉上卻露微笑，說道：「郭靖兩個寶貝女兒，各有各的淘氣，眞好叫人頭痛。也不知爲了甚麼，郭襄這小娃兒忽然不聲不響的離了襄陽，不知去向，可敎她父親好生著急，連派了幾批人出去尋訪，都音訊全無。有人居然找上桃花島來。其實這個整日價跳蹦不停的小娃兒，又怎肯回桃花島來跟老瞎子作伴？我心下掛念，於是也出來找她。」楊過心中掛念，忙問：「可得到甚麼訊息？」

柯鎭惡道：「日前我在臨安郊外，偷聽到兩個蒙古使臣的說話，說道襄陽郭大俠的小女兒已給擒到蒙古軍中……」楊過叫道：「啊喲！不知是眞是假？」柯鎭惡道：「蒙古兩路大軍南北夾攻襄陽，臨安朝廷的當國大臣還在妄想議和，這兩個蒙古使臣是派來欺騙我大宋君臣的，官職倒是不小。他二人肆無忌憚的用蒙古話談論，只道旁人決不會懂。偏生我柯老蝙蝠曾在蒙古十多年，眼睛雖瞎，耳朵卻靈，聽了個明明白白。」楊過皺起眉頭：「如此說來，這事確非虛假了？」

柯鎮惡道：「是啊！我本要送幾枚毒菱給這兩個蒙古韃子嘗嘗滋味，但急於要趕去襄陽報信，不想旁生枝節，給絆住了身子，豈知還是遇上了四隻惡鬼攔路。老頭兒不論那一日歸天都不打緊，郭二姑娘的訊息卻不能不報，這才求他們寬限數天，就近到嘉興來告知程英和陸無雙兩位姑娘。程陸兩位得訊後當即北上，老頭兒便依約前來送死。想不到柯老頭兒守了信約，四隻惡鬼卻言而無信，事到臨頭居然不敢下手，哈哈，哈哈！」

楊過沉吟半晌，問道：「柯老公公可曾聽那兩個蒙古使臣說起，郭二姑娘如何被擒？可有性命危險？」柯鎮惡道：「這個他們倒並沒說起，從話中聽來，好像這兩個韃子官兒也不大清楚。」楊過道：「此事急如星火，晚輩這便趕去，盡力相救，柯老公公緩緩而來罷。」柯鎮惡日前從到桃花島找尋郭襄的丐幫弟子口中，得知楊過在襄陽幹下的大事，甚服其能，說道：「有你前去，我可放心了。」

楊過道：「柯老公公，晚輩拜託你一件事，請你替先父立過一塊墓碑，碑上便書：『先父楊府君康之墓，不肖子楊過謹立』幾個字。」柯鎮惡一怔，隨即會意，說道：「不錯，不錯，你原是不肖令尊。你之不肖，遠勝於旁人之肖了。老朽定當遵辦。」

楊過回到嘉興城裏，買了三匹好馬，疾馳向北，一路上不住換馬，絲毫不敢耽擱，不一日已近蒙古軍營。蒙古皇帝南征襄陽，在唐州、鄧州兩處莫名其妙的吃了個大敗仗，在南陽多年積儲的糧草火藥更於一晚間給燒得精光，再傷了不少士卒，銳氣大挫，又不明宋軍虛實，是以大軍在南陽以北安寨立營，按兵不動，雙方未曾開仗。四野旌旗四展，刀槍耀目，楊過縱目望去，一座營帳接著一座，不見盡頭。

楊過等到晚間，闖入大營查探，但見刁斗森嚴，號令整肅，果然非同小可，御營周圍更密密層層的布滿了長矛大戟，防守得鐵桶相似。楊過知大營中勇士無數，自來好漢敵不過人多，倒也不敢稍露形跡。踏訪了大半夜，只查得東大營一處。次日再查探西大營，一連四晚，將東南西北四座大營盡數踏訪遍了，沒探到與郭襄有關的絲毫消息。他在營中擒到一名會說漢語的參謀，逼問之下，那參謀據實而言，說道從沒聽到擒獲襄陽郭大俠之女這回事。

楊過放心不下，又查了數日，才確知郭襄不在蒙古軍中，心想：「瞧來郭伯伯已將她救了回去，又或許那個蒙古使臣誤聽人言，傳聞不實。」

算來小龍女十六年之約將屆，於是縱騎向北，往絕情谷而去。

小龍女
珍重萬千 務求

楊過奔到斷腸崖前，瞪視小龍女所刻下的那幾行字，叫道：「是你親手刻下的字，怎麼你不守信約？」但聽得羣山響應，四週山峯都傳來：「不守信約……不守信約……」

第三十八回　生死茫茫

那日郭襄見金輪國師陡下毒手，打死了長鬚鬼和大頭鬼二人，心中傷痛，自知難脫他魔掌，昂首說道：「你快打死我啊，還等甚麼？」金輪國師笑道：「要打死你這娃娃還不容易？今天殺了兩個人，已經夠了。過幾天揀個好日子，再拿你開刀，快乖乖跟我走罷。」郭襄心想這時與他相抗，徒然自取其辱，只有且跟他去，俟機再謀脫身，於是向他扁扁嘴，做個鬼臉，伸伸舌頭，上馬緩緩而行。

國師心中大樂，暗想：「皇上與四大王千方百計要取郭靖性命，始終未能如願。今日擒獲了郭靖的愛女，以此挾制，不怕他不俯首聽命。比之一劍將他刺死猶勝一籌。便算郭靖當眞倔強不服，我們在城下慢慢折磨這個姑娘，教他心痛如割，神不守舍，那時大軍一鼓攻城，焉能不勝？」

行到天色晚了，胡亂在道旁找一家人家歇宿。屋中住戶早已逃光，空空蕩蕩，唯餘四壁。國師取出乾糧，分些與郭襄吃了，命她在廂房安睡，自己盤膝坐在堂上用功。

郭襄翻來覆去，怎睡得著？挨到半夜，悄悄到堂前張望，見國師靠在牆壁上，鼻息沉酣，已然睡去。郭襄大喜，悄悄越窗而出，將包袱布撕成四塊，縛在馬腳之上，然後牽了馬韁，放輕腳步，一步步走去，直到離屋約莫半里，回頭不見國師追來，這才上馬疾馳。她想這惡和尚醒來發覺自己逃走，料定必回襄陽，自會向南方追去，我偏朝西北奔跑。一口氣馳了小半個時辰，坐騎腳力不濟，這才按轡緩行，一路上時時回頭而望，始終不見國師追到，到天色大明時，算來已馳出五六十里，大為寬心。

這時已走上了一條山邊小徑，漸漸上嶺，越走越高，轉過一個山坳，忽聽得前面鼾聲如雷，一人撐開手足，橫臥當路。一看之下，一驚當眞非同小可，險些兒從馬背上摔將下來，原來當道而臥那人光頭黃袍，正是金輪國師，也不知他如何竟搶在前面。郭襄撥轉馬頭，疾下山坡，回首望時，見國師兀自高臥，並不起身追來。

這一次她不再循路而行，向著東南方落荒而逃。奔了一頓飯時分，見前面大樹上一人雙足鉤住樹幹，倒吊身子，向她嘻嘻直笑，卻不是國師是誰？郭襄不驚反怒，喝道：「你要攔阻，好好攔阻便了，如何這般不三不四，戲耍姑娘？」縱馬向前急衝，奔到近處，提起馬鞭，唰的一鞭向他臉上擊去。

只見國師更不閃避，馬鞭揮去，鞭梢擊在臉上，卻沒聽到絲毫聲響，便在此時，她坐騎已疾馳而過，郭襄右手迴拉，要帶轉馬鞭，突覺一股大力傳上右臂，不由自主的身離馬鞍，飛上半空。原來國師見馬鞭擊到，張嘴咬住鞭梢，身子倒掛在樹幹之上，便如打秋千般一盪，竟將郭襄拉了起來。

郭襄身在空中，卻不慌亂，見國師彎腰縮身，又要將自己盪回，當即撒手鬆鞭，乘勢直墮，摔將下來。國師倒是一驚，生怕她摔跌受傷，忙仰身伸手來接，叫道：「小心了！」郭襄大叫：「啊喲！」跌到離國師雙手半尺之處，突然雙掌齊出，砰砰兩聲，正擊中他胸口。這一下變招奇速，饒是國師武功高強，人又機智，竟沒能避開，只見他手腳亂舞，掉落在地，直挺挺的一動也不動了。

郭襄沒料到竟一擊成功，喜出望外，拾起地下一塊大石，便要往他光頭上砸落，但她一生從未殺過人，雖深恨此人害了自己兩個朋友，待要下手，終究不忍，呆了一呆，放下大石，伸手點了他頸中「天鼎穴」、背上「身柱穴」、胸口「神封穴」、臂上「清冷淵」、腿上「風市穴」，一口氣手不停點，竟點了他身上一十三處大穴，但兀自不放心，又捧過四塊幾十斤的巨岩，壓在他身上，說道：「惡人啊惡人，姑娘今日不殺你，你以後可要知道好歹，不能再害人了罷！」說著上了馬背。

金輪國師雙目骨溜溜的望著她，笑道：「小姑娘心地倒好，老和尚很喜歡你啊！」

只見四塊巨岩突然從他身上彈起，砰嘭、砰嘭幾聲，摔了開去，他跟著躍起，也不知如何，身上遭點的一十三處大穴一時盡解。郭襄只驚得目瞪口呆，說不出話來。

國師雖中了她雙掌，但這兩掌如何能震他下樹？又如何能傷得他不能動彈？他卻假裝受傷，要瞧瞧郭襄如何動手，待見她收石不砸，暗想：「這小妮子聰明伶俐，心地又好，有我二徒之長，卻無二徒之短。」不由得起了要收她為徒之心。

他生平收了三個弟子，大弟子文武全才，資質極佳，國師本欲傳以衣缽，可是不幸早亡；二弟子達爾巴誠樸謹厚，徒具神力，不能領會高深秘奧的內功；三弟子霍都王子則天性涼薄，危難中叛師而別，無情無義。國師自思年事已高，空具一身神技，卻苦無傳人，百年之後，這絕世武功豈非就此湮沒無聞？每當念及，常致鬱鬱。這時見郭襄資質之佳，生平罕見，雖是敵人之女，但她年紀尚幼，何難改變，心想只要傳以絕技，再加佛法薰陶，時日一久，她自會漸漸淡忘昔日之事。何況自己與她父母只兩國相爭而敵對，又不是有甚麼不共戴天的深仇大怨。武林中人對收徒之事瞧得極重，出家人沒子女，一身本事全靠弟子傳宗接代，衣缽的授受更是頭等大事，國師既動此念，便將攻打襄陽、脅迫郭靖的念頭放到腦後。郭襄雖是女子，傳法不及男子，但藏傳佛法亦十分注重「白母」、「綠母」等女菩薩，因此女弟子亦受重視。

郭襄見他眼珠轉動，沉吟不語，當即下馬，說道：「老和尚的本領當真不小，就可惜不做好事。」國師笑道：「你既羨慕我的本領，只須拜我爲師，我便將這一身功夫，盡數傳你。」郭襄啐道：「呸！我學了和尚的功夫有甚麼用？我又不想做尼姑。」國師笑道：「難道學我功夫，便須做尼姑不成？你點我穴道，我能自解；你用大石壓在我身上，石頭自己會跳起來；你騎了馬奔跑，我能搶在你前面睡覺，這些功夫難道不好玩麼？」郭襄心想這些功夫當眞好玩，但這老和尚是惡人，怎能拜他爲師，再者自己急於要找楊過，搖頭說道：「你本領再高，我也不能拜惡人爲師。」

國師道：「你怎知我是惡人？」郭襄道：「你一出手便打死了長鬚鬼和大頭鬼兩個，他們跟你無怨無仇，如何便下這毒手？」國師笑道：「我是幫你找坐騎啊，是他兩個先動手的，你沒瞧見嗎？倘若我本領差些，早就先給他們打死了。做和尚的慈悲爲懷，若非迫不得已，決不傷害人命。」郭襄哼了一聲，不信他話，說道：「你到底要怎樣？倘若你眞是好人，怎地又不讓我走？」國師道：「我怎不讓你走了？你騎馬趕路，要東便東，要西便西，我不過在路上睡覺，伸手攔阻過你沒有？」郭襄道：「話倒說得是，那你讓我找楊大哥去，別跟我囉唆。」

國師搖頭道：「那可不成，你須得拜我爲師，跟我學二十年武藝，那時候你要找誰，便去找誰。」郭襄惱道：「你這和尚好不講理，我不愛拜師，你勉強我幹麼？」國師說道：「你這小娃兒才不講理，像我這樣的明師，普天之下卻那裏找去？旁人便向我磕三百個響頭，苦苦哀求十年八年，我也不能收他爲徒。今日你得遇這千載難逢的良機，居然自不惜福，豈非奇了？」

郭襄伸手指刮臉，說道：「好羞，好羞！你是甚麼明師了？你不過勝得我一個十多歲的女娃子，那有甚麼希奇？你勝得過我爹爹媽媽麼？勝得過我外公黃老島主麼？別說這些人，單就我大哥哥楊過，你就打他不贏。」國師衝口而出：「誰說的？誰說我打不贏楊過這小子？」郭襄道：「天下的英雄好漢，誰都這般說。前幾日襄陽城中英雄大宴，個個都說世上便有三個金輪國師一齊動手，加起來三頭六臂，也打不過一位獨臂的神鵰大俠楊過！」

她這番話其實乃隨口編造，只不過意欲氣氣國師，別說英雄大宴中商議的是如何守襄陽、抗蒙古，就眞有人論到國師和楊過武功優劣，郭襄未曾與會，也不會聽到。豈知這話正好刺中了國師的痛處。他十餘年前果曾數度敗在楊過手下，只道天下英雄確是以此作爲話柄，熬不住滿腔怒火如焚，喝道：「楊過這小子倘若在此，教他嘗嘗我『龍象般若功』的厲害，要他吃飽了苦頭，才知當世究竟是他楊過了得，還是我金輪國師高明。」

郭襄心念一動，道：「你明知我大哥哥不在這兒，自可胡吹大氣。你有膽子去找他較量一下麼？你的『蛇豬不若功』……」國師搶著道：「是龍象般若功！」郭襄道：

「你勝得過他，才是龍象，如果不堪一擊，終究連小蛇臭豬也不若了！你如勝得過他，我自會求著來拜你爲師。不過料得你也不敢前去找他，因此說了也枉然。我瞧啊，只要你一見楊過的影子，嚇得連逃走也來不及啦。」

國師豈不知郭襄在使激將之計，但他一生自視極高，偏生確曾敗於楊過手下，此番將「龍象般若功」練到了第十層，原是要找楊過一報昔年大敗之辱，大聲道：「我說知道楊過在甚麼地方，那是騙你的，就可惜不知這小子躲到了何處，否則我不找上門去，打得他磕頭求饒才怪。」郭襄哈哈大笑，拍手唱道：「和尚和尚愛吹牛，自誇天下無敵手，望見楊過東邊來，腳底抹油往西走。」國師呸了一聲，怒目而視。

郭襄道：「我雖不知楊過此時身在何方，但再過三個多月，他定要到一個處所，我卻知道。」國師說道：「到甚麼地方？」郭襄道：「跟你說了有甚麼用？你又不敢去見他，徒然嚇得你魂不附體。」國師咬得牙齒格格作響，喝道：「你說，你說！」郭襄道：「他要到絕情谷去，要在斷腸崖前和他妻子小龍女相會。一個楊過已叫你心驚肉跳，再加上一個小龍女，嘿嘿，老和尚啊，你又何苦到斷腸崖去送死？就算他們夫妻重會，心中歡喜，不想殺人，你大敗虧輸之後，也難免傷心斷腸了。」

十餘年來，金輪國師苦練「龍象般若功」之時，心中便以楊過與小龍女聯手齊上的「玉女素心劍法」爲敵手，倘若他無把握能以一敵二，勝得這夫婦二人，此番也不敢貿然便重來中原，這時聽郭襄如此說，更觸動了他心頭忌諱，怒極反笑，說道：「咱們這便上絕情谷去！待我打敗了楊過和小龍女二人，那時卻又如何？」郭襄道：「假如你眞有這等高強的武功，我還不趕著拜你爲師麼？那才是求之不得呢。只可惜那絕情谷地處幽僻，不易找到它所在。」國師笑道：「恰好我便去過，那倒不用發愁。既然現下爲時尚早，你且跟我到蒙古營中，待我料理了幾件事，再同到絕情谷去便了。」

郭襄見他肯到絕情谷去找楊過比武，心懷大寬，暗道：「我只愁你不肯去，既給我說動了，還怕甚麼？你這惡和尚這會兒狠天狠地，待你見了大哥哥，那時才有得你受的了。」當下便隨他赴蒙古軍中。

國師一路上待她極爲慈和，對旁人也加意仁善。有時郭襄傷心長鬚鬼和大頭鬼慘死，怪責國師下手狠辣，國師也不以爲忤，反覺她是性情中人，不似霍都王子之天性涼薄，便說幾句自悔之言。

國師攜郭襄所去的蒙古軍營，是皇弟忽必烈統率的南大營，而楊過前去尋找的，卻是蒙哥大汗駐蹕所在的北大營，只因兩個蒙古使臣隨口閒談，柯鎭惡沒聽得仔細，累得楊過空找了數日。

蒙古大軍九月間初攻襄陽失利，大汗下了聖旨，再集糧草，定期再攻，南北兩大營暫駐原地不動。

金輪國師極受忽必烈尊重，他在蒙古南大營中，居處服侍、衣食用具，與四王爺相去不遠，郭襄跟著也大受尊榮，錦衣玉食，極盡奢華，甚至在襄陽城郭府，也受不到這般優待。她身邊有四個小丫頭服役，乃蒙古朝臣從金朝舊京大都宮中選來的宮女。國師對人宣稱這個美貌小姑娘是承受自己衣鉢的愛徒，日後非同小可。蒙古將士爲拍國師馬屁，見了郭襄無不戰戰兢兢、恭恭敬敬，引得小郭襄憂心暫忘，拍手大樂。

這些時日中，金輪國師傾囊傳授本門的內外武功。郭襄日長無聊，便習以自遣，心想日後欲謀脫身，必須取得國師信任，對她防範鬆了，不再日夜緊守才行，於是假意拜師，誠心學習。她人本聰穎敏悟，這一專注，便進境極快，國師見她學得比當年的大弟子更快更好，十分喜歡。

佛教出家人無子無女，一片慈愛之心，通常傾注在傳法弟子身上，國師此時之對於郭襄，便如是親生愛女一般，郭靖之對愛女，有時尙厲聲呵責幾句，國師卻是捧在手裏惟恐融了，呵一口氣惟恐飛了。想到心愛的大弟子染病早亡，生恐郭襄蹈其覆轍，連她飲食衣著也關心料理，不讓她受半點風寒。郭襄心想這大和尙爲人雖壞，武功卻高，武功不分好壞，但在用之得當與否，我學好他的武功，專做好事，那便不錯。她生性隨便豪爽，不喜國師這般關心溺愛，婆婆媽媽，有時撅起了小嘴生氣，國師忙又千方百計的哄得她喜笑顏開方罷。郭襄心中也知國師是對己眞心愛護，過意不去，與國師談談說說，居然甚爲投機。

國師爲了討好她，時時誇讚郭靖的降龍十八掌、黃蓉的五行八卦之術和打狗棒法，又說楊過、小龍女的「玉女素心劍法」天下無敵，密教武功中尚未有對抗的劍法。他一誇讚楊過、小龍女，郭襄必定心花怒放，國師百試百靈，當郭襄問起是否下次相見便即認輸，國師卻神神秘秘，說道：「你師父自有對付他們的法子。不過楊過既是你大哥哥，你師父跟他化敵爲友，再見到時大家做個好朋友便了。」郭襄道：「那很好，師父，你打不過我大哥哥，還是跟他做個好朋友比較聰明。」國師道：「我怎麼會打他不過？只不過我已練成了第十層的龍象般若功，一出手就把你大哥哥打死了，你一定要大哭大叫，我不捨得你悲傷，因此不打死他。」郭襄道：「你倒好心腸，我多謝你了！」說著俯伏在地，照著密教的禮節，向他五體投地的叩拜。

國師呵呵大笑，說道：「小徒兒，我跟你說，你對大哥哥這麼痴愛，那沒有用的。楊過如找到小龍女，他兩個快快活活的永遠在一起，沒你的份兒。要是他找不到小龍女，他一定橫劍自盡，變成了幽鬼，還是沒你的份兒。」郭襄道：「我盼望他找到小龍女，兩個快快活活的永遠在一起，我早知道沒我的份兒。我要甚麼份兒？你眞是瞎操心！」國師道：「那你豈不一世煩惱？一生一世不快活？我們密教有辦法。」

打開帳篷角裏一個大紅羊毛氈的包袱，取出一個卷軸，展了開來，帛上用細絲線繡著一位站在雲霧中的神仙般人物，頭戴紅色法冠，左手持一朶粉紅色蓮花，右手持劍，斬向一團亂絲。國師道：「這張唐卡上繡的祖師爺，是蓮華生大士，我們一齊向祖師爺禮拜。」郭襄便隨著國師向畫像禮拜致敬。

國師道：「祖師爺右手拿的，是文殊菩薩的智慧之劍，把各種各樣亂七八糟的煩惱妄想全部斬斷。他左手這朶蓮華，是教人心裏清淨平和，就像蓮花一樣，沒半點污穢渣滓，只有澄澈露水，美麗安靜。」郭襄見繡像中的蓮華生大士慈悲莊嚴，登時肅然起敬。

國師又道：「我從今天起，教你修報身佛金剛薩埵所說的瑜伽密乘，修成之後，再修法身佛普賢菩薩所說的大瑜伽密乘、無比瑜伽密乘，一直到最後的無上瑜伽密乘。」郭襄問道：「師父，要修成無上瑜伽密乘，那得多少時候啊？」國師道：「無上瑜伽密乘無窮無盡，永遠說不上修成，也說不上要多少時候。」郭襄道：「那你也沒修成了？」國師嘆了口氣，道：「是啊，倘若我修得稍有成就，怎麼還會去苦練那龍象般若功？還會起心來和楊過、小龍女決一勝敗？眞是蠢才！」郭襄道：「誰說你蠢了？不決一勝敗，又怎知誰蠢誰聰明？」

國師又長長嘆了口氣，說道：「我先教你六字大明咒：唵、嘛、呢、叭、咪、吽，你誠心誠意跟我唸一遍。」郭襄學著唸了，口音略有不準，國師給她糾正了。郭襄道：

「師父，祖師爺是好人，我早晚拜他，不過我不學驅除煩惱的法門。」國師問道：「為甚麼不學？」郭襄道：「我喜歡心裏有煩惱！」心道：「沒了煩惱，就沒了大哥哥，我喜歡心裏有大哥哥！」

國師口唸密宗眞言，盼求上師慈悲加持，感化郭襄發心去修學瑜伽密乘。他這一派的教法，講究緣法以及修習者的誠意發願，外人不得勉強，他那知郭襄這時心中想的卻是：「可惜我遲生了二十年。倘若媽媽先生我，再生姊姊，我學會了師父教的龍象般若功和無上瑜伽密乘，在全眞教道觀外住了下來，自稱大龍女，小楊過在全眞教中受師父欺侮，逃到我家裏，我收留了他教他武功，他慢慢的自會跟我好了。他再遇到小龍女，最多不過拉住她手，給她三枚金針，說道：『小妹子，你很可愛，我心裏也挺喜歡你。不過我的心已屬大龍女了，請你莫怪！你有甚麼事，拿一枚金針來，我一定給你辦到。』唉，還有一枚金針，我要請他不管發生了甚麼事，無論如何不可自盡。他是天下揚名的神鵰大俠，千金一諾，不，萬金一諾，萬萬金一諾，答允了我的話不可不守信約，不能自盡就一生一世決不能自盡！」

天時漸寒，郭襄一算日子，楊過與小龍女十六年之約將屆，從荊湖南路緩緩而去絕情谷，差不多也要一個月時候，說道：「師父，你到底敢不敢去跟楊過、小龍女比武？你一個人打不過，我們師徒二人聯手，使幾招無上瑜伽密乘好了。」

金輪國師哈哈一笑，說道：「好！咱倆明天啓程，去絕情谷會會『玉女素心劍法』！」他與郭襄相處既久，對她甚爲喜愛，早已改變初衷，不再想將她折磨，脅迫郭靖降順。國師和郭襄起行赴絕情谷時，楊過已早了一日啓程。三人相距不過百餘里而已。

郭靖與黃蓉自幼女出走，日夕掛懷。其後派出去四處打探的丐幫弟子一一回報，均說不知音訊。又過十餘日，突然程英和陸無雙到了襄陽，傳來柯鎭惡的訊息，說道郭襄已遭擄入蒙古軍中。郭靖、黃蓉大驚。當晚黃蓉便和程英兩人暗入蒙古軍營，四下查訪，也如楊過一般，在北大營探不到絲毫端倪。第三晚更和蒙古衆武士鬥了一場，四十餘名武士將黃蓉和程英團團圍住，總算黃程兩人武功了得，黃蓉又連使詭計，這才闖出敵營，回歸襄陽。

黃蓉心下計議，瞧情勢女兒並非在蒙古軍中，但迄今得不到半點音訊，決非好兆，探得蒙古大軍又在徵集糧草，並無即行南攻的跡象，與郭靖商議了，便即出城尋訪。她隨身帶同一雙白鵰，若有緊急情事，便可令雙鵰傳遞信息。程英、陸無雙姊妹不放心，堅要陪她同去。三人繞過蒙古大軍，向西北而行。黃蓉心想：「襄兒此去，是要勸楊過不可自尋短見，上次她在潼關、風陵渡左近與他相遇，看來她又會重去舊地，在風陵渡或可訪到若干蹤跡。」

三人離開襄陽時方入深秋，沿路緩緩而行，尋消問息，不放過任何蹤跡，到得風陵渡時已是初冬。黃蓉等三人在渡口問了半日，撐渡的、開店的、趕車的、行腳的，都說沒見到這麼個小姑娘。程英勸慰道：「師姊，你也不須煩惱。襄兒出生第一天，便給金輪國師和李莫愁這兩個大魔頭搶去。常言道大難不死，必有後福。那時如此凶險，尚且無恙，何況今日？」黃蓉嘆了一口氣，並不言語。三人離了渡口，再往郊外閒走。

這一日艷陽和暖，南風薰人，雖在北國，也有些十月小陽春之意。晉南一帶，一到冬天便無甚花卉，這日到了山陽，高山擋住了北風，氣候溫暖，黃蓉忽見一堵斷垣下開著一叢花，顏色嬌艷，說道：「這棵秋海棠開得倒挺好！」陸無雙道：「師姊，這在我們江南叫『斷腸花』，不吉利的。」因程英叫黃蓉「師姊」，陸無雙硬要高郭芙一輩，便跟著也叫「師姊」。

黃蓉問道：「為甚麼叫『斷腸花』？」陸無雙道：「從前有個姑娘，想著她的情郎，那情郎不來，這姑娘常常淚洒牆下。後來牆下開了一叢花，葉子綠，背面紅，很是美麗，他們說，只在背後才紅，無情得很，因此叫它『斷腸花』。」

程英想起了楊過當年在絕情谷中服食斷腸草療治情花之毒，過去將兩棵秋海棠摘在手裏，說道：「秋海棠又叫『八月春』，那也是挺好看的。這時已十一月了，這裏地氣暖，還有八月春，可真不容易了！」拿著把玩，低吟道：「問花花不語，為誰落？為誰開？為誰腸斷？半隨流水，半入塵埃。」黃蓉見他嬌臉凝脂，眉黛鬢青，宛然仍是十多年前的好女兒顏色，想像她這些年來香閨寂寞，相思難遣，不禁暗暗為她難過。

便在此時，只聽得嗡嗡聲響，一隻大蜜蜂飛了過來，繞著程英手中那兩枝秋海棠不斷打轉，接著停在一朵花上，秋海棠有色無香，無甚花蜜可採。黃蓉見這隻蜜蜂身作灰白，軀體也比常蜂大了一倍有餘，心念一動，說道：「這似乎是小龍女所養的玉蜂，怎地在此出現？」陸無雙說道：「不錯，咱們便跟著這蜜蜂，瞧牠飛向何處？」

這蜜蜂飛離花枝，在空中打了幾個旋，便向西北方飛去。黃蓉等三人忙展開輕身功夫，跟隨在後。那蜜蜂飛行一會，遇有花樹，又停留一會，如此飛飛停停，又多了兩隻蜜蜂。三個人追到傍晚，到了一處山谷，只見嫣紅姹紫，滿山錦繡，山坡下一列掛著七八個木製的蜂巢。那三隻大蜂振翅飛去，投入蜂巢。

另一邊山坡上蓋著三間茅屋，屋前有兩頭小狐，轉著骨溜溜的小眼向黃蓉等觀望。忽聽呀的一聲，中間茅屋的柴扉推開，出來一人，烏髮童顏，正是老頑童周伯通。黃蓉大喜，叫道：「老頑童，你瞧是誰來啦！」

周伯通見是黃蓉，哈哈大笑，奔近迎上，只跨出幾步，突然滿面通紅，轉身回轉茅屋，啪的一聲，關上了柴扉。黃蓉大奇，不知他是何用意，伸手拍門，叫道：「老頑童，老頑童，怎地見了遠客，反躲將起來？」砰砰砰拍了幾聲。周伯通在門內叫道：

「不開，不開！死也不開！」黃蓉笑道：「你不開門，我一把火將你的狗窩燒成了灰。」

忽聽得左首茅屋柴扉打開，一人笑道：「荒山光降貴客，老和尙恭迎。」黃蓉轉頭過來，見一燈大師笑咪咪的站在門口，合什行禮。黃蓉上前拜見，笑道：「原來大師和老頑童作了鄰居，眞想不到。老頑童不知何故，突然拒客，閉門不納？」一燈呵呵大笑，道：「且莫理他！三位請進，待老僧奉茶。」

三人進了茅屋，一燈奉上淸茶，黃蓉問起別來起居。一燈道：「郭夫人，你猜上一猜，那右首茅屋中住的是誰？」黃蓉想起周伯通忽地臉紅關門的怪態，心念一轉，已知其理，笑道：「春波碧草，曉寒深處，相對浴紅衣。好啊，好啊！」「春波碧草」云云，正是劉貴妃瑛姑昔年所作的「四張機」詞。

一燈大師此時心澄於水，坐照禪機，對昔年的痴情餘恨，早置一笑，鼓掌笑道：「郭夫人妙算如神，萬事不出你之所料。」走到門口叫道：「瑛姑，瑛姑，過來見見昔日的小朋友。」過不多時，瑛姑托著一隻木盤過來饗客，盤中裝著松子、靑果、蜜餞之類。黃蓉等拜見了，五人談笑甚歡。

一燈、周伯通、瑛姑數十年前恩怨牽纏，仇恨難解，但時日旣久，三人年紀均老，修爲又進，同在這百花谷中隱居，養蜂種菜，蒔花灌田，那裏還將往日的尷尬事放在心頭？但周伯通驀地見到黃蓉，不自禁的深感難以爲情，因之閉門躲了起來。他雖在自己房中，卻豎起了耳朵，傾聽五人談話，只聽黃蓉提高聲音，說著襄陽英雄大會中諸多熱鬧情事，待說到揭穿霍都假裝何師我的緊要關頭，她卻把言語岔到了別處，再也忍耐不住，推門而出，到了一燈房中，問道：「那霍都後來怎樣啊？給他逃走了沒有？」

當晚黃蓉等三人都在瑛姑的茅屋歇宿。翌晨黃蓉起身，走出屋外，見周伯通手掌中托著一隻玉蜂，手舞足蹈，得意非凡。黃蓉笑道：「老頑童，甚麼事啊，這般歡喜？」周伯通笑道：「小黃蓉，我的本領越來越高強，你佩服不佩服？」

黃蓉素知他生平但有兩好，一是玩鬧，一是武學，這十餘年來隱居荒谷，潛心練武，想來又有甚麼「分心二用，雙手互搏」之類古怪高明的武功創了出來，倒也頗想見識見識，說道：「老頑童的武功，我打小時候起便佩服得五體投地，那還用問？這幾年來，又想出了甚麼奇妙的功夫？」周伯通搖頭道：「不是，不是。近年來最好的武功，是楊過那小娃娃所創的『黯然銷魂掌』，老頑童自愧不如。武學一道，且莫提起！」

黃蓉心中暗暗稱奇：「楊過這孩子當眞了不起，小則小郭襄，老則老頑童，人人都對他傾倒，不知那『黯然銷魂掌』又是甚麼門道？」問道：「那你越來越高強的，是甚麼本事啊？」

周伯通手掌高舉，托著那隻玉蜂，洋洋自得，說道：「那是我養蜂的本事。」黃蓉撇嘴道：「這玉蜂是小龍女送給你的，有甚麼希奇了？」周伯通道：「這個你就不懂了。小龍女送給我的玉蜂，固是極寶貴的品種，但老頑童親加培養，更養出了一批天下無雙、人間罕覯的異種來，當眞是巧奪天工，造化之奇，也沒如此奇法。小龍女如何能及呀？」

黃蓉哈哈大笑，說道：「老頑童越老越不要臉，這一場法螺吹得嗚都都地響，你這張厚臉皮，當眞是天下無雙、人間罕覯的異種，巧奪天工，奇於造化。」周伯通也不生氣，笑嘻嘻的道：「小黃蓉，我且問你。人是萬物之靈，身上有刺花刺字，或刺盤龍虎豹，或書『天下太平』。但除了人之外，禽獸蟲蟻身上，可有刺字的？」黃蓉道：「虎有黃斑、豹有金錢，至於蝴蝶毒蛇，身上花紋更奇於刺花十倍。」周伯通道：「但你見過蟲蟻身上有字的沒有？」黃蓉道：「你說是天生的麼？那倒沒見過。」周伯通道：「好罷，今兒給你開一開眼界。」說著將左掌伸到黃蓉眼前。

只見他掌心中托著那隻巨蜂的雙翅之上果然刺得有字，黃蓉凝目望去，見玉蜂右翅上有「情谷底」三字，左翅上有「我在絕」三字，每個字細如米粒，但筆劃淸楚，顯是用極細的針刺成。黃蓉大奇，口中喃喃唸道：「情谷底，我在絕。情谷底，我在絕。」心想：「這六字決非天生，乃是有人故意刺成的，按著老頑童的性兒，決不會做這般水磨功夫。」一轉念間，笑道：「那又是甚麼天下無雙、人間罕覯了？你磨著瑛姑，要她用繡花針兒刺上這六個字，難道還瞞得過我麼？」

周伯通一聽，登時脹紅了臉，說道：「你這就問瑛姑去，看是不是她刺的字？」黃蓉笑道：「那她還不給你圓謊麼？你說太陽從西邊出來，她也會說：『不錯，太陽自然從西邊出來，誰說從東邊出來啊？』」

周伯通一張臉更紅了，那是三分害羞，三分尷尬，更有三分受到冤枉的氣惱。他放了掌中玉蜂，一把抓著黃蓉的手，道：「來來來，我教你親眼瞧瞧。」拉著她走到山坡邊一個蜂巢旁邊。這蜂巢孤另另的豎在一旁，與其餘的蜂巢不在一起。周伯通手一揚，捉了兩隻玉蜂，說道：「請看！」黃蓉凝目看去，見一隻玉蜂翅上無字，另一隻雙翅上有字，那六個字也一模一樣，右翅是「情谷底」，左翅是「我在絕」。

黃蓉大奇，暗想：「造物雖奇，也決沒造出這樣一批蜜蜂來之理。其中必有緣故。」說道：「老頑童，你再捉幾隻來瞧瞧。」周伯通又捉了四隻，其中兩隻翅上無字，另外兩隻雙翅都刺著這六個字。他見黃蓉低頭沉吟，顯已服輸，不敢再說是瑛姑所爲，笑道：「你還有何話說？今日可服了老頑童罷？」

黃蓉不答，只是輕輕唸著：「情谷底，我在絕。情谷底，我在絕。」她唸了幾遍，隨即省悟：「啊！那是『我在絕情谷底』。是誰在絕情谷底啊？難道是襄兒？」心中怦怦亂跳，側頭向周伯通道：「老頑童，這窩玉蜂不是你自己所養，是外面飛來的。」

周伯通臉上一紅，道：「咦！那可眞奇了。你怎知道？」黃蓉道：「我怎麼不知？

這窩蜜蜂飛到這裏，有幾天啦？」周伯通道：「這些玉蜂飛來有好幾年了，只是初時我沒察覺翅上生得有字，直到幾個月前，這才偶爾見到。」黃蓉沉吟道：「當眞有好幾年了？」周伯通道：「是啊，難道連這個也用得著騙你？」

黃蓉沉吟半晌，回到茅屋，和一燈大師、程英、陸無雙等商議，都覺絕情谷底必有蹺蹊。黃蓉掛念女兒，當下便要和程陸姊妹同去一探。一燈大師道：「左右無事，咱們便同去走走。那日令愛來此，這小姑娘慷慨豪邁，老僧很喜歡她。」黃蓉當即拜謝，心中卻平添一層隱憂：「一燈大師定是料想襄兒遭逢危難，否則他何必捨卻幽居清修之樂，一同趕去？」周伯通有熱鬧可趕，如何肯留？堅要和瑛姑隨衆同行。黃蓉見平添了三位高手相助，寬心不少，心想憑著自己這一行六人，不論鬥智鬥力，只怕當世再無敵手，襄兒便落入奸人之手，也必能救出。於是六人雙鵰，結伴西行。

楊過於十二月初二抵達絕情谷，比之十六年前小龍女的約期還早了五天。此時已屬隆冬，天候嚴寒，絕情谷中人煙絕蹤，當日公孫止夫婦、衆綠衣子弟所建的廣廈華居，就算沒給裘千尺一把大火燒去了的，也早毀敗不堪。楊過自於十六年前離絕情谷後，每隔數年，必來谷中居住數日，心中存了萬一之想，說不定南海神尼大發慈悲，突然提早許可小龍女北歸。雖每次均徒然苦候，廢然離去，但每來一次，總是與約期近了幾年。

此刻再臨舊地，但見荆草莽莽，空山寂寂，早幾日下的大雪，已盡融化，仍毫無有人到過的跡象，奔到斷腸崖前，走過石樑，撫著石壁上小龍女用劍尖劃下的字跡，手指嵌入每個字的筆劃之中，一筆一筆的將石縫中的青苔揩去，那兩行大字小字顯了出來。他輕輕的唸道：「小龍女書囑夫君楊郎，珍重萬千，務求相聚。」一顆心不自禁的怦怦跳動。

這一日中，他便如此痴痴的望著那兩行字發獃，當晚繩繫雙樹而睡。次日在谷中到處閒遊，見昔年自己與程英、陸無雙剷滅的情花花樹已不再重生，他戲稱之爲「龍女花」的紅花卻開得雲荼燦爛，如火如錦，於是摘了一大束龍女花，堆在斷崖的那一行字前。

這般苦苦等候了五日，已到十二月初七，他已兩日兩夜未曾交睫入睡，到了這日，更是不離斷腸崖半步。自晨至午，更自午至夕，每當風動樹梢，花落林中，心中便是一跳，躍起來四下裏搜尋觀望，卻那裏有小龍女的影蹤？

自從聽了黃藥師那幾句話後，他早知「大智島南海神尼」云云，是黃蓉揑造出來的鬼話，但崖上字跡確是小龍女所刻，半分不假，只盼她言而有信，終來重會。眼見太陽緩緩落山，楊過的心也跟著太陽不斷的向下低沉。黃昏時分，當太陽的一半爲山頭遮沒時，他大叫一聲，急奔上峯。身在高處，只見太陽的圓臉重又完整，心中略略一寬，只要太陽不落山，十二月初七這一日就算沒過完。在一座山峯上慺望太陽落山，又氣急敗壞的奔上另一座更高山峯。

可是雖於四周皆已黑沉沉之時，登上了最高山峯，淡淡的太陽最終還是落入地下。悄立山巔，四顧蒼茫，但覺寒氣侵體，暮色逼人而來，站了一個多時辰，竟一動也不動。再過多時，半輪月亮慢慢移到中天，不但這一天已經過去，連這一夜也快過去了。

小龍女始終沒來。

他便如一具石像般在山頂呆立了一夜，直到紅日東昇。四下裏小鳥啾鳴，陽光滿目，他心中卻如一片寒冰，似有一個聲音在耳際不住響動：「儍子！她早死了，在十六年之前早就死了。她自知中毒難愈，你決計不肯獨活，因此圖了自盡，卻騙你等她十六年。儍子，她待你如此情意深重，你怎麼到今日還不明白她心意？」

他猶如行屍走肉般踉蹌下山，一日一夜不飲不食，但覺唇燥舌焦，走到小溪之旁，掬水而飲，一低頭，猛見水中倒影，兩鬢竟白了一片。他此時三十六歲，年方壯盛，不該頭髮便白，更因內功精純，雖一生艱辛顛沛，但向來頭上一根銀絲也無，突見兩鬢如霜，滿臉塵土，幾乎不識得自己面貌，伸手在額角髮際拔下三根頭髮來，只見三根中倒有兩根是白的。

剎時之間，心中想起幾句詞來：

「十年生死兩茫茫，不思量，自難忘。千里孤墳，無處話淒涼。縱使相逢應不識，塵滿面，鬢如霜。」

這是蘇東坡悼亡之詞。楊過一生潛心武學，讀書不多，數年前在江南一家小酒店壁上偶爾見到題著這首詞，但覺情深意眞，隨口唸了幾遍，這時憶及，已不記得是誰所作，心想：「他是十年生死兩茫茫，我和龍兒卻已相隔一十六年了。他尙有個孤墳，知道愛妻埋骨之所，而我卻連妻子葬身何處也自不知。」接著又想到這詞的下半闋，那是作者一晚夢到亡妻的情境：

「夜來幽夢忽還鄉，小軒窗，正梳妝；相對無言，惟有淚千行！料得年年腸斷處，明月夜，短松岡。」

不由得心中大慟：「而我，而我，三日三夜不能合眼，竟連夢也做不到一個！」

猛地裏一躍而起，奔到斷腸崖前，瞪視小龍女所刻下的那幾行字，大聲叫道：『十六年後，在此重會，夫妻情深，勿失信約！』小龍女啊小龍女！是你親手刻下的字，怎麼你不守信約？」他一嘯之威，震獅倒虎，這幾句話發自肺腑，只震得山谷皆鳴，但聽得羣山響應，東南西北，四週山峯都傳來：「怎麼你不守信約？怎麼你不守信約？不守信約……不守信約……」

他自來便生性激烈，此時萬念俱灰，心想：「龍兒既已在十六年前便即逝世，我多活這十六年實在無謂之至。」望著斷腸崖前那個深谷，只見谷口煙霧繚繞，他每次來此，從沒見到過雲霧下的谷底，此時仍然如此。仰起頭來，縱聲長嘯，只吹得斷腸崖上數百朵憔悴了的龍女花飛舞亂轉，輕輕說道：「當年你突然失蹤，不知去向，我尋遍山前山後，找不到你，那時定是躍入了這萬丈深谷之中，這十六年中，難道你不怕寂寞嗎？」

淚眼模糊，眼前似乎幻出了小龍女白衣飄飄的影子，又隱隱似乎聽得小龍女在谷底叫道：「楊郎，楊郎，你別傷心，別傷心！」楊過雙足一登，身子飛起，躍入了深谷之中。

郭襄隨著金輪國師，同到絕情谷來。國師狠辣之時毒逾蛇蠍，但他既存心收郭襄作衣缽傳人，沿途對她問暖噓寒，呵護備至，就當她是自己親生愛女一般。郭襄掛念不知是否能與楊過相遇，能否求得他不可自盡，患得患失，心情奇差，對國師神色間始終冷冷的。國師一生受人崇仰奉承，在蒙古時儼若帝王之尊，便大蒙古的四王子忽必烈，對他也禮敬有加。但小郭襄一路上對他冷言冷語，不是說他武功不如楊過，便責他胡亂殺人，竟將這個威震異域的大蒙古第一國師弄得哭笑不得。

天氣越來越冷，郭襄計算日子，心中憂急，這一日兩人走到絕情谷，忽聽得一人大聲叫道：「怎麼你不守信約？」聲音中充滿著悲憤、絕望、痛苦之情。

郭襄聽來，似乎四周每座山峯都在淒聲叫喊：「你不守信約，你不守信約！」她吃了一驚，叫道：「是大哥哥，咱們快去！」說著搶步奔進谷中。金輪國師大敵當前，精神一振，從背上包袱中取出金銀銅鐵鉛五輪拿在手裏。這時他雖已將「龍象般若功」練到第十層，但想這十六年中，楊過和小龍女也決不會浪費光陰，擱下了功夫，因此絲毫不敢輕忽。

郭襄循聲急奔，片刻間已至斷腸崖前，只見楊過站在崖上，朔風呼號中，數十朵大紅花在他身旁環繞飛舞。她見那懸崖凶險，積雪融後地下滑溜，自己功夫低淺，不敢飛身過去，叫道：「大哥哥，我來啦！」但楊過凝思悲苦，竟沒聽見。郭襄遙遙望見他舉止有異，叫道：「我這裏還有你的一枚金針，須聽我話，千萬不可自盡……」一面說，一面便從石樑往懸崖上奔去。她奔到半途，只見楊過縱身一躍，已墮入下面的萬丈深谷之中。

這一來郭襄只嚇得魂飛魄散，當時也不知是爲了相救楊過，又或許是情深一往，甘心相從於地下，雙足一登，跟著也躍入了深谷。

國師墮後七八丈，見她躍起，忙飛身來救。他一展開輕功，當眞如箭離弦，迅捷無倫，但終於遲了一步，趕到崖邊，郭襄已向崖下落去。國師不及細想，使招「倒掛金鉤」，俯身抓她手臂。這一招原是行險，只要稍有失閃，連他也會給帶入深谷。手指上剛覺得已抓住了她衣衫，只聽得嗤的一響，撕下了郭襄的半幅衣袖，眼見她身子衝開數十丈下的煙霧，直入谷底，濃煙白霧隨即瀰合，將她遮得無影無蹤。

國師黯然長嘆，淚如雨下，手中持著那半幅衣袖，怔怔的望著深谷。

過了良久，忽聽得對面山邊一人叫道：「兀那和尚，你在這裏幹麼？」國師回過頭來，只見對山站著六人，當先一個烏髮童顏，正是周伯通。他身旁站著三個女子，只識得一個黃蓉，程英、陸無雙兩個年輕女子便不相識，也不在意下。再後面是一個白鬢白眉的老僧，一個渾身黑衣的年老女子，他卻不知是一燈大師和瑛姑。國師數次見識過周伯通的功夫，知這老兒武功別出機杼，神出鬼沒，自來對他忌憚三分，而黃蓉身兼東邪、北丐兩家之所長，機變百出，也是厲害之極。他神功已成，本可與這兩個中原一流武學高手一較，但此時痛惜郭襄慘亡，只淒然道：「郭襄姑娘墮入深谷之中了。唉！」長嘆一聲，流淚不止。

衆人一聽，都大吃一驚。黃蓉母女關心，更是震動，顫聲問道：「這話當眞？」國師道：「我騙你作甚？這不是她的衣袖麼？」說著將郭襄的半幅衣袖一揚。黃蓉瞧那衣袖，果眞是從女兒的衣上撕下，這一來猶如身入冰窟，全身發顫，說不出話來。

周伯通怒道：「臭和尚，你幹麼害死這小姑娘？忒地心毒。」國師搖頭道：「不是我害死的。」周伯通道：「好端端的她怎會墮入深谷？不是你推她，便是逼她。」國師嗚咽道：「都不是。我已收她爲徒，要她傳我衣缽，如何肯輕易加害？」周伯通一口唾涎吐了過去，喝道：「放屁！放屁！她外公是黃老邪，父親是郭靖，母親是小黃蓉，那一個不強過你這臭和尙了？卻要她來拜你爲師，傳你的臭衣缽？便是我老頑童傳她幾手三腳貓把式，不也強過你這些破銅爛鐵的圈圈環環嗎？」

他和國師相距甚遠，這一口唾涎吐將過去，風聲隱隱，便如一枚鐵彈般直奔其面門。國師側頭避過，心下暗服。周伯通見他給自己罵得啞口無言，不禁洋洋自得，又大聲道：「她對你的武功不大佩服，是不是？而你一心要收她爲徒，是不是？」國師點了點頭。周伯通又道：「照啊，如此這般，你就推她下谷。」

國師心中悵惘，嘆道：「我沒推她。但她爲何自盡，老僧委實不解。」

黃蓉心神稍定，見國師黯然流淚，確是心傷愛女之喪，愛女多半不是他推落谷去，但此事定須有人承責，悲痛之際，不及細思細問，一咬牙，提起手中竹棒，逕向國師撲了過去。她使個「封」字訣，棒影飄飄，登時將國師身前數尺之地盡數封住了。在這寬不逾尺的石樑之上，黃蓉痛心愛女慘亡，招招下的均是殺手。

國師武功雖勝於她，卻也不敢硬拚，眼見她棒法精奇，如和她纏上數招，那周伯通過來助戰，所處地勢太險，那就極難對付，當下左足一點，退後三尺，一聲長嘯，忽地從黃蓉頭頂飛躍而過。黃蓉竹棒上撩，國師銀輪斜掠架開。黃蓉吸一口氣，回過身來。

只見周伯通拳腳交加，已與國師打在一起。國師自恃大宗師的身分，見對方不使兵刃，當下將五輪揷回腰間，便以空手還擊。黃蓉自石樑奔回，竹棒點向他後心。

國師自練成十層「龍象般若功」後，今日方初逢高手，正好一試，見周伯通揮拳打到，於是以拳對拳，跟著舉拳還擊。兩人拳鋒尚未相觸，已發出嘐嘐帕帕的輕微爆裂之聲。周伯通吃了一驚，料知對方拳力有異，不敢硬接，手肘微沉，已用上空明拳中的功夫。國師一拳擊出，力近千斤，雖不能說眞有龍象的大力，卻也決非血肉之軀所能抵擋，然與周伯通的拳力一接，只覺空空如也，竟無著力處，心下暗感詫異，左掌跟著拍出。

周伯通已覺出對方勁力大得異乎尋常，確爲從所未遇。他生性好武，只要知道誰有一技之長，便要纏著過招較量，一生大戰小鬥，不知會過多少江湖好手，但如國師所發這般巨力，卻見所未見，聞所未聞，一時不明是何門道，當下使動七十二路空明拳，以虛應實，運空當強。這麼一來，雖敎國師的巨力無用武之處，但要傷敵，卻也決無可能。國師連出數招，竟似搔不著敵人癢處。他埋頭十餘年苦練，一出手便即無功，自是大爲焦躁，只聽得背後風聲颯然，黃蓉的竹棒戳向背心「靈台穴」，當下回手一掌，帕的一響，竹棒登時斷爲兩截，餘力所及，只震得地下塵土飛揚，沙石激盪。

黃蓉一驚躍開，暗想這惡僧當年已甚了得，豈知今日更大勝昔時，他這一掌力道強勁，怪誕異常，那是甚麼功夫？程英和陸無雙見黃蓉失利，一持銀棒，一持長劍，分自左右攻向國師。黃蓉叫道：「兩位小心！」話聲甫畢，喀喀兩響，棒劍齊斷。國師因郭襄慘亡，心中傷痛，今日不想再傷人命，喝道：「讓開了！」不再追擊程陸二人。

突見黑影晃動，瑛姑已攻至身畔，國師手掌外撥，斜打她腰脅。瑛姑的武功尚不及黃蓉，但她所練的「泥鰍功」卻善於閃躲趨避，但覺一股巨力撞到，身子兩扭三曲，竟將這一擊避過。國師卻不知她武功其實未臻一流高手之境，連打兩拳都給她以極古怪的身法避開，不禁暗暗驚訝。他自恃足以橫行天下的神功竟然接連兩人都對付不了，不免稍感心怯，不願戀戰，晃身向左閃開。瑛姑竭盡全力，方始避開了國師的兩招，見他退開，正求之不得，那敢搶上攔阻？周伯通叫道：「別逃！」猱身追上。

國師正欲迴掌相擊，突聽嗤嗤輕響，一股柔和的氣流湧向面門，正是一燈大師使出「一陽指」功夫，正面攔截。國師一直沒將這白眉老僧放在眼內，那料到他這一指之功，竟如此深厚。此時一燈大師的「一陽指」功夫實已到了登峯造極、爐火純青的地步，指上發出的那股罡氣看來溫淳平和，但沛然渾厚，無可與抗。國師一驚之下，側身避開，這才還了一掌。一燈大師見他掌力剛猛之極，也不敢相接，平地輕飄飄的倒退數步。一個是南詔高僧，一個是大漠異士，兩人交換了一招，誰也不敢對眼前強敵稍存輕視。周伯通如和國師單打獨鬥，定會興味盎然，但與一燈聯手夾擊，便覺無聊，只站在一旁監視。

一燈與金輪國師本來相距不過數尺，但你一掌來，我一指去，竟越離越遠，漸漸相距丈餘之遙，各以平生功力遙遙相擊。黃蓉在旁瞧著，見一燈大師頭頂白氣氤氳，漸聚漸濃，便似蒸籠一般，顯是正在運轉內勁，深恐他年邁力衰，不敵國師，心中又傷痛女兒慘亡，便欲上前一拚，但聽兩人掌來指往，眞力激得嗤嗤聲響，確實插不下手去，正自無計，忽聽得頭頂鵰鳴，於是撮唇作哨，向著國師一指。

一對白鵰縱聲長鳴，從半空中向國師頭頂撲擊下去。

倘若楊過的神鵰到來，國師或有忌憚，這一對白鵰軀體雖大，也不過是平常禽鳥，怎奈何得了他？但他此時正出全力和一燈大師相抗，半分也鬆懈不得，雙鵰突然撲到，只得左掌向上連揚，兩股掌力分擊雙鵰。雙鵰抵受不住，直衝上天。只這麼一打岔，一燈立佔上風。國師左掌連催，方始再成相持之局。

雙鵰聽得黃蓉哨聲不住催促，而敵人掌力卻又太強，於是虛張聲勢，突然長鳴，向下疾衝，待飛到國師頭頂丈許之處，不待他發掌，早已飛開。雙鵰此起彼落，雖不能傷敵，卻也大大擾亂了國師的心神。高手對敵，講究的是凝意專志，靈台澄明，內力方能發揮極致，國師掌力之強固勝於一燈，修心養性之功卻是遠遜，此時爲了郭襄之死傷悼惋惜，心神本已不定，雙鵰再來打擾，更覺煩躁。

他心意微亂，掌力立起感應，一燈微微一笑，向前踏了半步。黃蓉見一燈舉步上前，提聲喝道：「郭靖、楊過，你們都來了，合力擒他！」

其實郭靖是她丈夫，她決不會直呼其名，但她這一聲呼喝是要令國師吃驚，倘若叫的是「靖哥哥」，國師不免轉念：「『靖哥哥』，那是誰？」如此一頓，那突如其來的驚嚇就大爲減弱。果然國師一聽到「郭靖、楊過」兩人之名，大吃一驚：「這兩個好手又來，老和尚殆矣！」

便在此時，一燈又踏上了半步。半空中雙鵰也已瞧出了便宜，雌鵰大聲鳴叫，疾撲而下，直衝國師面門，伸出利爪去挖國師眼珠。國師罵道：「孽畜！」左掌上拍。

豈知雌鵰這一下仍是虛招，離他面前尙有丈許，早已逆衝而上，那雄鵰卻悄沒聲的從旁偷襲而下，待得國師發覺，左爪已快觸到他的光頭。國師又驚又怒，揮手一拂，正中鵰腹。雄鵰抓起了他頭頂紅冠，振翅高飛。但國師這一拂力道何等強勁，那雄鵰身受重傷，雖飛上半空，終於支持不住，突然翻了個觔斗，墮入崖旁的萬丈深谷。

黃蓉、程英、陸無雙、瑛姑都忍不住叫出聲來。周伯通大怒，喝道：「臭和尙，老頑童不講究甚麼江湖規矩了。要來個以二對一。」縱身掄拳，往國師背心打去。

那雌鵰見雄鵰墮入深谷，厲聲長鳴，穿破雲霧，跟著衝了下去，良久不見回上。

金輪國師前後受敵，心中先自怯了，他武功雖高，如何擋得住這兩大高手的夾攻？

不敢戀戰，嗆啷啷金輪和銀輪同時出手，前擋一陽指，後拒空明拳，在兩股內力夾擊之中，斜身向左竄出，身形晃動，已自轉過山坳。周伯通大聲吆喝，自後趕去。

國師好容易脫身，提氣急奔，心知只要再給周伯通一纏上，數百招內難分勝敗，那白眉老僧乘虛下手，自己老命非葬送在絕情谷不可。眼見前面是一片密密層層的樹林，正要發足奔入，突聽得嗤的一聲急響，一粒小石子從林中射出。

樹林離他尚有百餘步，但這粒小石子不知由何神力奇勁激發，形體雖小，破空之聲卻響勁異常，對準面門疾射而來。國師舉銀輪一擋，啪的一響，小石子撞在輪上，登時碎成數十粒，四下飛濺，臉上也濺到了兩粒，雖石粒微細，傷他不得，卻也隱隱生疼。國師又是一驚：「這粒小石子從如此遠處射來，竟撞得我輪子晃動，此人功力之強，決不在那老和尚和老頑童之下，怎地天下竟有如許高手？」

他一怔之間，只見林中一個青袍老人緩步而出，大袖飄飄，頗有瀟洒出塵之致。周伯通大喜，叫道：「黃老邪！這臭和尚害死了你的外孫女兒，快合力擒他！」

林中出來的正是桃花島主黃藥師。他與楊過分手後，北上漫遊，一日在一處鄉村小店中小酌，猛見雙鵰自空中飛過，知道若非女兒，便是兩個外孫女兒就在近處，於是悄悄跟隨，來到絕情谷中。他不願給女兒瞧見，只遠遠跟著，直至見一燈和周伯通分別和金輪國師動手不勝，這和尚真是生平難遇的好手，不禁見獵心喜，跟著出手。

國師雙輪互擊，嗆的一聲，聲若龍吟，說道：「你便是東邪黃藥師麼？」黃藥師點了點頭，說道：「不錯。大師有何示下？」國師道：「我在蒙古之時，聽說中原只有東邪、西毒、南帝、北丐、中神通五人了得，今日見面，果然名不虛傳。其餘四位那裏去了？」黃藥師道：「中神通和北丐、西毒，謝世已久，這位高僧便是南帝，這一位周兄，是中神通的師弟。」周伯通道：「倘若我師兄在世，你焉能接得他的十招？」

這時三人作丁字形站立，將國師圍在中間。國師瞧瞧一燈大師、瞧瞧周伯通、又瞧瞧黃藥師，長嘆一聲，將五輪拋在地下，說道：「單打獨鬥，老僧誰也不懼。」周伯通道：「不錯。今日咱們又不是華山論劍，爭那武功天下第一名號，誰來跟你單打獨鬥？臭和尚作惡多端，自己裁決了罷。」國師嘆道：「中原五大高人，今見其二，老僧死在三位手上，也不枉了。只可惜那龍象般若功至老僧而絕，從此世上更無傳人。」提起右掌，便往自己天靈蓋上拍了下去。

周伯通聽到「龍象般若功」五字，心中一動，搶上去伸臂一擋，架過了他這一掌，說道：「且慢！」國師昂然道：「老僧可殺不可辱，你待怎地？」周伯通道：「你這甚麼龍象般若功果然了得，就此沒了傳人，別說你可惜，我也可惜。何不先傳了我，再圖自盡不遲？」這幾句話竟十分誠懇。

國師尚未回答，只聽得撲翅聲響，那雌鵰負了雄鵰從深谷中飛上，雙鵰身上都濕淋淋地，看來谷底是個水潭。雄鵰毛羽零亂，已奄奄一息，右爪仍牢牢抓著國師的紅冠。雌鵰放下雄鵰後，忽地轉身又衝入深谷，再回上來時，背上伏著一人，赫然便是郭襄。

黃蓉驚喜交集，大叫：「襄兒，襄兒！」奔過去將她扶下鵰背。

國師見郭襄竟然無恙，也是一呆。周伯通正架著他的手臂，右眼向一燈一眨，左眼向黃藥師一閃，做了個鬼臉。東邪、南帝雙手齊出，國師右脅左胸同時中指。若換作別人，雖點正他要害，也決計閉不了他穴道，但東邪、南帝這兩根手指，當今之世再無第三根及得，一是精微奧妙的「彈指神通」，一是玄功通神的「一陽指」，國師如何受得？「嘿」的一聲，身子晃了一下。周伯通伸手在他背心「至陽穴」上補了一拳，笑道：「躺下罷！」國師正爲郭襄生還而狂喜，心神大盪之際，冷不防要害接連中招，雙腿一軟，緩緩坐倒。一燈等三人對望一眼，心中均各駭然：「這和尚當眞厲害，身上連中三下重手，居然仍不摔倒。」

三人搶到郭襄身旁，含笑慰問，只聽她叫道：「媽，他在下面……在下面，快……快去……救他……」只說了這幾句，心神交疲，暈了過去。一燈拿起她腕脈一搭，說道：「不礙事，只受了驚嚇。」伸手在她背心推拿了幾下。過了一會，郭襄悠悠醒轉，說道：「大哥哥呢，上來了嗎？」黃蓉道：「楊過也在下面？」郭襄點了點頭，低聲道：「當然哪！」她心中是說：「倘若他不在下面，我跳下去幹麼？」黃蓉見女兒全身濕透，問道：「下面是個水潭？」郭襄點了點頭，閉上雙眼，再無力氣說話，只伸手指著深谷。

黃蓉道：「楊過既在谷底，只有差鵰兒再去接他。」當下作哨召鵰。但連吹數聲，雙鵰竟不理睬。黃蓉好生奇怪，數十年來，雙鵰聞喚即至，從不違命，何以今日對自己的口哨直似不聞？

她又一聲長哨，只見那雌鵰雙翅一振，高飛入雲，盤旋數圈，悲聲哀啼，猛地裏從空中疾衝而下。黃蓉心道：「不好！」大叫：「鵰兒！」只見那雌鵰一頭撞在山石之上，腦袋碎裂，折翼而死。衆人都吃了一驚，奔過去看時，原來那雄鵰早已氣絕多時。衆人見這雌鵰如此深情重義，無不慨嘆。黃蓉自幼和雙鵰爲伴，更是傷痛，不禁流下淚來。陸無雙耳邊，忽地似乎響起了師父李莫愁細若遊絲的歌聲：

「問世間，情是何物，直教生死相許？天南地北雙飛客，老翅幾回寒暑？歡樂趣，離別苦，就中更有痴兒女。君應有語，渺萬里層雲，千山暮雪，隻影向誰去？」

她幼時隨著李莫愁學藝，午夜夢迴，常聽到師父唱著這首曲子，當日未歷世情，不明曲中深意，此時眼見雄鵰斃命後雌鵰殉情，心想：「這頭雌鵰假若不死，此後萬里層雲，千山暮雪，叫牠孤單隻影，如何排遣？」觸動心懷，眼眶兒竟也紅了。

程英道：「師父，師姊，楊大哥既在潭底，咱們怎生救他上來才好？」

黃蓉抹了抹眼淚，問女兒道：「襄兒，谷底是怎生光景？」郭襄精神漸復，說道：「我一掉下去，筆直的沉到了水底，心中一慌，吃了好幾口水。後來不知怎的冒上了水面，大哥哥……楊大哥拉住我頭髮，提了我起來……」黃蓉稍稍放心，道：「水潭旁有岩石之類，可以容身，是不是？」郭襄道：「水潭旁都是大樹。」黃蓉「嗯」了一聲，問道：「你怎麼會跌下去的？」

郭襄道：「楊大哥拉我起來，第一句話也這般問我。我取出那口金針，交了給他，說道：『這是第三口金針，我來求你保重身子，不可自尋短見。』他目不轉瞬的向我瞧著，卻不說話。不久雄鵰兒跌了下來，跟著雌鵰將雄鵰負了上去，又下來負我。我叫楊大哥上來，他一言不發，提著我放上了鵰背。媽，叫鵰兒再下去接他啊。」

黃蓉暫不跟她說雙鵰已死，脫下外衣，蓋在她身上，轉頭道：「看來過兒一時並無危險，咱們快搓一條長索，接他上來。」眾人齊聲說是，分頭去剝樹皮。

各人片刻間剝了不少樹皮。程英、陸無雙和瑛姑便用韌皮搓成繩索，一燈、黃藥師、周伯通、黃蓉四人手撕刀割，切剝樹皮。這四人雖是當今武林中頂尖兒的高手，但做這等粗笨功夫，也不過勝在力大勁足而已，未必便強得過尋常熟手工人，直忙到天黑，還只搓了一百多丈繩索，看來仍遠遠不足。程英在繩索一端縛了一塊岩石，另一端繞在一棵大樹上，繩索漸結漸長，穿過雲霧，垂入深谷。

這七人個個內力充沛，直忙了整晚，毫沒休息。到得次晨，郭襄也來相助。黃蓉才簡略問了幾句她爲國師所擒的經過。

繩索不斷加長，楊過在谷底卻沒送上半點訊息。黃藥師取出玉簫，運氣吹動，簫聲悠揚，直飄入谷底。按理楊過聽到簫聲，必當以長嘯作答，但黃藥師一曲既終，谷口惟見白煙橫空，寂靜無聲。

黃蓉微一沉吟，取劍斬下一塊樹幹，用劍尖在木材上劃了五個字：「平安否　盼答」，將木塊擲了下去。良久良久，谷底始終沒回音。各人面面相覷，暗暗躭心。

程英道：「山谷雖深，計來長索也應已經垂到，待我下去瞧瞧。」周伯通叫道：「我先去！」也不等旁人答話，搶到谷邊，一手拉繩，波的一聲溜了下去，穿煙破霧，刹那間不見了影蹤。過了約莫半個時辰，只見他捷如猿猴般援索攀了上來，鬚髮上沾滿了青苔，不住搖頭，說道：「影蹤全無，影蹤全無，有甚麼楊過？連牛過、馬過也沒有。」

衆人一齊望著郭襄，臉上全是疑色。郭襄急得幾乎要哭了出來，說道：「楊大哥明明是在下面，怎會不在？他坐在水邊的一棵大樹上啊。」程英一言不發，援繩溜下谷去，陸無雙跟隨在後。接著瑛姑、周伯通、黃藥師、一燈等一一援繩溜下。

黃蓉道：「襄兒，你身子未曾康復，不可下去，別再累媽擔心。你楊大哥若在底下，咱們這許多人定能救他上來，知道麼？」郭襄心中焦急，含淚答應。黃蓉向坐在地下的金輪國師瞧了一眼，心想他穴道被點，將滿十二個時辰，這人內功奇高，別要給他以真氣衝開穴道，於是走過去在他背心「靈台」、胸下「巨闕」、雙臂的「清冷淵」上又補了幾下，這才援索下谷。手上稍鬆，身子墮下時越來越快，黃蓉在中途拉緊繩索，使下墮之勢略緩，又再鬆手，如此數次，方達谷底。

只見深谷之底果是個碧水深潭，黃藥師等站在潭邊細心察看，卻那裏有楊過的蹤跡？又見潭左幾株大樹之上，高高低低的安著三十來個大蜂巢，繞著蜂巢飛來飛去的都是玉蜂，樹頂上積雪甚厚。黃蓉心念一動，說道：「周大哥，你捉隻蜜蜂來瞧瞧，看翅上是否有字？」周伯通依言捉了一隻玉蜂，凝目一看，道：「沒字。」

黃蓉打量山谷周圍情勢，但見四面都是高逾百丈的峭壁，無路可通，潭邊的大樹奇形怪狀，不知名目，抬起頭來，雲霧封谷，難見天日，正沉吟間，猛聽得周伯通叫道：「這一隻有字，這一隻有字。」黃蓉過去一看，只見那玉蜂雙翅之上，果然刺著「我在絕，情谷底」六個細字。料得關鍵是在碧水潭中。潭邊七人之中惟她水性最好，於是略加結束，取一顆九花玉露丸含在口中，以防水中有甚毒蟲水蛇，一個旋子，躍入了潭中。

那潭水好深，黃蓉急向下潛，此時天候本已嚴寒，潭水更是奇冷。越深水越冷，到後來寒氣透骨，四面藍森森、青鬱鬱，似乎結滿了厚冰。黃蓉暗暗吃驚，但仍不死心，浮上水面來深深吸了幾口氣，又潛了下去。但潛到極深之處，水底有一股抗力，越深抗力便越強，黃蓉縱出全力，也沒法到達潭底，同時冷不可耐，四周也無特異之處，只得回上。衆人見她嘴唇凍成紫色，頭髮上一片雪白，竟結了一層薄冰，無不駭然。程英和陸無雙忙折下樹枝，在她身旁生起個火堆。

郭襄見母親與衆人一一緣繩下潭，心想：「大哥哥便不肯上來，外公和媽媽他們抬也抬了他上來。到底他爲甚麼要自盡呢？難道楊大嫂死了？永遠不跟他見面了？」正自怔怔的出神，忽聽得金輪國師「啊喲、啊喲」的大聲呻吟。郭襄轉過身來，只見他臉上肌肉抽搐，顯在忍受極大痛苦。郭襄哼了一聲，說道：「幸虧我大哥哥沒上來，否則你逃也逃不走啦！」國師「啊喲、啊喲」叫得更加響了，眼光中露出哀求之色。

郭襄忍不住問道：「怎麼？很痛麼？」國師道：「你媽媽點了我背心的靈台穴和胸下巨闕穴，我全身如有千萬隻螞蟻在咬，痛癢難當，她爲甚麼不再點了我膻中穴和玉枕穴？」郭襄一怔，她跟母親學過點穴、拂穴之法，知道「膻中」和「玉枕」是人身要穴中的要穴，只要稍受損傷，立即斃命，說道：「我媽暫不殺你，你不知感激，還多說甚麼？」國師昂然道：「她如點了我膻中、玉枕兩穴，我胸背麻木，就可少受許多痛苦。我這般深厚的修爲，難道能要得了我性命？」郭襄不信，道：「你少吹牛。媽媽說的，『膻中和玉枕，一碰便喪生』，你身上麻癢，用力忍耐一下，他們馬上就上來啦。」

國師道：「小徒兒，這些日子來我待你怎樣？」郭襄道：「還算不錯。可是你殺了長鬚鬼和大頭鬼，又害死我家的雙鵰，你待我再好，我也不記情。」國師道：「好罷，殺人償命，待會你殺了我，給你朋友報仇便是。但我當你親女兒一樣愛惜，你卻如何報答？」郭襄道：「你說怎麼報答？」國師道：「你給我在膻中穴和玉枕穴上用力各點一指，讓我少受些苦楚，便算報答我了。」

郭襄不住搖頭，道：「你要我殺你，我才不動手呢。」國師急道：「大丈夫言出如山，你點我這兩處穴道，我決計死不了。待會你媽媽上來，我還要向她求情，豈肯輕易便死？」郭襄見他說得誠懇，心想：「我先輕輕的試一試。」伸指在他胸口膻中穴上輕輕一點，國師舒了一口氣，道：「果然好得多了，你再用力些。」郭襄加重勁力，只見他展眉一笑，毫無受傷跡象，只是臉色由紅轉白、又由白轉紅的變了兩次，說道：「再重些！」郭襄便依照父母所傳的點穴之法，在他膻中穴上點了一指。

國師道：「好啊！我胸口不怎麼難受啦！你瞧死不了，是不是？」郭襄大感驚奇，道：「我再點你的玉枕穴啦！」起初仍輕點試探，這才運力而點。國師道：「多謝，多謝！」閉目暗暗運氣，突然間一躍而起，說道：「走罷！」
郭襄大駭，叫道：「你……你……」國師左手一勾，抓住了她手腕，說道：「快走，我金輪國師武功獨步天下，難道這『推經轉脈、易宮換穴』的粗淺功夫也不會麼？」說著雙足一點，帶著郭襄向前奔去。
郭襄大叫：「你騙人，我不來！你騙人！」好生後悔：「我實在見識太低，連這些粗淺功夫也不知道。」她怎知這「推經轉脈、易宮換穴」的奇功如何是粗淺功夫？實是他蒙古金剛宗極深奧艱難的內功，奇妙處比之歐陽鋒逆轉全身經脈雖大爲不及，卻也是一門極難修練的怪異神功。不過練成之後也無多大用處，因此練者極少。當郭襄點他膻中、玉枕兩穴之時，他已暗自推經轉脈、易宮換穴，將另外兩處穴道轉了過來。郭襄落指時還怕傷了他性命，實則是爲他解開了穴道。
金輪國師帶著郭襄躍出數丈，突然間心念一轉，毒計陡生，見兩棵大樹上繫著那根長索，只須弄斷繩索，周伯通、一燈、黃藥師、黃蓉等人勢必喪命深谷，縱身過去抓住長索，便要運力扯斷。
郭襄大驚，一記肘搥撞向他脅下。也是國師過於托大，對她絲毫沒加提防，郭襄跟他練過多日武功，雖無長足進展，卻也大大增了勁力，這一記肘搥正好撞中了「淵液穴」。他要穴未曾全解，內力未復，登時半身酸麻，刹時間渾身無力。郭襄用力一扭，掙脫了他手腕，雙掌搭在他背心，叫道：「推你下去，摔死你這惡和尚。」國師大驚，暗運內力衝穴，口中卻哈哈大笑，說道：「憑你這點微末功夫，也推得我動？」

郭襄一來心軟，不忍當眞置他於死命，二來不知時機稍縱即逝，此刻國師穴道未曾全解，只須用力一推，他便摔下谷去，又或快速出手，連點他身上數處穴道，他也無論如何來不及推經轉脈、易宮換穴。但她見先前點他膻中和玉枕兩處要穴，反助他解開了穴道，只道再點也是無用，縱身躍開，奔到崖邊，說道：「我跟媽媽死在一起！」便要往深谷中跳落。

國師大驚，吸一口眞氣，衝破了郭襄所點的「淵液穴」，眞捨不得她又再自盡，不及扯斷長索，便向她撲去。郭襄發足便奔，在山石和大樹間縱來躍去。若在平陽之地，國師只須兩個起落，早便追上，但斷腸崖前到處都是古木怪石，郭襄東一鑽，西一躲，一時倒也奈何她不得，跟她捉迷藏般大兜圈子，追了良久，方始使一招「雁落平沙」，從空中飛撲而下，抓住了她手臂。郭襄張口大呼：「媽！」只叫得一聲，國師便按住了她嘴。就在此時，遠遠傳來了陸無雙之聲：「小郭襄那裏去了？」

國師心下一凜，暗叫：「可惜，可惜！終於錯過了時機！」伸指點了郭襄啞穴，拖了她發足疾奔。其實這當兒時機尚未錯過，還只陸無雙一人上來，他奔將過去，儘來得及弄斷長索，陸無雙一人又怎阻擋得住？只是他吃了周伯通、一燈、黃藥師等人的苦頭，好容易逃得性命，忽然聽到人聲，只道黃藥師等已一齊回上，那敢再去生事？

黃蓉等在谷底細細查察，再也搜不到甚麼蹤跡，四周也無血漬，諒來楊過並未遇到不幸，衆人一商量，只得先行回上，再定行止。第一個緣繩而上的是陸無雙，其次是程英、瑛姑。

待得黃蓉上來時，只聽得程英等三人正在高呼：「小郭襄，小郭襄，你在那裏啊？」黃蓉見女兒和國師一齊失蹤，這一急非同小可，忙登高眺望。接著黃藥師、一燈、周伯通一一上來，七人找遍了絕情谷，那裏有兩人蹤跡？

找到谷口，見地下遺著郭襄一隻鞋子。程英道：「師姊，你休擔憂，定是那國師挾持襄兒一路南行。襄兒留下鞋子，好教咱們知道。這孩子聰明機警，實不下於她媽媽呢。」黃蓉再想起女兒先前說話，國師只逼她拜師，要她承受衣缽，想來一時不致有何危難，這才憂心稍減。

一行人奔向高台，在敵人強弓射不到處勒馬站定。遙見台上站着兩人，一個身披大紅僧袍，正是金輪國師，另一個妙齡少女給綁在一根木柱之上，卻是郭襄。

第三十九回　大戰襄陽

一行人在絕情谷底久候楊過，不見任何蹤跡，一燈等都說楊過倘若不死，以他本事，必能上來，此時必須急追郭襄相救，於是取道南下，沿路打聽國師和郭襄的蹤跡。行不數日，道路紛紛傳言，說道蒙古南北兩路大軍夾攻襄陽，在城下與宋軍開仗數次，互有勝敗，襄陽情勢甚爲緊急。黃蓉心下擔憂，說道：「韃子猛攻襄陽，咱們須得急速趕去，襄兒的安危，只得暫且不去理會了。」衆人齊聲稱是。

黃藥師、一燈、周伯通等輩，本來都是超然物外、不理世事的高士，但襄陽存亡關係重大，或漢或胡，在此一戰，不由得他們袖手不顧。

於路毫不耽擱，不一日抵達襄陽城郊。只聽得號角聲此起彼落，遠遠望去，旌旗招展，劍戟如林，馬匹奔馳來去，襄陽城便如裹在一片塵沙之中，蒙古大軍竟已合圍。衆人見了這等聲勢，無不駭然。黃蓉道：「敵軍勢大，只有挨到傍晚，再設法進城。」七人便躲在樹林之中，除周伯通一如以往的嘻笑自若之外，人人均有憂色。

待到二更時分，黃蓉當先領路，闖入敵營。這七人輕功雖高，但蒙古軍營重重疊疊，闖過一座又一座，只闖到一半，終於給巡查的小校發覺。軍中擊鼓吹號，立時有三個百夫隊圍了上來。其餘軍營卻寂無聲息，毫不驚慌。

周伯通奪了兩枝長矛，當先開路，黃藥師和一燈各持一盾，倒退反走，抵擋追兵，四個女子居中，向前急闖。好在身處蒙古營中，敵兵生怕傷了自己人馬，不敢放箭，少了一件最厲害的兵器，否則倘在空曠之地，萬箭齊發，周伯通、黃藥師等便有三頭六臂，又怎抵擋得了？七人邊戰邊進，敵兵愈聚愈多，數十枝長矛圍著七人攢刺。周伯通、黃藥師等掌風到處，敵兵矛斷戟折、死傷枕藉。但蒙古兵剽悍力戰，復又恃眾，竟不稍卻。

周伯通笑道：「黃老邪，咱們三條老命，瞧來今日要斷送在這裏了，只是你怎生想個法兒，把這四個小女娃兒救了出去。」瑛姑呸了一聲道：「說話不三不四，我老太婆也算小女娃兒麼？要死便死在一起，咱們只救這三個小娃兒便了。」

黃蓉久經戰陣，又素知蒙古軍的厲害，見局面艱困，暗暗心驚：「老頑童素來天不怕地不怕，從不說半句洩氣之言，今日陷入重圍，竟想到要斷送老命，看來情形當眞有點不妙！」見四下裏敵軍蜂聚蟻集，除了捨命苦戰，一時也想不出別樣計較。

再衝了數重軍營，黃蓉曾見左首陣後立著兩座黑色大營帳，她曾隨成吉思汗西征，知是積貯輜重糧食之處，心念一動，猛地裏竄出，從敵兵手中搶過一個火把，直撲輜重營。蒙古兵發喊趕來。黃蓉奔得迅捷，頭一低，已鑽入營中，高舉火把，見物便燒，頃刻之間，在兩座輜重營中連點了七八個火頭，這才衝出，又跟周伯通等會合。

輜重營中堆的不少是易燃之物，火頭一起，立時噼噼啪啪的燒將起來。周伯通瞧得有趣，拋下長矛，搶了兩根火把，到處便去放火，他更在無意之中燒到一座大馬廄，登時戰馬奔騰，喧嘩嘶鳴，這一來，蒙古大營終於亂了。

郭靖在城中聽得北門外敵軍擾攘，奔上城頭，見幾個火頭從蒙古營中衝天而起，知有人在敵營中搗亂，忙點起二千人馬，命武敦儒、武修文兄弟殺出城去接應。二武衝出里許，火光中望見黃藥師扶著陸無雙、一燈扶著周伯通，七人騎了五匹馬急衝而至。二武領人馬布開陣勢，射住陣腳，阻住追來的敵軍，這才下令後隊變前隊，掩護著黃蓉等人，緩緩退入城中。

郭靖站在城頭相候，見是岳父、愛妻和一燈大師、周伯通等到了，心中大喜，忙開城相迎。見陸無雙腰間中槍，周伯通背中三箭，鬚眉頭髮給火燒了大半，兩人受傷不輕。程英、黃蓉、瑛姑也均受箭傷，好在所傷非當要害。一燈和黃藥師均深通醫道，看了周陸二人的傷勢之後，都愁眉不展，半晌說不出話來。

周伯通笑道：「段皇爺，黃老邪，你們不用發愁，老頑童心血來潮，知道自己決計死不了。你們多花點兒精神，好好醫治陸無雙小娃兒是正經。」他一直和黃藥師嬉皮笑臉，對一燈卻甚敬重，不但敬重，簡直有點害怕，一燈出家已久，他卻仍稱之爲「段皇爺」。黃藥師和一燈見他強忍痛楚，言笑自如，稍覺放心。但陸無雙卻昏迷不醒。

次日天甫黎明，便聽得城外鼓角雷鳴，蒙古大軍來攻。襄陽城安撫使呂文煥和守城大將王堅督率兵馬，守禦四門。郭靖與黃蓉登城望去，見蒙古兵漫山遍野，不見盡頭。蒙古大軍曾數次圍攻襄陽，但軍容之盛，兵力之強，卻以此次爲最。幸好郭靖久在蒙古軍中，熟知蒙古兵攻城的諸般方略，早已有備，不論敵軍如何用弓箭、用火器、用壘石、用雲梯攻城，守城的宋兵居高臨下，一一破解。直戰到日落西山，蒙古軍已損折了二千餘人馬，但兀自前仆後繼，奮勇搶攻。

襄陽城中除了精兵數萬，尚有數十萬百姓，人人知道此城一破，無人得以倖存，因此丁壯之夫固奮起執戈守城，便婦孺老弱，也擔土遞石，共抗強敵。一時城內城外殺聲震動天地，空中羽箭來去，有似飛蝗。

郭靖手執長劍，在城頭督師。黃蓉站在他身旁，眼見半爿天布滿紅霞，景色瑰麗無倫，城下敵軍飛騎奔馳，猙獰的面目隱隱可見，再看郭靖時，見他挺立城頭，英風颯颯，心中不由得充滿了說不盡的愛慕眷戀之意。他夫妻相愛，久而彌篤，今日強敵壓境，是否能再度將之擊退，實難逆料。黃蓉心想：「我和靖哥哥做了三十年夫妻，大半心血都花在這襄陽城上了。咱倆共抗強敵，便兩人一齊血濺城頭，這一生也眞不枉了。」一瞥眼，見郭靖左鬢上又多了幾莖白髮，不禁微增憐惜：「敵兵猛攻一次，靖哥哥便多了幾十根白髮。」

忽聽得城下蒙古兵齊呼：「萬歲，萬歲，萬萬歲！」呼聲自遠而近，如潮水湧近，到後來十餘萬人齊聲高呼，眞如天崩地裂一般。但見一根九旄大纛高高舉起，鐵騎擁衛下青傘黃蓋，一彪人馬鏘鏘馳近，正是大汗蒙哥臨陣督戰。

蒙古官兵見大汗親至，士氣大振。紅旗招動，城下隊伍分向左右，兩個萬人隊衝上來急攻北門。這是大汗的扈駕親兵，最是精銳之師，又是迄今從未出動過的生力軍，人人要在大汗眼前建立功勳，數百架雲梯紛紛豎立，蒙古兵將便如螞蟻般爬向城頭。

郭靖攘臂大呼：「兄弟們，今日叫韃子大汗親眼瞧瞧咱們大宋好男兒的身手！」他這一聲呼喝中氣充沛，萬衆吶喊喧嚷之中，仍人人聽得淸楚。城頭上宋兵戰了一日，已疲累不堪，忽聽得郭靖這麼呼叫，登時精神大振，均想：「韃子欺侮得咱們久了，這時須教他們大汗知道咱們的厲害！」各人出力死戰。

但見蒙古兵的屍體在城下漸漸堆高，後續隊伍仍如怒濤狂湧，踐踏著屍體攻城。大汗左右的傳令官騎著快馬奔馳來去，調兵向前。暮色蒼茫之中，城內城外點起了萬千火把，照耀得如同白晝。安撫使呂文煥瞧著這等聲勢，眼見守禦不住，心中大怯，面如土色的奔到郭靖身前，叫道：「郭……郭大俠，守不住啦，咱……咱們出城南退罷！」郭靖厲聲道：「安撫使何出此言？襄陽在，咱們人在，襄陽亡，咱們人亡！」

黃蓉眼見事急，呂文煥退兵之令只要一說出口，軍心動搖，襄陽立破，提劍上前，喝道：「你只要再說一聲棄城退兵，我先在你身上刺三個透明窟窿！」呂文煥左右的四名親兵上前攔阻，黃蓉橫腿掃出，四名親兵一齊跌開。

郭靖喝道：「大夥兒上城抗敵，再不死戰，還算是甚麼男兒漢？」衆親兵素來敬服郭靖，見他神威凜凜的這麼呼喝，齊聲應是，各挺兵刃，奔到城牆邊抗敵。大將王堅縱聲叫道：「咱們拚命死守，韃子兵支持不住了！」

猛聽得蒙古的傳令官大呼：「衆官兵聽者：大汗有旨，那一個最先攻登城頭，便封他爲襄陽城城主。」蒙古兵大聲歡呼，軍中梟將悍卒個個不顧性命的撲將上來。傳令官手執紅旗，來回傳旨。郭靖挽起鐵胎弓，搭上狼牙箭，颼的一聲，長箭衝煙穿塵，疾飛而去。那傳令官當胸中箭，倒撞下馬。蒙古兵齊聲發喊，士氣稍挫。過不多時，又有一隊生力軍萬人隊開抵城下。

耶律齊手持長槍，奔到郭靖身前，說道：「岳父岳母，韃子猛攻不退，小婿開城出去衝殺一陣。」郭靖道：「好！你領四千人出城，可要小心了。」耶律齊翻身下城。不久戰鼓雷鳴，城門開處，耶律齊領了一千名丐幫弟子、三千名官兵，一般的都持標槍盾牌，衝了出去。北門外蒙古兵攻城正急，突見宋軍殺出，翻身便走。耶律齊揮軍趕上。突然蒙古軍三聲炮響，左右兩個萬人隊包抄上來，將耶律齊所領的四千人圍在垓心。

那三千官兵訓練有素，武藝精熟，驍勇善鬥，又有一千名丐幫弟子作爲骨幹，雖然受圍，卻絲毫不懼。郭靖、黃蓉、呂文煥、王堅四人從城頭上望將下去，但見宋軍陣勢不亂，以一當十，高呼酣戰，黑暗中刀光映著火把，有如千萬條銀蛇閃動，眞乃好一場大戰！

蒙古兵勢衆，兩個萬人隊圍住了耶律齊的四千精兵，另一個萬人隊又架雲梯攻城。郭靖見耶律齊一隊人攔在城外，蒙古援兵調遣不便，傳令下去，命武氏兄弟揮兵讓出缺口，任由蒙古兵爬上城來。二武應命，領兵退開。霎時之間，成百成千的蒙古兵爬上了城頭。城下千千萬萬蒙古兵將眼見城破，大叫：「萬歲！萬歲！」

呂文煥臉如土色，嚇得全身如篩糠般抖個不住，只叫：「郭大俠，這……這便……便如何是好？咱……們這……這該當……」

郭靖不語，見蒙古兵已有五千餘人爬上城頭，舉起黑旗一招，驀地裏鼓角齊鳴，朱子柳與武三通各率一隊精兵，從埋伏處殺將出來，立時塡住了缺口，不令蒙古兵再行攻上。城頭的五千餘人陷入了包圍之中。這時城外宋軍受圍，城頭蒙古軍遭困，東西南三門也各攻拒惡鬥，十分慘烈，喊聲一陣響於一陣。

蒙古大汗立馬於小丘之上，親自督戰，身旁兩百多面大皮鼓打得咚咚聲響，震耳欲聾，甚麼說話的聲音都給淹沒了。但見千夫長、百夫長一個個或死或傷，血染鐵甲，從陣前抬了下來。大汗蒙哥身經百戰，當年隨拔都西征，曾殺得歐洲諸國聯軍望風披靡，直攻至多瑙河畔、維也納城下，此刻見了這一番廝殺，也不由得暗暗心驚：「往常都說南蠻懦怯無用，其實絲毫不弱於我們蒙古精兵呢！」

其時夜已三更，皓月當空，明星閃爍，照臨下土，天上雲淡風輕，一片平和，地面上卻是十餘萬人在捨生忘死的惡戰。這一場大戰自淸晨直殺到深夜，雙方死傷均極慘重，兀自勝敗不決。宋軍佔了地利，蒙古軍卻仗著人多。

又戰良久，忽聽得前軍齊聲吶喊，一隊宋軍急馳而至，直衝向小丘。大汗的護駕親兵紛紛放箭阻擋。蒙哥居高臨下，放眼望去，見一名宋軍將軍手執雙矛，騎一匹高頭大馬，在戰陣中左衝右突，威不可當，羽箭如雨點般向他射去，都讓他一一撥開。蒙哥左手一揮，鼓聲立止，回頭問左右道：「此人如此勇猛，可知是誰麼？」左首一個白髮將軍道：「啓稟大汗，這人便是郭靖。當年成吉思汗封他爲金刀駙馬，遠征西域，立功不小。」蒙哥失聲道：「啊，原來是他！將軍神勇，名不虛傳！」

蒙哥左右統率親兵的衆將聽得大汗誇獎敵人，都心中不忿。四名將軍齊聲呼喝，手挺兵刃，衝了上去。郭靖見衝來四人身高馬大，兩個帶著萬夫長的白色頭飾，兩個帶著千夫長的紅色頭飾，喊聲如雷，縱馬奔近身來，當即拍馬迎上，長矛一起，啪的一聲，將一名千夫長手中的大刀刀桿震斷，跟著一矛透胸而入。

兩名萬夫長雙槍齊至，壓住郭靖矛頭。一名千夫長的蛇矛刺向郭靖小腹。四人使的都是長兵刃，急切間轉不過來，郭靖長矛撒手，身子右斜，避過那千夫長的一矛，跟著雙腕翻轉，抓住兩名萬夫長的鐵槍槍頭，大喝一聲，宛如在半空中起個霹靂，振臂回奪。那兩名萬夫長雖是蒙古軍中有名的勇士，但怎禁得郭靖神力？登時手臂酸麻，兩柄鐵槍脫手。郭靖不及倒轉槍頭，就勢送出，噹噹兩聲，兩柄鐵槍的槍桿撞在兩人胸口。兩名萬夫長都披護胸鐵甲，槍桿刺不入身，但給郭靖內力一震，立時狂噴鮮血，倒撞下馬。

那千夫長甚是悍勇，雖見同伴三人喪命，仍挺矛來刺。郭靖橫過左手鐵槍格開他蛇矛，右手鐵槍砰的一聲，重重擊在他的頭盔之上，只打得他腦蓋碎裂。

衆親兵見郭靖在剎那之間連斃四名勇將，無不膽寒，雖在大汗駕前，亦不敢上前與之爭鋒，只不住放箭。郭靖縱馬欲待搶上小丘，但數百枝長矛密密層層的排在大汗身前，連搶數次，都不能近身，突然間胯下坐騎一聲嘶鳴，前腿軟倒，竟是胸口中箭。眾蒙古親兵大聲歡呼，擁了上來。人叢中只見郭靖縱躍而起，挺槍刺死了一名百夫長，跳上了他坐騎，槍挑掌劈，霎眼間打死了十多名蒙古官兵。

蒙哥見他橫衝直撞，當者披靡，在百萬軍中來回衝殺，蒙古兵將雖多，竟奈何他不得，不由得皺起眉頭，傳令道：「是誰殺得郭靖，立賞黃金萬兩，官升三級！」重賞之下，眾官兵蜂擁向前。郭靖見情勢危急，揮槍打開身旁幾名敵兵，彎弓搭箭，疾向蒙哥射去。這一箭去勢好不勁急，猶如奔雷閃電，直撲蒙哥。護駕的親兵大驚，兩名百夫長閃身擋在大汗面前，噗的一聲，長箭穿過第一名百夫長，但去勢未衰，又射入第二名百夫長前胸，將兩人釘成了一串，在蒙哥身前直立不倒。

蒙哥見了這等勢頭，不由得臉上變色。眾親兵擁衛大汗，退下了小丘。

便在此時，蒙古中軍發喊，一枝宋軍衝了過來，當先一人舞著兩柄鐵槳，狂砸猛打，卻是點蒼漁隱。原來黃蓉見丈夫陷陣，放心不下，命點蒼漁隱領了二千人衝入接應。蒙古兵見大汗退後，陣勢微亂。

黃蓉在城頭看得明白，下令道：「大家發喊，說蒙古大汗死了！」眾軍歡呼叫喊：「蒙古大汗死了，蒙古大汗死了！」襄陽軍連年與蒙古兵相鬥，聰明的都學說了幾句蒙古話，這時便有人用蒙古話叫了起來。

蒙古官兵聽得喊聲，都回頭而望，見大汗的大纛正自倒退，大纛附近紛紜擾攘，混亂中那裏能分真假，只道大汗真的殞命，登時軍心大亂，士無鬥志，紛紛後退。

黃蓉下令追殺，大開北門。三萬精兵衝了出來。耶律齊率領的四千人已損折了半數，餘下的乘勢追敵。蒙古官兵久經戰陣，雖敗不潰，精兵殿後，緩緩向北退卻，宋兵倒也不能迫近。攻入襄陽的五千餘蒙古精銳之師卻無一活命。

待得四門蒙古兵退盡，天色已然大明。這一場大戰足足鬥了十二個時辰，四野裏黃沙浸血，死屍山積。斷槍折戈、死馬破旗，綿延十餘里之遙。這一仗蒙古兵損折了四萬餘，襄陽守軍也死傷二萬二三千人，自蒙古興兵南侵以來，以此仗最爲慘烈。

襄陽守軍雖殺退了敵兵，但襄陽城中到處都聞哀聲，母哭其子，妻哭其夫。

郭靖、黃蓉不及解甲休息，巡視四門，慰撫將士，再去看視周伯通和陸無雙的傷勢時，見兩人都已好轉。周伯通耐不住臥床休息，早已在庭園中溜來溜去，想找些事來胡鬧一番。郭靖、黃蓉相視一笑，回府就寢。

次日清晨，郭靖正在安撫使府中與呂文煥及大將王堅商議軍情，忽有小校來報，說道探得一個蒙古萬人隊正向北門而來。呂文煥驚道：「怎……怎麼剛剛去，又來了？這……這可不成話啊！」郭靖拍案而起，登城瞭望。見敵兵的萬人隊在離城數里之地列開陣勢，卻不進攻。過不多時，千餘個工匠負石豎木，築成了一個十餘丈高的高台。

這時黃藥師、黃蓉、一燈、朱子柳等都已在城頭覘敵，見蒙古兵忽然構築高台，均感不解。朱子柳道：「韃子建此高台，如要窺探城中軍情，不應距城如此之遠，何況我軍只須射以火箭，立時焚毀，又有何用？」黃蓉皺眉沉思，一時也想不透敵軍的用意。高台甫立，又見數百蒙古軍牽了騾馬，運來大批柴草，堆在台周，卻似要將此台焚毀一般。眾人更覺奇怪。朱子柳道：「難道敵軍攻城不下，於是築壇祭天麼？又或許是甚麼厭勝祈禳的妖法？」郭靖道：「我久在蒙古軍中，從未見過他們做這般怪事。」

說話之間，又望見千餘名士兵舞動長鍬鐵鏟，在高台四周挖了一條又深又闊的壕溝，挖出來的泥土便堆在壕溝以外，成爲一堵土牆。黃藥師怒道：「襄陽城是三國時諸葛亮的故居，韃子無禮，在大賢門前玩弄玄虛，豈不是欺大宋無人麼？」

只聽得號角吹動，鼙鼓聲中，一個萬人隊開了上來，列在高台左側，跟著又是一個萬人隊列在右側。陣勢布定，又有一個萬人隊布在台前，連同先前的萬人隊，共是四個萬人隊圍住了高台。這個大陣綿延數里，盾牌手、長矛手、斬馬手、強弩手、折衝手，一層一層，將高台圍得鐵桶相似。

猛聽得一陣號響，鼓聲止歇，數萬人鴉雀無聲，遠處兩乘馬馳到台下。馬上乘客翻身下鞍，攜手上了高台，只因隔得遠了，兩人的面目瞧不清楚，依稀可見似是一男一女。衆人正錯愕間，黃蓉突然驚呼一聲，往後便倒，竟暈了過去。

衆人急忙救醒，齊問：「怎麼？甚麼事？」黃蓉臉色慘白，顫聲道：「是襄兒，是襄兒！」衆人吃了一驚，面面相覷。朱子柳道：「郭夫人，你瞧明白了麼？」黃蓉道：「我雖瞧不清她面目，但依情理推斷，決計是她。韃子攻城不成，便使奸計，當眞……當眞無恥卑鄙已極。」黃藥師和朱子柳經她一說，登時省悟，滿臉憤激。

郭靖卻兀自未解，問道：「襄兒怎地會到這高台上去？韃子使甚麼奸計了？」黃蓉挺直身子，昂然道：「靖哥哥，襄兒不幸落入了韃子手裏，他們建此高台，台下堆了柴草，卻將襄兒置在台上，那是要逼你投降。你若不降，他們便舉火燒台，叫咱們夫婦心痛腸斷，神智昏亂，不能專心守城。」

蒙古朝貴本來多信薩滿教，那是兼信佛教及幽鬼的吐蕃舊教，多鬼神之說，以迷信為主，後來吐蕃由蓮華生大士自天竺傳入密宗佛教。蓮華生大士教法淵深，神通廣大，信士遍於吐蕃，傳入蒙古後，薩滿教失勢，蒙古自大汗親貴以至部族首領直至牧人牧女，也都改信密教。蒙古大汗皇后所以敕封金輪大喇嘛為第一國師，乃因宗教之故，對之十分尊重，於軍政大事雖也諮詢其意向，但不委以實際重任。先前忽必烈求他誅滅丐幫、全眞教，以除蒙古軍後方之患，國師雖未辦成，忽必烈也知此事不易，並未苛求。

金輪國師擄得郭襄，攜入軍中，視作愛徒，慈愛眷顧。忽必烈知悉後，以久攻襄陽不下，便欲在城前當衆虐殺郭襄，以沮郭靖守城之志。金輪國師堅決不允，大罵忽必烈的使者，盛怒之下，發掌擊死了一人。國師擄了郭襄，即日便欲離軍遠去。忽必烈親自過來致歉賠禮，此事更不再提。其後大汗率軍攻打襄陽無功，左右有人提及郭襄之事，大汗親自下旨，命構築木台，將郭襄綁上高台，逼迫郭靖降順。國師顧及其密宗寧瑪教在蒙古及西域之千百廟宇基業、千百信衆弟子之安危，只得順從，心下雖大爲不忍，但大汗軍令如山，卻也無可奈何。

郭靖得悉情由後，又驚又怒，問道：「襄兒怎會落入韃子手裏？」黃蓉道：「連日軍務緊急，我怕你分心，沒說此事。」於是將郭襄如何在絕情谷中遭金輪國師擄去之事說了。郭靖聽得楊過在谷底失去蹤跡，連連追問端詳，待聽黃蓉說完，皺起眉頭，拍腿怒道：「蓉兒，這可是你的不對了，過兒生死未明，你怎地便捨他而去，不再理會？」郭靖一向敬重愛妻，從未在旁人之前對她有絲毫失禮，這兩句責備之言說得甚重，黃蓉不由得滿臉通紅。

一燈道：「郭夫人深入寒潭，凍得死去活來，查明楊過確係不在谷底，又何況小姑娘落入奸人之手，事在緊急，大夥兒都主張追趕。咱們不等楊過，須怪郭夫人不得。」一燈既如此說，郭靖自不敢再說甚麼，只恨恨的道：「郭襄這小娃兒成日闖禍，倘若過兒有甚好歹，咱們心中何安？讓這小姑娘給蒙古兵燒死了乾淨。」

黃蓉一言不發，轉身下城。衆人正商議如何營救郭襄，忽見城門開處，一騎向北衝出，馬上乘者正是黃蓉。衆人一見，無不大驚。郭靖、黃藥師、一燈、朱子柳等紛紛上馬追出。

一行人奔向高台，在敵人強弓射不到處勒馬站定。遙見台上站著兩人，一個身披大紅僧袍，頭戴紅冠，正是金輪國師，另一個妙齡少女給綁在一根木柱上，卻正是郭襄。

郭靖雖惱她時常惹事，但父女關心，如何不急？大聲叫道：「襄兒，你別慌，爹爹媽媽都來救你啦！」他內力充沛，話聲清清楚楚的送上高台。郭襄早給太陽晒得昏昏沉沉，忽聽得父親聲音，喜叫：「爹爹，媽媽！」

金輪國師哈哈大笑，朗聲說道：「郭大俠，你要我釋放令愛，半點也不難，只瞧你有沒膽量骨氣？」郭靖向來沉穩厚重，越處危境，越加凝定，聽他這般說，竟不動怒，朗聲道：「國師有何難題，便請示下。」國師道：「你若有做父母的慈愛之心，便上台來束手受縛，一個換一個，我立時便放了令愛。令愛是我愛徒，我本就捨不得燒死了她。」他知郭靖深明大義，決不肯爲了女兒而斷送襄陽滿城百姓，是以出言相激，盼他自逞剛勇，入了圈套。但郭靖怎能上他這個當，說道：「韃子若非懼我，何須跟我小女兒爲難？韃子既然懼我，郭靖有爲之身，豈肯輕易就死？」國師冷笑道：「人道郭大俠武功卓絕，驍勇無倫，卻原來是個貪生怕死之徒。」他這激將之計若用在旁人身上，或能收效，但郭靖身繫合城安危，只淡淡一笑，並不理會。

這幾句話卻惱了武三通和點蒼漁隱，兩人一揮鐵鎚，一舞雙槳，縱馬向前衝去。蒙古數千名射手挽弓搭箭，指住二人，只待奔近，便要射得他們便似刺蝟一般。一燈大師見情勢不妙，飛身下馬，三個起伏，已攔在兩個徒兒的馬上，大袖一揚，阻住馬匹的去路，喝道：「回去！」武三通和點蒼漁隱本是逞著一股血氣之勇，心中如何不知這一去有死無生，見師父阻攔，便勒馬而回。蒙古官兵見這位高年和尚追及奔馬，禁不住暴雷也似喝采。

國師說道：「郭大俠，令愛聰明伶俐，老衲本來十分喜歡她，原已收之為徒，有意傳以衣缽。但大汗有旨，你若不歸降，便將她火焚於高台之上。別說你心痛愛女，老衲也覺可惜萬分，還請三思。」

郭靖哼了一聲，見數十名軍士手執火把站在台下柴草堆旁，只待統兵元帥一聲令下，便即點火。四個萬人隊將高台守得如此嚴密，如何衝得過去？何況即使衝近了，火發台焚，又怎救得女兒下來？

他知蒙古用兵素來殘忍，掠地屠城，一日之間可慘殺婦孺十數萬人，要燒死郭襄，視作等閒。抬起頭來，遙見女兒容色憔悴，不禁心痛，叫道：「襄兒聽著，你是大宋的好女兒，慷慨就義，不可害怕。爹娘今日救你不得，日後定當殺了這萬惡奸僧，為你報仇。」郭襄含淚點頭，大聲叫道：「爹爹媽媽，女兒不怕！女兒名叫郭襄，為了郭家名聲，為了襄陽，死就死好了！你們千萬別顧念女兒，中了奸計。」

郭靖朗聲道：「這才是我的好女兒！」解下腰間鐵胎硬弓，搭上長箭，颼颼颼連珠三箭，高台下三名手執火把的蒙古兵應聲倒地，三枝長箭都透胸而過。郭靖射術學自蒙古神箭將軍哲別，再加數十年的內力修為，他所站之處敵兵箭射不到，他卻能以強弩斃敵。眾蒙古兵齊聲發喊，高舉盾牌護身。郭靖道：「走罷！」勒轉馬頭，與黃蓉等回入城中。

一行人站上城頭。黃蓉呆呆望著高台，心亂如麻。

一燈道：「韃子治軍嚴整，要救襄兒，須得先衝亂高台周圍的四個萬人隊。」黃藥師道：「正是。」凝思片刻，說道：「蓉兒，咱們用二十八宿大陣，跟韃子鬥上一鬥。」黃蓉垂頭道：「就算鬥勝了，韃子舉火燒台，那便怎麼辦？」郭靖昂然道：「咱們奮力殺敵，襄兒生死，付諸天命。岳父，請問那二十八宿大陣怎生擺法？」

黃藥師笑道：「這陣法變化繁複，當年全眞教以天罡北斗陣對付我與你梅師姊，事後我潛心苦思，參以古人陣法，加為四倍，創下這二十八宿陣，有心要跟全眞教較個高下。」一燈道：「藥兒五行奇門之術天下獨步，這二十八宿大陣想必是妙的。」黃藥師道：「我這陣法本意只用於武林中數十人的打鬥，並沒想到用於千軍萬馬的戰陣。然略加變化，似乎倒也合用，只可惜眼前少了一人雙鵰。」一燈道：「願聞其詳。」

黃藥師道：「雙鵰若不給那奸僧害死，咱們陣法發動，雙鵰便可飛臨高台，搶救襄兒下來，眼下卻無善策。這二十八宿大陣乃依五行生剋變化，由五位高手主持。咱們東南北中四個方位都有人了，但老頑童身受重傷，少了西方一人。若楊過在此，此人武功不在昔年歐陽鋒之下，此刻卻那裏找他去？這西方的主將，倒大費躊躇。」

郭靖眼光掠過高台，向北方雲天相接處遙遙望去，一顆心已飛到了絕情谷中，憂形於色，喃喃的道：「過兒是生是死，當眞教人好生牽掛。」

當日楊過心傷腸斷，情知再也不能和小龍女相會，縱身躍入谷底，只道定然粉身碎骨，從此一了百了，不料下墮良久，突然撲通一響，竟摔入了一個水潭之中。他從百餘丈高處躍將下來，衝力何等猛烈，筆直的墮將下去，也不知沉入水中多深，突然眼前一亮，似乎看到一個水洞，待要凝神再看，水深處浮力奇強，立時身不由主的給浮力托上，便在此時，郭襄跟著跌入了潭中。

當時的奇事一件跟著一件，楊過不及細想，待郭襄浮上水面，當即伸手將她救到潭旁岸上，問道：「小妹子，你怎麼跌到了這裏？」郭襄道：「我見你跳下來，便跟著來了。」楊過搖頭道：「胡鬧，胡鬧！你難道不怕死麼？」郭襄微笑道：「你不怕死，我也不怕死。」楊過心中一動：「難道她小小年紀，竟也對我如此情深？」想到此處，不由得雙手微微顫動。

郭襄從懷中取出最後一枚金針，說道：「大哥哥，當日你給了我三枚金針，曾說憑著每一枚金針，我可相求一事，你無有不允。今日我來求懇：不論楊大嫂是不是能和你相會，你千萬不可自尋短見。」說著便將金針放入他手中。

楊過眼望手中金針，顫聲道：「你從襄陽到這裏來，便是爲求我這件事麼？」郭襄心中歡喜，說道：「不錯。大丈夫言而有信，你答允過我的事，可不許賴。」

楊過嘆了一口長氣，一個人從生到死、又從死到生的經過一轉，不論死志如何堅決，萬萬不會再度求死。他上下打量郭襄，見她全身濕透，冷得牙關輕擊，卻滿臉喜色，於是拾了些枯枝，待要生火，但兩人身邊的火摺火絨都已浸濕了不能使用，只得道：「小妹子，你先練兩遍內功，免得寒氣入體，日後生病。」郭襄兀自不放心，問道：「你已答允了我，從此不再自盡了？」楊過道：「我答允了！」郭襄大喜，說道：「你是神鵰大俠，言出如山！」楊過道：「是不是神鵰大俠，倒不打緊。小妹子自己跳下來叫我不可自盡，我必須聽話！」郭襄笑逐顏開，道：「好！咱兩個一起練內功。」

兩人並肩坐下，調息運氣。楊過自幼在寒玉床上習練內功，這一些寒氣自不放在心上，伸手撫住郭襄背脊上的「神堂穴」，一股陽和之氣緩緩送入她體內。過不多時，郭襄只覺周身百脈，無不暢暖。

待郭襄內息在周天搬運數轉，楊過這才問起她如何到絕情谷來。郭襄說了。楊過怒道：「這禿驢如此可惡，咱們覓路上去，待你大哥哥揍他個半死。」說話未了，突然空中墮下一頭大鵰，在潭中載沉載浮，受傷甚重。郭襄驚道：「是咱家的鵰兒。」跟著雌鵰飛下將雄鵰負上，第二次飛下時，楊過將郭襄扶上鵰背。他只道那鵰兒定會再來接自己上去，豈知待了良久，竟毫沒聲息，他那知雌鵰已殉情而死。

楊過待鵰不至，觀看潭邊情景，一瞥眼間，見大樹上排列著數十個蜂巢。這些蜂巢比尋常的爲大，而在巢畔飛來舞去的，正是昔年小龍女在古墓中馴養的異種玉蜂。楊過一見，禁不住「啊」的一聲驚呼，雙足釘在地下，移動不得，過了片刻，這才走近巢旁察看，只見蜂巢旁糊有泥土，實是人工所爲，依稀是小龍女的手跡。

他定了定神，心想：「遮莫當年龍兒躍下此谷，便在此處居住？」繞著寒潭而行，察看一遍，見四下削壁環列，宛似身處一口大井之底，常言道「坐井觀天」，但坐在此處，望上去盡是白雲濃霧，又怎得見天日？

楊過折下幾根樹幹，敲打四周山壁，全無異狀，凝神察看，發見有幾棵大樹的樹皮曾爲人剝去，有些花草畔的石塊排列整齊，實非天然，霎時之間，忽喜忽憂，一顆心怦怦的跳個不住，這時已料得定小龍女定在此處住過，但悠悠一十六年，到今日是否玉人無恙，有誰能說？楊過素來不信鬼神，情急之下，終於跪了下來，喃喃祝禱：「老天啊老天，求你保佑我再見龍兒一面。」

禱祝一會，尋覓一會，始終不見端倪。楊過坐在樹下，支頤沉思：「倘若龍兒死了，也當在此處留下駭骨，除非是骨沉潭底。」記得先前沉入潭時曾見到大片光亮，在身邊一閃而過，甚非尋常，其中當有蹊蹺，想到此處，一躍而起。

他大聲說道：「好歹也要尋個水落石出，不見她的屍骨，此心不死。」縱身入潭，直往深處潛去，那潭底越深越寒，潛了一會，四周藍森森的都是玄冰。楊過內功深湛，雖不畏寒，但深處浮力太強，用力衝了數次，也不過再潛下數丈，總無法到底。氣息漸促，於是回上潭邊，抱了一塊大石，再躍入潭中。

這一次卻急沉而下，猛地裏眼前一亮，他心念一動，忙放下大石，向光亮處游去，只覺一股急流捲著他的身子衝了過去，已身處地底暗湧潛流之中，光亮處果是一洞。他手腳齊划，洞內卻是一道斜斜向上的冰窖。他順勢划上，過不多時，波的一響，衝出了水面，只覺陽光耀眼，花香撲鼻，竟然別有天地。他不即爬起，遊目四顧，繁花青草，便如一個極大花園，花影不動，幽谷無人。

他又驚又喜，縱身出水，見十餘丈外有間茅屋。他提氣疾奔，只奔出三四丈，立時收住腳步，一步步慢慢挨去，只想：「倘若在這茅屋中仍探問不到龍兒的消息，那可如何是好？」走得越近，腳步越慢，心底深處，實怕這最後的指望也終歸泡影。最後走到離茅屋丈許之地，側耳傾聽，四下裏靜悄悄地，絕無人聲鳥語，惟聞玉蜂的嗡嗡微響。

待了一會，終於鼓起勇氣，顫聲道：「楊某冒昧拜謁，請予賜……賜見。」屋中無人回答。伸手輕輕一推板門，那門呀的一聲開了。舉步入內，一瞥眼間，不由得全身一震，只見屋中陳設簡陋，但潔淨異常，堂上只一桌一几，此外更無別物，桌几放置的方位他卻熟悉之極，竟與古墓石室中的桌椅一模一樣。他不加思量，自然而然的向右側轉去，果然是間小室，過了小室，是間較大的房間。房中床榻桌椅，全與古墓中楊過的臥室相同，不過古墓中用具大都石製，此處的卻以粗木搭成。

但見室右有榻，是他幼時練功的寒玉床；室中凌空拉著一條長繩，是他師父小龍女睡臥所用；窗前小小一几，是他讀書寫字之處。室左立著一個粗糙木櫥，拉開櫥門，見櫥中放著幾件樹皮結成的兒童衣衫，正是從前在古墓時小龍女爲自己所縫製的模樣。他自進室中，撫摸床几，早已淚珠盈眶，這時再也忍耐不住，眼淚撲簌簌的滾下衣衫。

忽覺得一隻柔軟的手掌輕輕撫著他頭髮，柔聲問道：「過兒，甚麼事不痛快了？」這聲調語氣，撫摸他頭髮的模樣，便和從前小龍女安慰他一般。楊過霍地回身，只見身前盈盈站著一個褐衫女子，雪膚依然，花貌如昨，正是十六年來他日思夜想、魂牽夢縈的小龍女。

兩人呆立半晌，「啊」的一聲輕呼，摟抱在一起。燕燕輕盈，鶯鶯嬌軟，是耶非耶？是眞是幻？

過了良久，楊過放聲大哭，嗚嗚咽咽的道：「龍兒，你容貌一點也沒變，我卻老了。」小龍女端目凝視，說道：「不是老了，是我的過兒長大了。」

小龍女年長於楊過數歲，但她自幼居於古墓，跟隨師父修習內功，屏絕思慮欲念。楊過卻飽歷憂患，大悲大樂，因此到二人成婚之時，已似年貌相若。

那古墓派玉女功養生修練，有「十二少、十二多」的正反要訣：「少思、少念、少欲、少事、少語、少笑、少愁、少樂、少喜、少怒、少好、少惡。行此十二少，乃養生之都契也。多思則神怠，多念則精散，多欲則智損，多事則形疲，多語則氣促，多笑則肝傷，多愁則心懾，多樂則意溢，多喜則忘錯昏亂，多怒則百脈不定，多好則專迷不治，多惡則焦煎無寧。此十二多不除，喪生之本也。」小龍女自幼修爲，無喜無樂，無思無慮，功力之純，即令其師祖林朝英亦有所不及。後來楊過一到古墓，兩人相處日久，情愫暗生，這少語少事、少喜少愁的規條便漸漸無法信守了。婚後別離一十六年，楊過風塵飄泊，闖蕩江湖，憂心悄悄，兩鬢星星；小龍女卻幽居深谷，雖終不免相思之苦，但畢竟二十年的幼功非同小可，過得數年後，千方百計，無法上去，重行修練那「十二少」要訣，漸漸的少思少念、少欲少事，獨居谷底，卻也不覺寂寞難遣。因之兩人久別重逢，反顯得楊過年紀比她爲大了。

小龍女十六年沒說話，這時說起話來，竟口齒不靈。兩人索性便不說話，只相對微笑。楊過到後來熱血如沸，拉著小龍女的手，奔到屋外，說道：「龍兒，我好快活。」猛地躍起，跳到一棵大樹之上，連翻了七八個觔斗。

這一下喜極忘形的連翻觔斗，乃楊過幼時在終南山和小龍女共居時的頑童作爲，十多年來他對此事從來沒想起過，那料到今日人近中年，突然又來這麼露了一手。此時他武功精湛，身子在半空中夭矯騰挪，使出了小龍女當年所教的「夭矯空碧勢」。小龍女縱聲大笑，甚麼「少語、少笑、少喜、少樂」的禁條，全都拋到九霄雲外去了。

本來在終南山之時，楊過翻罷觔斗，笑嘻嘻的走到她身旁，小龍女總是拿手帕給他抹去額上汗水。這時見他走近，小龍女從身邊取出手帕，但楊過臉不紅，氣不喘，那裏有甚麼汗水？但她還是拿手帕替他在額頭抹了幾下。

楊過接過手帕，見是用樹皮的經絡織成，甚爲粗糙，想像她這些年來在這谷底的苦楚，不禁心酸難言，輕輕撫著她頭髮，說道：「龍兒，也眞難爲你在這裏挨了一十六年。」一見她所穿衣衫大半乃淡褐色，是用樹皮絲筋編綴縫補而成，想像這十六年來困苦，心酸更甚。小龍女幽幽嘆了口氣，說道：「倘若我不是從小在古墓中長大，這一十六年定然挨不下來。」

兩人並肩坐在石上互訴別來情事。楊過不住口的問這問那。小龍女講了一會話，言語漸漸靈便，才慢慢將這一十六年中的變故說了出來。

那日楊過將半枚絕情丹拋入谷底，小龍女知他爲了自己中毒難治，不願獨生，又聽黃蓉說斷腸草或能解情花之毒，當晚思前想後，惟有自己先死，絕了他念頭，才得有望令他服食斷腸草解毒。但若自己露了自盡的痕跡，只有更促他早死，思量了半夜，於是用劍尖在斷腸崖前刻了那幾行字，故意定了十六年之約，這才躍入深谷。如楊過天幸得保性命，隔了長長十六年後，即使對自己相思不滅，想來也決不致再圖殉情。

她說到這裏，楊過嘆道：「你爲甚麼想到一十六年？倘若你定的是八年之約，咱們豈不是能早見八年？」小龍女道：「我知你對我深情，短短八年時光，決計沖淡不了你那烈火一般的性子。唉，那想到雖隔一十六年，你還是跳了下來。」楊過笑道：「可知一個人還是深情的好。假如我想念你的心淡了，只不過在斷腸崖前大哭一場，就此別去，那麼咱倆終生不能再見了。」小龍女道：「冥冥之中，自有天意。」兩人出死入生，經歷如此劇變之後，終能相聚，這時坐在石上相偎相倚，心中都深深感激蒼天眷顧。

兩人默然良久。楊過又問：「你躍入這水潭之中，便又怎樣？」小龍女道：「我昏昏迷迷的跌進水潭，浮起來時給水流衝進冰窖，通到了這裏，自此便在此處過活。這裏並無禽鳥野獸，但潭中水產豐盛，谷底可見天日，生有果木，水果食之不盡，只是沒布帛，只能剝樹皮做衣衫了。」

楊過道：「那時你中了冰魄銀針，劇毒浸入經脈，世上無藥可治，卻如何在這谷底居然好了？」他凝視小龍女，雖見她容顏雪白，殊無血色，但當年中毒後眉間眼下的那層隱隱黑氣卻早已褪盡。

小龍女道：「我在此處住了數日後，毒性發作，全身火燒，頭痛欲裂，當真支持不住，想起在古墓中洞房花燭之夕，你教我坐在寒玉床上逆運經脈，雖不能驅毒，卻可稍減煩惡苦楚。這裏潭底結著萬年玄冰，亦有透骨之寒，幸好咱們在古墓中習過《九陰眞經》的閉氣法，於是我潛回冰窖，在那邊逆運經脈，竟然頗有效驗。此後時常回到那邊水潭之旁，向上仰望，總盼能得到一點你的訊息。有一日忽見谷頂雲霧中飛下幾隻玉蜂，那自是老頑童攜到絕情谷中來玩弄而留下的。我宛如見到好友，當即構築蜂巢，招之安居。後來玉蜂愈來愈多。我服食蜂蜜，再加上潭中的白魚，竟能令痛楚消減，想不到這玉蜂蜂蜜混以寒潭白魚，正是驅毒的良劑。如是長期服食，體內毒發的次數也漸漸減少，間歇加長。初時每日發作一兩次，到後來數日一次，進而數月一發，最近五六年來居然一次也沒再發，想是已經好了。」

楊過大喜，道：「可見好心者必有好報，當年你若不是把玉蜂贈給老頑童，他不能帶到絕情谷來，你的病也治不好。」小龍女又道：「我身子大好後，很想念你，但深谷高逾百丈，四周都是光溜溜的石壁，怎能上得？於是我用花樹上的細刺，在玉蜂翅上刺下『我在絕情谷底』六字，盼望玉蜂飛上之後，能爲人發見。數年來我前後刺了數千隻玉蜂，始終沒回音帶轉，我一年灰心一年，看來這一生終是不能再見你一面了。」

楊過拍腿大悔，道：「我忒也粗心。每次來絕情谷，總是見到玉蜂，卻從沒捉一隻來瞧瞧，否則你也可少受幾年苦楚了。」小龍女笑道：「這原是我無法可施之際想出來的下策。其實，誰又能想得到這小小蜜蜂身上刺得有字？這字細於蠅頭，便有一百隻玉蜂在你眼前飛過，你也看不到牠翅上有字。我只盼望，甚麼時候一隻玉蜂撞入了蛛網，天可憐見給你看到了，你念著咱倆的恩義，定會伸手救牠出來，那時你才會見到牠翅上的細字。」她卻不知蜂翅上的細字終於給周伯通發現，而給黃蓉隱約猜到了其中含義，但黃蓉一心掛念女兒，卻只想到郭襄身上。

兩人說了半天話，小龍女回進屋去切了一大盆魚，佐以水果蜂蜜。潭水寒冷，所產白魚軀體甚小，卻味美多脂。楊過吃了一個飽，只覺腹中暖烘烘地甚是舒服，這才述說一十六年來的諸般經歷。他縱橫江湖，威懾羣豪，遭際自比獨居深谷的小龍女繁複千百倍，但小龍女素來不關心世務，只求見到楊過便萬事已足，縱是最驚心動魄的奇遇，她聽著也只淡淡一笑，猶如春風過耳，略不縈懷。倒是楊過絮絮問她如何捉魚摘果，如何造屋織布，對每一件小事都興味盎然，從頭至尾問個明白，似乎這小小谷底，反而大於五湖四海一般。

兩人長談了一夜，直到天明，這才倦極而眠。醒來時日已過午，楊過道：「龍兒，咱倆便在這谷底終老呢，還是設法回去那花花世界？」依著小龍女的心意，寧可便在谷底安靜太平的和楊過廝守，但想他喜歡熱鬧，雖對自己情深愛重，終究過不慣這般寂居的日子，便道：「咱們想法子上去瞧瞧罷，倘若上面不好，可再回來，或許回古墓去住。只是……只是，要上去卻難得緊呢。」

兩人潛入冰窖，回到潭邊，只見一條長索從谷口直懸下來，水潭旁又有許多縱橫錯雜的腳印，潭邊生著一個火堆，餘燼未熄。楊過道：「啊，有人來找過咱們了，而且還潛入過水潭。」在潭邊走了一圈，見到一株大樹上有人用刀尖刻著兩行字道：「一燈、伯通、瑛姑、藥師、蓉、英、無雙，至此覓楊過不遇，悵悵而歸。」

楊過心中感激，道：「他們終是沒忘記我。」小龍女道：「誰也不會忘記你的。」楊過道：「他們雖也潛入過水潭，但因無百餘丈高處躍下來的急衝之力，沉潭不深，是以見不到冰窖所在。倘若我也是緣繩下來，便找你不著了。」小龍女道：「我早說過萬事前定，老天爺在冥冥中早有安排。」楊過搖頭笑道：「這叫作精誠所至，金石為開。」

他伸手拉扯繩索，試出繩身堅韌，上面繫得牢固，說道：「我先上去，瞧那國師是否尚在。」但想一燈大師、黃島主、老頑童等既到過這裏，這國師必已逃之夭夭了。又問：「你的武功可有擱下？倘若爬不上，我負你上去。」小龍女微笑道：「十六年來雖無寸進，從前所學的功夫多半還留著。」楊過回頭一笑，左手抓著繩索，微一運勁，身子已竄上丈餘，接著小龍女也攀繩上來。兩人不多時便爬出了深谷。

並肩站在斷腸崖前，瞧著小龍女當年在石壁上所刻的那兩行字，眞如隔世，兩人相對一笑。此時心頭之喜，這一十六年來的苦楚登時化作雲煙。

楊過在山邊摘了一朶「龍女花」，給小龍女簪在鬢邊，一時花人相映，花光膚色，不知是紅花爲人添了嬌艷，還是人面給紅花增了姿色？

黃藥師在襄陽城頭說要擺個「二十八宿大陣」，與金輪國師大戰一場。郭靖稟明安撫使呂文煥，請下將令，讓黃藥師在校場上調兵遣將。這時參與英雄大會的各路豪傑雖已散了大半，留在城中的也仍英才濟濟，各人齊集校場聽調。

黃藥師道：「韃子用四個萬人隊圍著高台，咱們倘若多點人馬，便勝了他，也算不得本事。咱們也只用四萬人。孫子兵法有言，十則圍之，但善用兵者以一圍一，有何難哉？」站上將台，說道：「咱們這二十八宿大陣，共分五行方位。」召集統兵將領，詳加解釋，又道：「這陣勢變化繁複，非一時所能融會貫通，因此今日之戰，要請五位熟悉五行變化之術的武學高手指揮，領軍的將軍須依這五位的號令行事。」衆將躬身聽令。

黃藥師道：「中央黃陵五炁，屬土，由郭靖統軍八千，此軍直搗中央，旨在救出郭襄，不在殲敵。各軍背負土囊，中盛黃土，一攻至台下，立即以土囊滅火壓柴，拆台救人。」郭靖接令，站在一旁。

黃藥師又道：「南方丹陵三炁，屬火。相煩一燈大師統軍，領兵八千。此路兵中一千人衛護主將，其餘七千人編爲七隊，分由點蒼漁隱、武三通、朱子柳、武敦儒、武修文、武敦儒夫人耶律燕、武修文夫人完顏萍等七人統率。上應朱雀七宿，是爲井木犴、鬼金羊、柳土獐、星日馬、張月鹿、翼水蛇、軫火蚓七星。」一燈大師接令。

黃藥師又道：「北方玄陵七炁，屬水。由黃蓉統軍，領兵八千。此路兵中一千人衛護主將，其餘七千人編爲七隊，分由耶律齊、梁長老、郭芙、及丐幫諸長老、諸弟子統率。上應玄武七宿，是爲斗木獬、牛金羊、女土蝠、虛日鼠、危月燕、室火豬、壁水㺄七星。」黃蓉應命接令。這一路兵以丐幫弟子爲主力，人才極盛。

黃藥師點了三路兵後，說道：「東方青陵九炁，屬木。此路兵由我東邪黃藥師統軍，也是統兵八千。我門下弟子死得乾乾淨淨，傻姑不在身邊，這裏只賸下程英一人。」於是點了參與英雄大會的豪傑六人爲輔，說道：「東路兵也分八隊，一路衛護主將，其餘七隊上應青龍七宿，是爲角木蛟、亢金龍、氐土貉、房月狐、心日兔、尾火虎、箕水豹七星。」

他點到最後一路西路軍，說道：「這一路由全眞教教主宋道安主軍……」衆人聽到這裏，都覺以聲望武功而論，這一路主將遠較其餘四路爲弱。忽聽得將壇下一人大聲說道：「喂，黃老邪，你撇下我不理嗎？」衆人看時，說話的正是老頑童周伯通。黃藥師道：「周兄，你背傷未愈，不能辛勞，本來請你任西路主將，原是最妙……」

周伯通搶著道：「區區小傷，放在甚麼心上？我便做西路主將便了。道安，你敢和我爭這主將做麼？」宋道安躬身道：「弟子不敢。」周伯通笑道：「好啊，我也知道你不敢。」說著便從宋道安手中接過了令箭。黃藥師無奈，只得道：「那麼周兄務請小心了。你領兵八千，其中一千相煩瑛姑統率，衛護主將，其餘七隊由宋道安等全眞教的第三代包括李志常、王志謹、夏志誠、宋德方、王志坦、祁志誠、孫志堅、張志素等弟子分領，上應白虎七宿，是爲奎木狼、婁金狗、胃土雉、昴日鷄、畢月烏、觜火猴、參水猿七星，每隊各結天罡北斗陣。」

他點將已畢，命諸路軍士在軍器庫中領取應用各物齊備，然後令旗一展，四萬兵馬分列東南西北中五方，朗聲說道：「昔日裏雲台二十八將上應天象，輔佐漢光武中興，咱們這二十八宿大陣雖比不上漢光武的聲勢，但抗敵禦侮、守土衛國，卻也是堂堂之旗，正正之師。諸君各聽主將號令，今日與蒙古韃子決一死戰。」衆兵將齊聲答應，有若雷震。當下號炮三響，四門大開，五路兵馬列隊而出。

只見東路軍各人背負一根極長的木樁，攻到高台東首，一千兵手執盾牌，衝前擋箭，其餘七千人紛紛放下木樁，東打一根，西打一根，看來似乎雜亂無章，實則八千根木樁的位置皆依黃藥師所繪圖畫而樹立，分按五行八卦，頃刻間已將高台東首封住。

西路軍以全眞教爲主力，羣道素來熟悉天罡北斗陣法，只見長劍如雪，七人一堆，四十九人一羣，左穿右插，蜂擁捲來，蒙古兵將看得眼也花了，只得放箭阻擋。

猛聽得北方衆軍發喊，卻是黃蓉領著丐幫弟子，拖著一架架水龍，將毒汁往蒙古兵身上射去。那毒汁濺身，登時疼痛不堪，少刻便即起泡腐爛，蒙古軍抵擋不住，向南敗退。

卻見南方煙霧沖天，乃一燈率領八千人施行火攻，石油、硫磺、硝石之屬一陣陣從噴火鐵筒中噴出。蒙古軍見勢頭不對，當即敗至中央。郭靖領軍八千，隨後緩緩而上，見蒙古軍亂，當即揮軍而前，直衝高台。

忽聽得高台旁號角聲響，喊聲大作，地底下鑽上數萬頂頭盔來。原來蒙古元帥也善能用兵，除了在高台四周明布四個萬人隊外，掘地爲坑，另行伏兵數萬。郭靖等遠遠望來，只道敵軍是掘陷坑，豈知是埋伏了生力軍。這一來蒙古軍敗勢登時扭轉，二十八宿大陣縱橫來去，雖將敵軍衝亂，要聚而殲之，卻已有所不能。

戰鼓雷鳴，號角聲震，宋軍與蒙古大軍大呼酣鬥。高台旁的守軍強弓硬弩，向外激射，郭靖所率中路軍數度衝前，均爲箭雨射了回來。兩軍鬥了半個時辰，一時勝敗未分。黃藥師青旗招展，猛地裏東路軍攻南，西路軍攻北，陣法變動。

二十八宿大陣暗伏五行生剋之理。南路一燈大師的紅旗軍搶向中央，郭靖的黃旗軍奔西，周伯通的全眞教白旗軍衝向北方，黃蓉率領下的黑旗軍丐幫弟子兵趨東，黃藥師的青旗軍轉向南路。這五行大轉，是謂火生土、土生金、金生水、水生木、木生火。宋兵雖只四萬人，但陣法精妙，領頭的均是武林好手，而宋兵人人對郭靖夫婦感恩，決意捨命救其愛女，是以蒙古軍雖人數多了一倍，竟自抵擋不住。

激戰良久，黃藥師縱聲長嘯，青旗軍退向中央，黃旗軍回攻北方，黑旗軍迂迴南下，紅旗軍疾趨而西，白旗軍東向猛攻。這陣法又是一變，五行逆轉，是謂木剋土、土剋水、水剋火、火剋金、金剋木。

這五行生剋變化，說來似乎玄妙，實則是我國古人精研物性之變，因而悟出來的至理，通陰陽之道，反鬼神之說，我國醫學、曆數等等，均依此爲據，所謂「五運更始，上應天期，陰陽往復，寒暑迎隨，眞邪相薄，內外分離，六經波蕩，五氣傾移」，在當時可謂舉世無匹。蒙古堅甲利兵，武功鼎盛，但文智淺陋，豈能與當世第一大家黃藥師相抗？是以陣法連轉數次，守禦高台的統兵將領登時眼花繚亂，頭昏腦脹，但見宋軍此一隊來，彼一隊去，正是「瞻之在前，忽焉在後」，不知如何揮軍抵敵才是。

金輪國師站在高台之上，瞧著台下大戰，心下也暗自駭異。當日黃蓉以小小的石陣相困，他已參解不透，何況黃藥師胸中實學，更勝女十倍？這二十八宿大陣在五位當代高手主持之下展布開來，不由得他不服，眼見蒙古兵死傷越來越重，黃旗軍一步步逼向高台。他雖以郭襄爲要脅，但終不忍眞的便舉火將她燒死，轉頭向她瞧了一眼，只見她雙手雖然被縛，卻抬起了頭，殊無懼色。國師叫道：「小郭襄，快叫你父投降，我從一數到十，你父親不降，我便下令舉火了。」

郭襄道：「你愛數便數，別說從一數到十，你且數到一千、一萬試試。」國師怒道：「你道我當眞不敢燒死你嗎？」郭襄冷然道：「我只覺得你挺可憐的。」國師怒道：「我可憐甚麼？」郭襄道：「你打不過我爹爹媽媽，打不過我外公黃島主，打不過一燈大師，打不過老頑童周伯通，打不過我大哥哥楊過，只有本事把我綁在這裏。我襄陽城中，便一個帳前小卒，也不至於似你這般卑鄙無恥。喂，你一直待我不錯，我本該叫你師父，但我見你胡裏胡塗，心中過意不去，忍不住要勸你一句。」國師咬緊牙齒問道：「你勸我甚麼？」郭襄道：「如你這般爲人，活在世上有何意味？不如跳下高台，圖個自盡罷！」

郭襄本來叫他師父，平日相處也極盡禮敬，但他此刻要燒死自己，要殺害自己父母，先失師父之義，言語中也便不客氣了。她從小便伶牙俐齒，說話素不讓人，這幾句話只搶白得國師幾乎氣炸了胸膛，大聲喝道：「郭靖聽者：我從一數到十，你如不歸降，我便下令舉火燒台。」郭靖叫道：「你瞧我郭靖是投降之人麼？」

黃藥師用蒙古語大聲叫道：「金輪國師，你料敵不明，是為不智；欺侮弱女，是為不仁；不敢與我們真刀真槍決勝，是為不勇。如此不智不仁不勇之人，還充甚麼英雄好漢？你在絕情谷中給我擒住，向小姑娘郭襄磕了一十八個響頭，哀哀求告，她才放你。你這忘恩負義、貪生怕死之徒，還有臉面身居蒙古第一國師之位麼？」

向郭襄磕頭求饒，其實並無此事，但黃藥師深謀遠慮，早在發兵之前，便要郭靖將這一番斥責國師的言辭譯成了蒙古話，暗暗記熟，這時以丹田之氣朗聲說了出來，雖在千萬人大呼酣戰之際，仍人人聽得明白，卻教國師辯也不是，不辯也不是。蒙古人自來最尊敬的是勇士，最賤視的是懦夫，眾軍聽了黃藥師這幾句話，不由得仰視高台，臉有鄙色。兩軍交戰，氣盛者勝，蒙古軍將士聽得己方主將如此卑鄙無恥，一股氣先自衰了。宋兵卻人人奮勇，節節爭先。

國師見情勢不對，叫道：「郭靖，你聽著，我從一數到十，『十』字出口，你的愛女便成焦炭。一……二……三……四……」他每叫一字，便停頓一會，只盼郭靖終於受不住煎逼，縱不投降，也當心神大亂。

郭靖、黃藥師、一燈、黃蓉、周伯通五路兵馬聽得國師在台上報數，又見台下數百名軍士高舉火把，只待他一聲令下，便即舉火焚燒柴草，人人都又急又怒，竭力衝殺，想攻到台前救援郭襄。但蒙古兵箭法精絕，台前數千精兵張弓發箭，勢不可當。萬箭攢射下，點蒼漁隱、梁長老、武修文等都身帶箭傷，更有兩名全眞教的第三代弟子、十餘名丐幫好手中箭身亡，宋軍兵將死傷更不計其數。

黃蓉事先曾命郭芙將軟蝟甲給外公穿上，這一戰凶險殊甚，倘若爲了相救女兒以致父親身受損傷，那可是終生抱憾了。黃藥師心想這是女兒的一番孝心，不便拒卻，但暗中又脫了下來，騙得周伯通穿在身上，因之周伯通雖箭傷未愈，但在槍林箭雨中縱橫來去，卻安然無恙。他見弩箭射到自己身上竟一一跌落，不由得大樂，直搶而前，掌風發處，蒙古射手紛紛辟易。

金輪國師叫到「七」字時，憐惜郭襄，聲音竟然啞了，再也叫不下去了。那蒙古統兵元帥見局勢緊急，出口高聲叫道：「八……九……十！好，舉火！」刹時間堆在台邊的柴草著火，濃煙升起。金輪國師委實捨不得燒死郭襄，但見久戰不決，己軍不利，也不便反對主帥下令。郭靖所統的八千黃旗軍背上雖各負有土囊，但攻不到台前二百步以內，只有徒呼負負。

黃蓉眼見黑煙中火燄上升，臉色慘白，搖搖欲墜。耶律齊伸手扶住，說道：「岳母，你到陣後休息，我便性命不在，也要救襄妹出來。」

便在此時，猛聽得遠處喊聲如雷，陣後數萬蒙古兵鐵甲鏗鏘，從兩側搶出，逕去攻打襄陽。「萬歲，萬歲，萬萬歲！」的呼聲震山撼野。蒙古大汗蒙哥的九斿大纛高高舉起，疾趨城下，精兵悍將在大汗親自率領之下蜂擁攻城。

郭靖左手持盾，右手挺矛，本已搶到離高台不足百步之處，蒙古射手箭如蝗集，卻始終傷不著他，眼見便可竄上高台，忽聽得陣後有變，不禁一驚，心道：「啊喲不好，中了韃子的調虎離山之計。安撫使懦怯懼敵，城中兵馬雖衆，但乏人統領，只怕大事不妙。」

郭靖與黃藥師發兵之際，城中本來也已嚴加戒備，以防敵軍乘隙偷襲，那知高台前的敵軍居然如此悍勇頑抗，而蒙古大汗竟不顧高台前兩軍相持，親身涉險攻城。郭靖心想：「救女事小，守城事大！」大聲道：「岳父，咱們別管襄兒，急速回襲敵軍後方。」

黃藥師回頭望去，見火燄漸漸昇高，國師正自長梯一級級走下，高台頂上只餘郭襄一人，他豈不明這中間的輕重緩急，郭襄一人如何能和襄陽全城的安危相比？只得長嘆一聲：「罷了！」命旗手揮動青旗，調兵回南。

郭襄受綁高台，眼見父母外公都無法上來相救，濃煙烈火，迅速圍住台腳，自知頃刻之間便要遭火焚而死。她初時自極爲惶急，但事到臨頭，心中反而寧靜，舉首向北遙望，但見平原綠野，江山如畫，心想：「這麼好玩的世界，我卻快要死了。但不知大哥哥這時在那裏，從谷底回上來沒有？」

回思與楊過數日相聚的情景，雖自今而後再無重會之期，但單是這三次邂逅，亦已足慰平生。她這時身處至險，心中卻異常安靜，對高台下的兩軍劇戰竟不再關心。正當如此神馳深谷、追憶昔日之際，忽聽得遠處一聲清嘯鼓風而至，剎那間似乎將那千軍萬馬的廝殺聲一齊淹沒。

郭襄心頭一凜，這嘯聲動人心魄，正與楊過那日震倒羣獸的嘯聲一般無異，當即轉頭往嘯聲處望去，只見西北方的蒙古兵翻翻滾滾，不住向兩旁散開，兩個人在刀山槍林中急驅而前，猶似大船破浪衝波而行。在那兩人之前卻是一頭大鳥，雙翅展開，激起一陣狂風，將射來的弩箭紛紛撥落。這頭大鳥猛鷙悍惡，凌厲無倫，正是楊過的神鵰。

郭襄大喜，凝目望那兩人時，但見左首一人青冠黃衫，正是楊過，右首那人白衣飄飄，卻是個美貌女子。兩人各執長劍，舞起一團白光，隨在神鵰身後，衝向高台。郭襄失聲叫道：「大哥哥，這位就是小龍女麼？」

楊過身旁的女子便是小龍女，只隔得遠了，郭襄這話楊過卻沒聽見。神鵰當先開路，雙翅鼓風，將射過來的弩箭吹得歪歪斜斜，縱然中在身上，也已無力，否則神鵰雖是靈禽，健翎如鐵，但終是血肉之軀，如何能不受箭傷？蒙古兵將中見神鵰來得猛惡，躍馬挺槍來刺，卻給楊過和小龍女長劍刺處，一一落馬。兩人一鵰相互護持，片刻間衝到台前。

楊過叫道：「小妹子莫慌，我來救你。」眼見高台的下半截已裹在烈火之中，他縱身一躍，上了梯級，向上攀行數丈，猛覺頭頂一股掌風壓將下來，正是金輪國師發掌襲擊。楊過將劍插入腰間，迴掌相迎，砰的一聲響，兩股巨力相交，兩人同時一晃，木梯搖了幾搖，幾乎折斷。兩人都是一驚，暗讚對手了得：「一十六年不見，他功力居然精進如斯！」

楊過見情勢危急，不能和他在梯上多拚掌力，拔劍向上疾刺，或擊小腿，或削腳掌。國師身子在上，若出金輪與之相鬥，則兵刃既短，俯身彎腰大是不便，只得急奔回上高台。楊過向他背心疾刺數劍，招招勢若暴風驟雨，國師並不回首，聽風辨器，一一舉輪擋開，便如背上長了眼睛一般。楊過喝采道：「賊禿！恁地了得！」

國師剛踏上台頂，回手便是一輪。楊過側首讓過，身隨劍起，在半空中撲擊而下。國師舉金輪擋格，左手銀輪便往他劍上砸去。適才兩人在梯級上較量了這一招，楊過但覺國師掌力沉雄堅實，生平敵手之中從未見過，不由得暗暗稱奇，心想自己在海潮之中練功，力足以與怒濤相抗，十六年前國師已非自己對手，何以今日他一掌擊下，自己竟會險些兒招架不住？

眼見他雙輪砸至，竟不避讓，長劍抖動，有心要試一試他的眞力。剎時劍輪相觸，聲若龍吟。兩股巨力再度相抗，喀的一響，楊過的長劍斷成數截，國師的雙輪也自拿揑不住，脫手飛出，跌下高台，砸死了三名蒙古射手。楊過心下暗驚：「一十六年來，我一直不使玄鐵重劍，今日可當眞忒也托大了。」楊過因要與小龍女雙劍合璧，互相配合，不能使玄鐵重劍，用的是尋常長劍，與國師劍輪初交，便即折劍。

兩人交折了這一招，各自向後躍開，均覺手臂隱隱酸麻。國師探手入懷，跟著便取出銅輪鐵輪，撲擊過來。楊過卻更無別般兵刃，右手衣袖帶風揮出，左手發掌相抗。

郭襄叫道：「老和尙，我說你打不過我大哥哥是不是？你自逞武藝高強，何以手執兵刃，和他空手而鬥？好不要臉！」國師哼了一聲，並不答話，手中雙輪的招數卻著著加緊。

黃藥師、郭靖、黃蓉正自領兵回救襄陽，突見楊過、小龍女和神鵰斜刺殺出，衝上了高台，無不精神大振。黃藥師招動令旗，在東南西北中五路兵馬中各調兵四千，合成二萬，襲擊攻城敵軍的後方，牘下二萬兵馬在高台下爲楊過聲援。宋軍人數減了一半，然見楊過上了高台，皆是以一當十，竭力死戰。但蒙古射手守得猶如鐵桶相似，當眞寸土必爭。宋軍衝上了數丈，轉眼間又給逼了回來。

在襄陽城下，攻城戰也激烈展開。安撫使呂文煥不敢臨城，全身鐵甲披掛，卻帶同兩名心愛小妾，躲在小堡中不住發抖，顚三倒四的只唸：「救苦救難觀世音菩薩，保祐……保祐我一家老少平安……救苦救難……」兩名小妾爲他揉搓心口，拭抹口邊的白沫。探事軍士流水價來報：「東門又有敵軍萬人隊增援……北門韃子的雲梯已經豎起……」呂文煥翻著白眼，只問：「郭大俠回來了沒有？韃子還不退兵麼？」

這時楊過單手獨臂，已與國師的銅鐵雙輪拆到二百招以上。兩人武功家數截然不同，但均是愈鬥力氣愈長，輪影掌風，籠蓋了高台之頂，台腳下衝上來的黑煙直薰入三人眼中。楊過雖無兵刃，始終不落下風。國師激鬥中覺得高台微微搖晃，心知台腳爲火焚毀，頃刻間便要倒塌，那時勢必和楊過、郭襄同歸於盡，又見楊過掌法越變越奇，再鬥百餘招只怕便要爲他所制，情急之下，猛地裏鐵輪向楊過右肩砸下，乘他沉肩卸避，右手銅輪突然飛出，擊向郭襄面前。她綁在木樁之上，全身動彈不得，如何能避？

楊過大吃一驚，急忙縱起，揮右袖將銅輪擊落。但高手廝拚，實半分相差不得，他只求相救郭襄，全身門戶洞開，國師長身探臂，鐵輪的利口衝向楊過左腿。楊過身在半空，急出右足，踢向敵人手腕。國師鐵輪斜翻，這一下楊過終於無法避過，嗤的一聲，右足小腿中輪，登時血如泉湧，受傷不輕。郭襄「啊」的一聲驚叫。國師已掏出鉛輪，仍然雙輪在手，直上直下的逕向郭襄攻來。他知楊過雖然受傷，仍非片刻之間能將他制住，當下只是假意襲擊郭襄，使楊過奮力相救，手忙腳亂，處於全然挨打的局面。

郭襄叫道：「大哥哥，你別管我，只須殺了這和尚給我報仇。」但聽楊過「啊」的一聲，右肩為輪子劃傷。

小龍女和神鵰在台下守護，和周伯通合力驅趕蒙古射手，使他們不能向郭襄放箭。但她全副心神卻始終放在楊過身上，揮劍殺敵之際，時時抬眼望高台，突然間見楊過身染鮮血，心頭突的一跳，險些兒魂飛天外。這時木梯早已燒斷，沒法上台助戰，她心頭一片茫然，只是舞劍砍殺，已不知自己身在何處，不知此時在做甚麼。

楊過面臨極大險境，數次要使出黯然銷魂掌來摧敗強敵，但這路掌法身與心合，他自與小龍女相會之後，喜悅歡樂，那裏有半分「黯然銷魂」的心情？雖在危急之中，仍無昔日那一份相思之苦，因之一招一式，使出去總是差之厘毫，威力有限。

他在高台上空手搏擊、肩腿受傷的情景，郭靖等也都望見了，但相距過遠，如何能插翅飛上相助？黃蓉心念一動，搶過耶律齊手中長劍，拋給郭靖，叫道：「射上去給過兒！」郭靖接過長劍，取過兩張鐵胎硬弓，雙弓相並，將劍柄扣在弓弦之上，左手托定兩弓，右手拉滿雙弦，隨即一放，颼的一聲急響，長劍白光閃閃，破空飛去。

那長劍呼呼聲響，直向楊過身後射去。楊過右手袖子一捲，裹住了劍身，正好國師鉛輪砸到，楊過左手接住長劍，從雙輪之間刺了出去。國師雙輪一絞，啪的一響，又已將長劍絞斷。衆人在台下看得淸楚，無不大驚失色。

楊過心知今日已然無倖，非但救不了郭襄，連自己這條性命也要賠在台上，淒然向小龍女望了一眼，叫道：「龍兒，別了，別了，你自己保重。」便在此時，國師鐵輪砸向他腦門。楊過心下萬念俱灰，沒精打采的揮袖捲出，拍出一掌，只聽得噗的一聲，這一掌正好擊在國師肩頭。

忽聽得台下周伯通大聲叫道：「好一招『拖泥帶水』啊！」楊過一怔，這才醒覺，原來自己明知要死，失魂落魄，隨手一招，恰好使出了「黯然銷魂掌」中的「拖泥帶水」。這套掌法心使臂、臂使掌，全由心意主宰，那日在百花谷中，周伯通只因無此心情，雖武術精博，始終領悟不到其中妙境。楊過既和小龍女重逢，這路掌法便已失卻神效，直到此刻生死關頭，心中想到便要和小龍女永訣，哀痛欲絕之際，這「黯然銷魂掌」的大威力才又不知不覺的生了出來。

國師本已穩操勝券，突然間肩頭中掌，只震得胸口劇痛，身子一晃，驚怒交集，立即和身撲上。楊過退步避開，跟著「六神不安」、「倒行逆施」、「窮途末路」，連出三招，跟著又是一招「行屍走肉」，踢出一腳。這一腳發出時恍恍惚惚，隱隱約約，若有若無，國師那裏避得過了？砰的一響，正中胸口。國師大叫一聲，一口鮮血噴出，摔倒台上。宋軍和蒙古軍不約而同的齊聲大叫，宋軍乃是歡呼，蒙古將士卻是驚叫。

這時那高台連連搖晃，格格劇響，高台倒將下去，郭襄勢必殞命。金輪國師慈念忽生，猛地躍起，鐵輪劃過，割斷了細綁郭襄的繩索，將她身子抱起，叫道：「再叫我一聲師父！」郭襄一轉頭，見他淚水涔涔而下，大聲叫道：「師父！」國師叫道：「楊過，接過了！」楊過見國師將郭襄拋來，右袖捲出擋住，伸左臂抱住她身體，看準了神鵰之背，踴身便跳。那神鵰雙翅一撲，躍起丈餘，牠體重不能飛翔，這一躍卻也有數人之高，楊過和郭襄穩穩落上鵰背，向地下落去。便在此時，煙火飛騰中巨響連作，高台倒塌。

神鵰躍在半空，雙翅展開，支持不住體重，再加楊過及郭襄落在背上，急劇摔落，雙足著地時一個踉蹌，側身摔倒。楊過忙托起郭襄，輕輕拋出，叫道：「小心了！」郭襄在半空中使招「飛燕迴翔」，斜身緩緩落下。眼見已經脫險，黃蓉大聲驚呼：「快，快，避開！」只見空中一根大火柱夾著烈燄黑煙，迅速異常的跌將下來，郭襄大吃一驚，軟倒在地。黃蓉與楊過飛身搶來救援，但相距遠了，又為蒙古精兵阻隔，其勢已然不及，黃蓉心痛愛女，腦中一暈，昏了過去。

郭襄雙手撐地，待要躍起躲避，只覺火柱上的烈火已燒上頭髮，全身炙熱不堪，呼吸為艱，劇烈咳嗽中閉目待死，忽聽得砰的一聲，一人重重落在身旁地下。郭襄急忙睜眼，卻見是金輪國師從高台躍下，一足跪地，雙手撐起火柱，運起龍象般若功，向外揮出。那火柱雖重，但國師的龍象般若功勁力非同小可，垂死前竭盡平生之力使出，那根燃燒著的大木柱帶著熊熊大火，劃過長空，夭矯飛出，有如一條火龍。數萬宋軍與蒙古軍抬頭觀看，大聲吶喊。蒙古軍紛紛閃避火柱，陣勢中露出空隙，楊過扶起黃蓉，衝到台下。

郭襄死裏逃生，撲過去扶起軟癱在地的國師，只叫：「師父，師父！」國師緩緩睜眼，說道：「好，好，我終於救了你……」話沒說完，一口鮮血噴在郭襄胸口。郭襄見高台上的木柱碎塊兀自紛紛落下，奮力抱起國師，避在一旁。楊過見郭襄拖不動國師，伸左手將國師拉得又遠了些。金輪國師不住噴血，眼望郭襄，微微含笑，瞑目而死。郭襄伏在國師身上，又感又悲，哭叫：「師父，師父！」

楊過見金輪國師捨命相救郭襄，對他好生相敬，向他遺體躬身行禮。

黃蓉見愛女終於死裏逃生，不禁喜極而泣，心裏對楊過和金輪國師的感激當眞難以言宣，忙將女兒拉起，緊緊摟住。郭靖、黃藥師、一燈大師、耶律齊等也均對金輪國師的義舉大爲欽敬。

高台下蒙古軍見高台倒塌，登時散亂，再給五路宋軍來回衝擊，登時潰不成軍。

郭靖攘臂大呼：「回救襄陽，去殺了那韃子大汗。」宋軍應聲吶喊，掉頭向正在攻城的蒙古軍衝去。黃蓉請楊過照料郭襄，率領所統黑旗軍，隨著父親丈夫，回救襄陽。

小龍女撕下衣襟給楊過裹傷，雙手顫抖，竟一句話也說不出來。楊過微笑道：「你在台下，躭心受驚，更苦過我在台上惡戰。」只聽得宋軍喊聲猶如驚天動地，旗分五色，猛向蒙古軍衝鋒。楊過凝目遙望，見敵軍部伍嚴整，人數又多過宋軍數倍，宋軍如潮水般衝了一次又一次，卻那裏撼得動敵軍分毫？

楊過叫道：「敵軍未敗，咱們再戰。你累不累？」這三句話前兩句慷慨激昂，最後一句卻轉成了溫柔體貼的調子。小龍女淡淡一笑，說道：「你說上，便上罷！」

忽然身旁一個少女聲音說道：「楊大嫂，你眞美！」正是郭襄。小龍女回頭笑道：「小妹子，多謝你爲我們祝禱重會。你大哥哥儘說你好，定要帶我到襄陽來見你一見。」郭襄嘆了一口氣，道：「也眞只有你，才配得上他。」小龍女挽住她手，跟她甚是親熱。小龍女本來對誰都是冷冷的不大理睬，但聽楊過誇讚郭襄，說她爲自己夫婦祝禱重會，又不顧性命的躍下深谷，來求楊過不可自盡，對她也便不同。

楊過牽過幾匹四下亂竄的無主戰馬，說道：「我來開路，一齊衝罷！」躍上馬背，當先馳去。小龍女和郭襄各乘一匹，跟在他身後。三人奔馳向南，但見數百道雲梯豎在襄陽城牆外。成千成萬蒙古兵如螞蟻般正向上爬。

三人馳上一個小丘，縱目四望，忽見西首有千餘蒙古兵圍住了耶律齊率領的三百來人。這些蒙古兵均使四尺彎刀，將耶律齊的部屬一個個劈下馬來。郭芙領著一隊兵馬要衝入相救，卻讓蒙古兩個千人隊攔住了，夫妻倆遙遙相望，不能相聚。郭芙見丈夫身旁的士卒越來越少，一顆心不住的下沉，深知戰陣中千軍萬馬相鬥，若落了單被圍，武功再高也必無倖。

楊過叫道：「郭大姑娘，你向我磕三個頭，我便去救你丈夫出來。」依著郭芙平素驕縱的性兒，別說磕頭，寧可死了，也不肯在嘴上向楊過服輸，但這時見丈夫命在須臾，更不遲疑，縱馬上了小丘，翻身下馬，雙膝跪倒，便磕下頭去。

楊過吃了一驚，急忙跪下磕頭還禮，扶起郭芙，深悔自己出言輕薄，忙道：「芙妹，是我的不是，眞對不起了！我胡說八道，你別當眞。耶律兄和我是生死之交，焉有不救之理？」飛身奔下小丘，在戰場上將一匹匹健馬牽過，一共牽了八匹，前四匹，後四匹，排成兩列，跟著躍上馬背，單手提著八根韁繩，大聲呼喝，向敵軍刀陣中衝了過去。

宋時戰陣之中，原有連環甲馬一法，當年雙鞭呼延灼攻打水泊梁山，即曾以連環馬陣法取勝。楊過將這八匹馬連成二列，宛然是個小小的連環馬之陣。但八匹馬雜湊而成，未經操練，奔動之際或東或西，不成行列，全仗楊過神力提韁，將八匹馬制得服服貼貼，卅二隻鐵蹄翻飛，擊土揚塵，疾馳而前。楊過施展輕身功夫，在八匹馬背上往復跳躍。蒙古軍那裏見過這等神奇的騎術？驚奇之間，八匹馬已衝入陣中。楊過衣袖一捲，搶過一面大旗，豎在馬鞍之上。

蒙古兵將大聲呼喝，上前阻擋，楊過將八韁套上肩頭，騰出左手揮旗橫掃，將三名將官打下馬來，眼見距耶律齊已不過兩丈，叫道：「耶律兄，快向上跳！」跟著大旗揮動，耶律齊踴身躍起，楊過左臂運臂一捲，大旗正好將他身子捲住。兩人八馬，馳出敵軍重圍。

耶律齊喘了口氣，說道：「楊兄弟，多謝你相救，只是我尚有部屬被圍，義不能獨生，我要跟他們死在一起。」楊過心念一動，道：「你也去搶一面大旗來罷。」跟著取出火摺一晃，將旗子點燃了。耶律齊道：「妙計！」縱馬上前，奪了一桿大旗，便在楊過的火旗上引著了。兩人縱聲大呼，揮動火旗，又攻了進去。

這兩面火旗舞動開來，聲勢驚人，猶似兩朵血也似的火雲，在半空中飛舞來去，蒙古兵將只要給帶上了，無不燒得焦頭爛額，當此情勢，蒙古兵將雖然勇悍，卻也不能不退。耶律齊的部隊這時只剩下七八十人，乘勢一衝，出了包圍圈子。耶律齊收集殘兵，屯在土丘之上，略事喘息。

郭芙走到楊過身前，盈盈下拜，道：「楊大哥，我一生對你不住，但你大仁大義，以德報怨，救了……」說到此處，聲音竟自哽咽了。其實過往楊過曾數次救她性命，但郭芙對他終存嫌隙，明知他待自己有恩，可是厭惡之心總是難去，常覺他自恃武功了得，有意示惠逞能，對己未必安著甚麼好心。直到此番救了她丈夫，郭芙才真正感激，悟到自己以往之非。

楊過急忙還禮，說道：「芙妹，咱倆從小一起長大，雖然常鬧別扭，其實情若兄妹。只要你此後不再討厭我、恨我，我就心滿意足了。」

郭芙一呆，兒時的種種往事，剎時之間如電光石火般在心頭一閃而過：「我難道討厭他麼？當眞恨他麼？武氏兄弟一直拚命的想討我歡喜，可是他卻從來不理我。只要他稍爲順著我一點兒，我便爲他死了，也所甘願。我爲甚麼老是這般沒來由的恨他？只因爲我暗暗想著他，念著他，但他竟沒半點將我放在心上？」

二十年來，她一直不明白自己的心事，每一念及楊過，總是將他當作了對頭，實則內心深處，對他的眷念關注，固非言語所能形容，可是不但楊過絲毫沒明白她的心事，連她自己也不明白。

此刻障在心頭的恨惡之意一去，她才突然體會到，原來自己對他的關心竟如此深切。「他衝入敵陣去救齊哥時，我到底是更爲誰躭心多一些啊？我實在說不上來。」便在這千軍萬馬廝殺相撲的戰陣之中，郭芙斗然間明白了自己的心事：「他在二妹生日那天送了她這三份大禮，我爲甚麼要恨之切骨？他揭露霍都的陰謀毒計，使齊哥得任丐幫幫主，爲甚麼我反而暗暗生氣？郭芙啊郭芙，你是在妒忌自己的親妹子！他對二妹這般溫柔體貼，但從沒半分如此待我。」

想到此處，不由得恚怒又生，憤憤的向楊過和郭襄各瞪一眼，但驀地驚覺：「爲甚麼我還在乎這些？我是有夫之婦，齊哥又待我如此恩愛！」不知不覺幽幽的嘆了口長氣。雖然她這一生甚麼都不缺少了，但內心深處，實有一股說不出的遺憾。她從來要甚麼便有甚麼，但眞正要得最熱切的，卻無法得到。因此她這一生之中，常常自己也不明白：爲甚麼脾氣這般暴躁？爲甚麼人人都高興的時候，自己卻會沒來由的生氣著惱？

郭芙臉上一陣紅，一陣白，想著自己奇異的心事。楊過、小龍女、耶律齊、郭襄等人卻都在凝目遙望襄陽城前的劇戰。眼見蒙古軍已蟻附登城，郭靖、黃藥師等所率領的兵馬雖在後攻擊牽制，但人數太少，動搖不了蒙古攻城大軍的陣伍。蒙古大汗的九旄大纛漸漸逼近城垣，城內守軍似乎軍心已亂，無力將登城的敵軍反擊下來。郭襄急道：「大哥哥，怎麼是好？怎麼是好？」

楊過心想：「此生得與龍兒重會，老天爺實在待我至厚，今日便死了，也已無憾。男兒爲國戰死沙場，正是最好的歸宿。」言念及此，精神大振，叫道：「耶律兄，咱們再去衝殺一陣。」耶律齊道：「再好沒有。」小龍女和郭襄齊聲道：「大夥兒一齊去！」楊過道：「好！我當前鋒，你們多撿長矛，跟隨在我身後。」耶律齊當下傳令部屬，在戰場上撿拾長矛，每人手中都抱了三五枝。

楊過執了一枝長矛，躍馬衝前，那神鵰邁開大步，伴在馬旁，伸翅撥開射來的弩箭。小龍女、耶律齊、郭芙、郭襄四人緊隨其後。楊過雙腿指揮胯下坐騎，對著蒙古大汗的九旄大纛，疾馳而去。耶律齊吃了一驚，心想蒙古大汗親臨前敵，定然防衛極嚴，精兵猛將，多在左右，自己這百餘人衝了過去，豈非白白送死？但想自己這條命是楊過救來的，眞所謂水裏水裏去，火裏火裏去，他要到那裏，便跟到那裏，何必多言？

這一行人去得好快，轉眼間衝出數里，已到襄陽城下。蒙哥的扈駕親兵見楊過來得勢頭猛惡，早有兩個百人隊衝上阻擋。楊過左臂一揮，一枝長矛飛擲出去，洞穿一名百夫長的鐵甲，貫胸而過。他順手從耶律齊手中接過一枝長矛，擲死了第二名百夫長。蒙古親兵一陣驚亂，楊過已突陣而過。衆親兵大驚，挺刀舉戟，紛紛上前截攔。楊過一矛一人，當者立斃。他左臂的神功係從山洪海潮之中練成，這長矛飛擲之勢，便岩石也能揷入，何況常人血肉之軀？他每一枝長矛都對準了頂盔貫甲的將軍發出，頃刻間擲出了一十七枝長矛，殺了一十七名蒙古猛將。

這一下突襲，當眞如迅雷不及掩耳，蒙古大軍在城下屯軍十萬餘衆，但楊過奔馬而前，便如摧枯拉朽般破堅直入，一口氣衝到了大汗馬前。

蒙哥的扈駕親兵捨命上前抵擋。執戟甲士橫衝直撞的過來，遮在大汗身前。楊過回臂要去耶律齊手中再拿長矛時，卻拿了個空，原來已給蒙古甲士隔斷。眼見蒙古大汗臉有驚惶之色，拉過馬頭正要退走，楊過一聲長嘯，雙腳踏上馬鞍，跟著在馬鞍上一點，和身躍起，直撲而前。十餘名親兵將校挺槍急刺，楊過在半空中提一口眞氣，一個觔斗，從十餘枝長槍上翻了過去。

蒙古大汗見勢頭不好，一提馬韁，縱騎急馳。他胯下這匹坐騎乃蒙古萬中選一的良駒，龍背烏頸、骨挺筋健、嘶吼似雷、奔馳若風，名爲「飛雲騅」，幾乎和郭靖當年的「汗血寶馬」不相上下。此刻鞍上負了大汗，四蹄翻飛，逕向空曠處疾馳。楊過展開輕功，在後追去。蒙古軍數百騎又在楊過身後急趕。

兩軍見了這等情勢，城上城下登時都忘了交戰，萬目齊注，同聲吶喊。

楊過見大汗單騎逃遁，心下大喜，暗想你跑得再快，也要教我趕上了，那知道這「飛雲騅」委實非同小可，後蹄只在地下微微一撐，便竄出數丈。楊過提氣急追，反和大汗越來越遠了。他彎腰在地下拾起一根長矛，奮力往蒙哥背心擲去。

眼見那長矛猶似流星趕月般飛去，兩軍瞧得親切，人人目瞪口呆，忘了呼吸。只見那飛雲騅猛地裏向前一衝，長矛距大汗背心約有尺許，力盡而墮。宋軍大叫：「啊喲！」蒙古軍齊呼：「萬歲！」

這時郭靖、黃藥師、周伯通、一燈等相距均遠，只空自焦急，卻那裏使得出一分力氣去助楊過？蒙古兵將千千萬萬，也只有吶喊助威，枉有盡忠效死之心，又怎趕得上飛雲騅的腳力？

蒙哥在馬背上回頭一望，見將楊過越拋越遠，心下放寬，縱馬向西首一個萬人隊馳去。那萬人隊齊聲發喊，迎了上來，只要兩下裏一湊合，楊過本領再高，也傷不著大汗了。

楊過眼見功敗垂成，好生沮喪，突然間心念一動：「長矛太重，難以及遠，何不用石子？」拾起兩枚石子，運勁擲了出去。但聽得嗤嗤聲響，兩枚石子急飛而去，都擊在飛雲騅臀上。楊過神力飛石，那馬吃痛，一聲長嘶，前足提起，人立起來。

蒙哥貴爲有史以來最大帝國的大汗，自幼弓馬嫻熟，曾跟隨祖父成吉思汗、父親拖雷數次出征，於拔都西征歐洲之役中，他更建立殊勳，畢生長於馬背之上、刀槍之中，這時變出非常，卻並不慌亂，挽雕弓、搭長箭，雙腿緊緊夾住馬腹，回身向楊過便是一箭。

楊過低頭避過，飛步搶上，左手中早已拾了一塊拳頭大小的石塊，呼的一聲擲出，正中蒙哥後心。楊過這一擲勁力何等剛猛，蒙哥筋折骨斷，倒撞下馬，登時斃命。

蒙古兵將見大汗落馬，無不驚惶，四面八方搶了過來。郭靖大呼傳令，乘勢衝殺。

城內宋軍開城殺出。郭靖、黃藥師、黃蓉等發動二十八宿大陣，來回衝擊。蒙古軍軍心已亂，奔潰踐踏，死者不計其數，一路上拋旗投槍，不成行列，紛紛向北奔逃。

郭靖等正追之間，忽見西方一路敵軍開來，隊伍甚是整齊，軍中豎起了四王子忽必烈的旗號。蒙古兵敗如山倒，一時之間那能收拾？忽必烈治軍雖嚴，給如潮水般湧來的敗兵一衝，部屬也登時亂了。忽必烈見勢頭不妙，率領一枝親兵殿後，緩緩北退。郭靖等直追出三十餘里，眼見蒙古兵退勢不止，而呂文煥流水價的派出傳令官召郭靖回軍保城，宋軍這才凱旋而回。

自蒙古和宋軍交鋒以來，從未有如此大敗，而一國之主喪於城下，更軍心大沮。蒙古大汗之位並非父死子襲，係由皇族王公、重臣大將會議擁立。蒙哥既死，其弟七王子阿里不哥在北方蒙古老家和林得王公擁戴而爲大汗。蒙古部族習慣，長子衝鋒陷陣作前鋒打仗，幼子看守老家，阿里不哥並無多大本事，因看守老家，王公大將、后妃眷屬、積貯的牲口家產、後備部隊均受其統率，因之在大會中佔了優勢。後來忽必烈領軍北歸，與阿里不哥爭位，兄弟各率精兵互鬥。最後忽必烈得勝，但蒙古軍已然元氣大傷，暫時無力南攻，襄陽得保太平。直至一十三年後的宋度宗咸淳九年，蒙古軍始再進攻襄陽。

郭靖領軍回到襄陽城邊，安撫使呂文煥早已率領親兵將校，大吹大擂，列隊在城外相迎。衆百姓也擁在城外，陳列酒漿香燭，羅拜慰勞。

郭靖攜著楊過之手，拿起百姓呈上來的一杯美酒，轉敬楊過，說道：「過兒，你今日立此大功，天下揚名固不待言，合城軍民，無不重感恩德。你更救了襄兒、齊兒，我和你郭伯母也深感大德。」

楊過心中感動，有一句話藏在心中二十餘年始終未說，這時再也忍不住了，朗聲說道：「郭伯伯，小姪幼時若非蒙你和郭伯母撫養教誨，焉能得有今日？」

他二人自來萬事心照，不說銘恩感德之言，此時對飮三杯，兩位當世大俠傾吐肺腑，只覺人生而當此境，復有何求？

二人攜手入城，但聽得軍民夾道歡呼，聲若轟雷。楊過忽然想起：「二十餘年之前，郭伯伯也這般攜著我的手，送我上終南山重陽宮去投師學藝。他對我一片至誠，從沒半分差異。可是我狂妄胡鬧，叛師反教，闖下了多大的禍事！倘若我終於誤入歧路，那有今天和他攜手入城的一日？」想到此處，不由得汗流浹背，暗自心驚。

襄陽城中家家懸綵，戶戶騰歡。雖有父兄子弟在這一役中陣亡的，但軍勝城完，悲戚之念也不免稍減。

這晚安撫使署中大張祝捷之宴，呂文煥便要請楊過坐個首席。楊過說甚麼也不肯。衆人推讓良久，終於推一燈大師爲尊，其次是周伯通、黃藥師、郭靖、王堅、點蒼漁隱、武三通、朱子柳、黃蓉，這才是楊過、耶律齊、小龍女、郭芙、武氏兄弟。瑛姑、程英、陸無雙、郭襄等另坐一桌。呂文煥暗自不悅，心想：「黃島主是郭大俠的岳父，那也罷了。一燈老和尚貌不驚人，周老頭子瘋瘋顛顛，怎能位居上座？」羣雄縱談日間戰況，無不逸興橫飛，呂文煥卻那裏插得下口去？

酒過數巡，城中官員、大將、士紳紛紛來向郭靖、楊過等敬酒，極口讚譽兩位大俠功略豐偉，武藝過人。

郭靖想起師門重恩，說道：「當年若非全眞教丘道長仗義、七位恩師遠赴蒙古，又得洪老恩師栽育，我郭靖豈能立此微功？但咱們今日在此歡呼暢飲，各位恩師除柯老恩師外，均已長逝，思之令人神傷。」一燈等盡皆黯然。

郭靖又道：「蒙古雖然退兵，或者又再來攻，請各位在襄陽稍作休息，瞧明敵軍動向，以免上了惡當。周老爺子等幾位傷勢未曾痊可，也須休息養傷。待到確知敵軍退兵，我想赴華山祭掃洪恩師之墓。」周伯通聽義弟郭靖亂了稱呼，他口中剛喝了一大口酒，也就不加更正。楊過道：「郭伯伯，我也正想說這句話，大夥兒一齊都去如何？」一燈、黃藥師、周伯通等都想念這位逝世的老友，齊聲贊同。

是晚羣雄直飲至深夜，大醉而散。

注：《元史》本紀卷三載：「憲宗諱蒙哥，睿宗拖雷之長子也。……九年二月丙子，悉率諸兵……丁丑，督諸軍戰城下……攻鎮西門、攻東新門、奇勝門……攻護國門……登外城，殺宋兵甚衆……屢攻不克……癸亥，帝崩。……帝剛明雄毅，沉斷而寡言……御羣臣甚嚴。」

《續通鑑》：「蒙古主屢督諸軍攻之，不克……蒙古主殂……史天澤與羣臣奉喪北還，於是合州圍解。」《續通鑑考異》：「元憲宗自困頓兵日久，得疾而殂。《重慶志》謂其中飛石……」合州，爲三江會合處，又稱合川，今重慶市。

依歷史記載，憲宗係因攻四川重慶（合州）不克而死，是否爲了中飛石，史書亦記載各異。但蒙古軍宋軍激戰最久、戰況最烈者係在襄陽，蒙古軍前後進攻數十年而不能下。爲增加小説之興味起見，安排爲憲宗攻襄陽不克，中飛石而死，城圍因而得解。發飛石者爲誰，史無明文，小説稱其人名楊過，任何正史、野史，均不能證其爲非。

楊過朗聲說道：「今番良晤，豪興不淺，他日江湖相逢，再當杯酒言歡。咱們就此別過。」說著袍袖一拂，攜著小龍女之手，與神鵰並肩下山。

第四十回　華山之巔

眾人便在襄陽暢敘。周伯通少不免要賣弄他指揮玉蜂的伎倆。到得清明節近，哨探查探明白，蒙古大軍果眞退軍，郭靖等一行悄悄出了北門，逕往華山而去。陸無雙、武氏兄弟、點蒼漁隱等傷勢未愈，坐在大車中養傷。餘人騎在馬上，緩緩而行。好在也無要事，每日只行數十里即止。

國人習俗，向來上墳掃墓，若非清明，便是重陽，此所謂春秋兩祭。不一日來到華山，受傷眾人在道上緩行養傷，這時也已大都痊可。一行人上得山來，楊過指點洪七公與歐陽鋒埋骨之處。黃蓉早在山下買了鷄肉蔬菜，於是埋灶生火，作了幾個洪七公生前最喜歡的菜餚，供奉祭奠。羣雄一一叩拜。

歐陽鋒的墳墓便在洪七公墓旁。郭靖與歐陽鋒仇深似海，想到他殺害恩師朱聰、全金發等五俠的狠毒，雖事隔數十年，仍恨恨不已。只楊過思念舊情，和小龍女兩人在墓前跪拜。周伯通上前一揖，說道：「老毒物啊老毒物，你生前作惡多端，死後骸骨仍得與老叫化爲鄰，也可算是三生有幸。今日人人都來拜祭老叫化，卻只有兩個娃娃向你叩頭，你如有知，想來也要懊悔當年太過心狠手辣了罷？」這一篇祭文別出心裁，人人聽著都覺好笑。

衆人取過碗筷酒菜，便要在墓前飲食，忽然山後一陣風吹來，傳到一陣兵刃相交和呼喝叱罵之聲，顯是有人在動手打鬥。周伯通搶先便往喧嘩聲處奔去。餘人隨後跟去。轉過兩個山坳，只見一塊石坪上聚了三四十個僧俗男女，手中都持兵刃。

這羣人自管吵得熱鬧，見周伯通、郭靖等人到來，只道是遊山的客人，也不理會。一名鐵塔般的大漢朗聲說道：「大家且莫吵鬧，亂打一氣也非了局，這『武功天下第一』的稱號，決不是叫叫嚷嚷便能得手的。今日各路好漢都已相聚於此，大夥兒何不便憑兵刃拳腳上見個眞章？只要誰能長勝不敗，大家便心悅誠服，公推他爲『武功天下第一』。」一個長鬚道人揮劍說道：「不錯。武林中相傳有『華山論劍』盛事，咱們今日便再來論他一論，且看當世英雄，到底是誰居首？」餘人轟然叫好，便有數人搶先站出，大叫：「誰敢上來？」

周伯通、黃藥師、一燈等人面面相覷，看這羣人時，竟無一個識得。

第一次華山論劍，郭靖尚未出世，那時東邪、西毒、南帝、北丐、中神通五人，為爭一部《九陰眞經》，約定在華山絕頂比武較量，藝高者得，結果中神通王重陽獨冠羣雄，贏得了「武功天下第一」的尊號。二十五年後，黃藥師等二次華山論劍，其時王重陽已逝世，除東邪、西毒、南帝、北丐四人外，又有周伯通、裘千仞、郭靖三人參與。各人修為精湛，各有所長，眞要說到「天下第一」四字，實所難言，單以武功而論，似乎倒以發了瘋的歐陽鋒最強，黃蓉使詐，才將他驚走。想不到再隔多年，居然又有一羣武林好手，相約作第三次華山論劍。這一著使黃藥師等盡皆愕然。更奇的是，眼前這數十人並無一個識得。難道當眞「長江後浪推前浪，一輩新人勝舊人」？難道自己這一干人都作了井底之蛙，竟不知天外有天，人上有人？

只見人羣中躍出六人，分作三對，各展兵刃，動起手來。數招一過，黃藥師、周伯通等無不啞然失笑，連一燈大師如此莊嚴慈祥的人物，也忍不住莞爾。又過片刻，黃藥師、周伯通、楊過、黃蓉等或忍俊不禁，或捧腹大笑。原來動手的這六人武功平庸之極，連與武氏兄弟、郭家姊妹相比也遠遠不及，瞧來不過是江湖上的一批妄人，不知從那裏聽到「華山論劍」四字，居然來東施效顰。

那六人聽得周伯通等人嘻笑，登時罷鬥，各自躍開，厲聲喝道：「不知死活的東西。老爺們在此比武論劍，爭那『武功天下第一』的名號。你們在這裏嘻嘻哈哈的幹甚麼？快快給我滾下山去，方饒了你們性命。」

楊過哈哈一笑，縱聲長嘯，四下裏山谷鳴響，霎時之間，便似長風動地，雲氣聚合。那一干人初時慘然變色，跟著身戰手震，嗆啷啷之聲不絕，一柄柄兵刃都拋在地下。楊過喝道：「都給我請罷！」那數十人呆了半晌，突然一聲發喊，紛紛拚命的奔下山去，跌跌撞撞，有的還摔了幾個觔斗，連兵刃也不敢執拾，頃刻間走得乾乾淨淨，不見蹤影。

瑛姑、郭芙等都笑彎了腰，說不出話來。黃藥師嘆道：「欺世盜名的妄人，所在多有，想不到在這華山之巔，居然也得見此輩。」

周伯通忽道：「昔日天下五絕，西毒、北丐與中神通已然逝世，今日當世高手，卻有那幾個可以稱得五絕？」黃蓉笑道：「一燈大師和我爹爹功力與日俱深，當年已居五絕，今日更無疑義。你義弟郭靖深得北丐眞傳，當可算得一個。過兒雖然年輕，但武功卓絕，小一輩英才中無人及得，何況他又是歐陽鋒的義子。東和南是舊人，西和北兩位，須當由你義弟和過兒承繼了。」

周伯通搖頭道：「不對，不對！」黃蓉道：「甚麼不對？」周伯通道：「歐陽鋒是西毒，楊過這小子的手段和心腸可都不毒啊，叫他小毒物，有點兒冤枉。」

黃蓉笑道：「靖哥哥也不做叫化子，一燈大師現今也不做皇爺了。我說幾位的稱號得改一改。爹爹的『東邪』是老招牌老字號，那不用改。一燈大師皇帝不做，做和尚，該稱『南僧』。過兒呢，我贈他一個『狂』字，你們說貼切不貼切？」

黃藥師首先叫好，說道：「東邪西狂，一老一少，咱兩個正是一對兒。」楊過道：「小子年幼，修爲日淺，豈敢和各位前輩比肩。」

黃藥師道：「啊哈，小兄弟，這個你可就不對了。你既居了一個『狂』字，便狂一下又有何妨？再說以你今日聲名之盛、武功之強，難道還不勝過老頑童嗎？」黃藥師知道女兒故意不提周伯通，是要使他心癢難搔，索性擠他一擠。楊過也明白他父女的心意，和小龍女相視一笑，心想：「這個『狂』字，果然說得好。」

周伯通道：「南帝、西毒都改了招牌，『北丐』呢，那又改作甚麼？」朱子柳道：「當今天下豪傑，提到郭兄時都稱『郭大俠』而不名。他數十年來助守襄陽，保境安民，如此任俠，決非古時朱家、郭解輩逞一時意氣所能及。我說稱他爲『北俠』，自當人人心服。」一燈大師、武三通等一齊鼓掌稱善。

黃藥師道：「東邪、西狂、南僧、北俠，四個人都有了，中央那一位，該當由誰居之？」說著向周伯通望了一眼，續道：「楊夫人小龍女是古墓派唯一傳人。想當年林朝英女俠武功卓絕，玉女劍法出神入化，縱是重陽眞人，也不免忌憚三分。當時林女俠若來參與華山絕頂論劍之會，別說五絕之名定當改上一改，便重陽眞人那『武功天下第一』

的尊號，也未必便能到手。楊過的武藝出自他夫人傳授，弟子尚且名列五絕，師父更加不用說了。是以楊夫人可當中央之位。」小龍女微微一笑，道：「這個小女子是萬萬不敢當的。」

黃藥師道：「要不然便是蓉兒。她武功雖非極強，但足智多謀，機變百出，自來智勝於力，列她爲五絕之一，那也甚當。」周伯通鼓掌笑道：「妙極，妙極！你甚麼黃老邪、郭大俠，老實說我都不心服，只有黃蓉這女娃娃精靈古怪，老頑童見了她便縛手縛腳，動彈不得，眞正的口服心服。將她列爲五絕之一，再好也沒有了。」

各人聽了，都是一怔，說到武功之強，黃藥師、一燈等都自知尙遜周伯通三分，所以一直不提他的名字，只是跟他開開玩笑，想逗得他發起急來，引爲一樂。那知道周伯通天眞爛漫，胸中更無半點機心，雖天性好武，卻從無爭雄揚名的念頭，決沒想到自己是否該算五絕之一。

黃藥師笑道：「老頑童啊老頑童，你當眞了不起。我黃老邪對『名』淡泊，一燈大師視『名』爲虛幻，只有你，卻心中空空蕩蕩，本來便不存『名』之一念，可又比我們高出一籌了。東邪、西狂、南僧、北俠、中頑童，五絕之中，以你居首！」

衆人聽了「東邪、西狂、南僧、北俠、中頑童」這十一個字，一齊喝采，卻又忍不住好笑。各人既商定了新五絕之位，人人均覺有趣，當下四散在華山各處尋幽探勝。

楊過指著玉女峯對小龍女道：「咱們學的是玉女劍法，這玉女峯不可不遊。」小龍女道：「正是。」

兩人攜手同上峯頂，見有小小一所廟宇，廟旁雕有一匹石馬。那廟便是玉女祠，祠中大石上有一處深陷，凹處積水清碧。楊過當年來過華山，雖未上過玉女峯，卻曾聽洪七公說起山上各處勝蹟，對小龍女道：「這是玉女的洗頭盆，碧水終年不乾。」小龍女道：「咱們到殿上拜拜玉女去。」

走進殿中，見玉女的神像容貌婉孌，風姿嫣然，依稀和古墓中祖師林朝英的畫像有些相似。兩人都吃了一驚。小龍女道：「難道這位女神便是咱們的祖師婆婆麼？」楊過說道：「祖師婆婆當年行俠天下，有惠於人。有人念著她老人家的恩德，在這裏立祠供奉，說不定也是有的。」小龍女點頭道：「如爲尋常仙姑，何以祠旁又有一匹石馬？看來那是紀念祖師婆婆的那匹坐騎。」兩人並肩在玉女像前拜倒，心意相通，一齊輕輕禱祝：「願咱倆生生世世都結爲夫婦。」

忽聽得身後腳步聲輕響，有人走進殿來。兩人站起身來，見是郭襄。楊過喜道：「小妹子，你和咱們一起玩罷！」郭襄道：「好！」小龍女攜著她手，三人走出殿來。

經過石樑，到了一處高岡，見岡腰有個大潭。郭襄向潭裏望去，只覺一股寒氣從潭中直冒上來，不禁打個寒顫。這大潭望下去深不見底，比之絕情谷中那深谷卻又截然不同。絕情谷的深谷雲封霧鎖，從上面看來，但讓人神馳想像，不知下面是何光景，這大潭卻可極目縱視，不過越瞧越深，使人不期然而生怖畏。小龍女拉住她手，說道：「小心！」

楊過道：「這深潭據說直通黃河，是天下八大水府之一。唐時北方大旱，唐玄宗曾書下禱雨玉版，從這水府裏投下去。」郭襄道：「這裏直通黃河？那可奇了。」楊過笑道：「這也是故老相傳而已，誰也沒下去過，也不知眞的通不通？」郭襄道：「唐玄宗投玉版時，楊貴妃是不是在他身邊？後來下雨了沒有？」楊過哈哈一笑，說道：「這個你可問倒我啦。看來老天爺愛下雨便下雨，不愛下便不下，未必便聽皇帝老兒的話。」郭襄凝望深潭，幽幽的道：「嗯，便貴爲帝王，也未必能事事如意。」

楊過心中一凜，暗道：「這孩子小小年紀，何以有這麼多感慨？須得怎生想個法兒讓她歡悅喜樂。」正欲尋語勸慰，小龍女突然「咦」的一聲，輕聲道：「瞧是誰來了？」

楊過順著她手指望去，只見山岡下有兩人在長草叢中蛇行鼠伏般上來。這兩人輕功甚高，走得又極隱蔽，顯是生怕給人瞧見，但小龍女眼力異於常人，遠遠便已望見。楊過低聲道：「這兩人鬼鬼祟祟，武功卻頗不弱，這會兒到華山來必有緣故，咱們且躲了起來，瞧他們作何勾當。」三人在大樹岩石間隱身而待。

過了好一會功夫，聽得踐草步石之聲輕輕傳上。這時天色漸晚，一輪新月已掛在大樹之巔。郭襄靠在小龍女身旁，她對上來的兩人全不關心，望著楊過的側影，心中忽想：「若是我終身得能如此和大哥哥、龍姊姊相聚，此生再無他求。」但覺此時此情，心滿意足，只盼時光便此停住，永不再流，但內心深處，卻也知此事決不能夠。

小龍女在暮靄蒼茫中瞧得清楚，見郭襄長長的睫毛下淚光瑩然，心想：「她神情有異，不知懷著甚麼心事。我和過兒總得設法幫她辦到，好教她歡喜。」

只聽得那兩人上了峯頂，伏在一塊大岩石之後。過了半晌，一人悄聲道：「瀟湘兄，這華山壑深崖險，到處可以藏身。咱們好好躲上幾日，就算那禿驢神通再廣大，也未必能尋得到。待他到別地尋找，咱們再往西去。」

楊過瞧不見二人身形，聽口音是尹克西的聲音，他口稱「瀟湘兄」，那麼另一人便是瀟湘子了，心想：「蒙古諸武士來我中土爲虐，其中金輪國師、尼摩星、霍都等已伏誅，達爾巴、痲光佐作惡不深，只賸下瀟湘子和尹克西這兩個傢伙。當日我饒了他們性命，但看來二人怙惡不悛，不知又在幹甚麼奸惡事。」

只聽瀟湘子陰惻惻的道：「尹兄且莫歡喜，這禿驢倘若尋咱們不著，定然守在山下孔道之處。咱們如貿然下去，正好撞在他手裏。」尹克西道：「瀟湘兄深謀遠慮，此言不差，卻不知有何高見。」瀟湘子道：「我想這山上寺觀甚多，咱們便揀一處荒僻的，不管住持是和尚還是道士，下手宰了，佔了寺觀，便這麼住下去不走啦。那禿驢決計想不到咱們會在山上窮年累月的停留。他再不死心，在山中搜尋數遍，在山下守候數月，也該去了。」尹克西喜道：「瀟湘兄此計大妙。」他心中一歡喜，說話聲音便響了些。

瀟湘子忙道：「禁聲！」尹克西歉然道：「嗯，我竟樂極忘形了。」接著兩人悄聲低語。楊過再也聽不清楚，暗暗奇怪：「這兩人怕極了一個和尚，唯恐給他追上。這兩個惡徒武功各有獨到之處，方今除了黃島主、一燈大師、郭伯伯等寥寥數位，極少有人是他們之敵，何況他二惡聯手，更是厲害，不知那位高僧是誰，竟能令他們如此畏懼？又不知他何以苦苦追蹤，非擒到這二人不可？」又想：「那瀟湘子說要殺人佔寺，打的盡是惡毒主意，這件事既給我撞到了，怎能不管？」

只聽得遠處郭芙揚聲叫道：「楊大哥、楊大嫂、二妹……楊大哥、楊大嫂、二妹……吃飯啦……吃飯啦！」楊過回過頭來，向小龍女和郭襄搖了搖手，叫她們別出聲答應。過了半晌，郭芙不再呼喚。

忽聽得山腰裏一人喝道：「借書不還的兩位朋友，請現身相見！」這兩句喝聲只震得滿山皆響，顯然內力充沛之極，雖不威猛高昂，但功力之淳，竟似不弱於楊過的長嘯。楊過一驚，心想：「世上竟尚有這樣一位高手，我卻不知！」

他略略探身，往呼喝聲傳來處瞧去，月光下只見一道灰影迅捷無倫的奔上山來。過了一會，看清楚灰影中共有兩人，一個灰袍僧，攜著一個少年。瀟尹二人縮身在長草叢中，連大氣也不敢透一口。楊過見了那僧人的身形步法，暗暗稱奇：「這人的輕功未必在龍兒和我之上，但手上拉了一少年，在這陡山峭壁之間居然健步如飛，內力之深厚，竟可和一燈大師、郭伯伯相匹敵。怎地武林中從未聽人說起有這樣一位人物？」

那僧人奔到高岡左近，四下張望，不見瀟尹二人的蹤跡，當即向西峯疾奔而去。郭襄忍耐不住，大聲叫道：「喂，和尚，那兩人便在這裏！」她叫聲剛出口，颼颼兩響，便有兩枚飛錐、一枚喪門釘，向她藏身處急射過來。楊過袍袖一拂，將三枚暗器捲入衣袖。郭襄內功不深，叫聲傳送不遠，那僧人去得快了，竟沒聽見她呼叫。郭襄見他足不停步的越走越遠，急道：「大哥哥，你快叫他回來。」

楊過長吟道：「有緣千里來相會，無緣對面不相逢！」這兩句話一個個字遠遠的傳送出去。那僧人正走在山腰之間，立時停步，回頭說道：「有勞高人指點迷津。」楊過吟道：「踏破鐵鞋無覓處，得來全不費功夫。」那僧人大喜，攜了那少年飛步奔回。

瀟湘子和尹克西聽了楊過的長吟之聲，這一驚非同小可，相互使個眼色，從草叢中竄了出來，向東便奔。楊過見那僧人腳力雖快，相距尚遠，這華山中到處是草叢石洞，若給這兩個惡徒躲了起來，黑夜裏卻也未必便能找著，伸指彈出，呼的一聲急響，一枚飛錐破空射去，正是瀟湘子襲擊郭襄的暗器。楊過不知那僧人找這二人何事，不欲便傷他們性命，這枚飛錐只在二人面前尺許之處掠過，激盪氣流，刮得二人顏面有如刀割。二人「啊」的一聲低呼，轉頭向北。楊過又是一枚喪門釘彈出，再將二人逼了轉來。

便這麼阻得兩阻，那僧人已奔上高岡。瀟湘子和尹克西眼見難以脫身，各出兵刃，並肩而立，一個手持哭喪棒，一個手持軟鞭。尹克西那條珠光寶氣的金龍鞭在重陽宮給楊過震得寸寸斷絕，現下這條軟鞭上雖仍鑲了些金珠寶石，卻已遠不如當年金龍鞭的輝煌華麗。

那僧人游目四顧，見暗中相助自己之人並未現身，竟不理睬瀟尹二人，先向空曠處合什行禮，道：「少林寺小僧覺遠，敬謝居士高義。」

楊過看這僧人時，見他長身玉立，恂恂儒雅，若非光頭僧服，宛然便是位書生相公。和他相比，黃藥師多了三分落拓放誕的山林逸氣，朱子柳卻又多了三分金馬玉堂的朝廷貴氣。這覺遠五十歲左右年紀，當眞是腹有詩書氣自華，儼然、宏然、恢恢廣廣、昭昭蕩蕩，便如是位飽學宿儒、經術名家。楊過不敢怠慢，從隱身處出來，奉揖還禮，說道：「小子楊過，拜見大師。」心下尋思：「少林寺方丈、達摩院、羅漢堂首座等我均相識，他們的武功修爲似乎還不及這位高僧，何以從來不曾聽他們說起？」

覺遠恭恭敬敬的道：「小僧得識楊居士尊範，幸何如之。」向身旁的少年道：「快向楊居士磕頭。」那少年上前拜倒，楊過還了半禮。這時小龍女和郭襄也均現身，覺遠合什行禮，甚是恭謹。

瀟湘子和尹克西僵在一旁，上前動手罷，自知萬萬不是覺遠、楊過和小龍女敵手，若要逃走，也絕難脫身。兩人目光閃爍，只盼有甚機會，便施偷襲。

楊過道：「貴寺羅漢堂首座無色禪師豪爽豁達，與在下相交已十餘年，堪稱莫逆。六年之前，在下蒙貴寺方丈天鳴禪師之召，赴少室山寶刹禮佛，得與方丈及達摩院首座無相禪師等各位高僧相晤，受益非淺。料想其時大師不在寺中，以致無緣拜見。」

神鵰大俠楊過名滿天下，但覺遠卻不知他名頭，只道：「原來楊居士和天鳴師叔、無相師兄、無色師兄均是素識。小僧在藏經閣領一份閒職，三十年來未曾出山門一步，只爲職位低微，自來不敢和來寺居士貴客請益。」楊過暗暗稱奇：「當眞天下之大，奇材異能之士所在都有。這位覺遠大師身負絕世武功，深藏不露，在少林寺中恐亦沒沒無聞，否則無色和我如此交好，若知本寺有此等人物，定會和我說起。」

楊過和覺遠呼叫相應，黃藥師等均已聽見，知道這邊出了事故，一齊奔來。楊過和覺遠說話之際，衆人一一上得岡來，當下楊過爲各人逐一引見。黃藥師、一燈、周伯通、郭靖、黃蓉在武林中都已享名數十年，江湖上可說是誰人不知，那個不曉，但覺遠全不知衆人的名頭，只恭謹行禮，又命那少年向各人下拜。衆人見覺遠威儀棣棣，端嚴莊穆，也不由得肅然起敬。

覺遠見禮已畢，合什向瀟湘子和尹克西道：「小僧監管藏經閣，閣中片紙之失，小僧須領罪責，兩位借去的經書便請賜還，實感大德。」楊過一聽，已知瀟湘子和尹克西在少林寺藏經閣中盜竊了甚麼經書，因而覺遠窮追不捨，但見他對這兩個盜賊如此彬彬有禮，倒頗出意料之外。

尹克西笑嘻嘻的道：「大師此言差矣。我兩人遭逢不幸，得蒙大師施恩收留，圖報尚自不及，怎會向大師借了甚麼經書不還，致勞跋涉追索？再說，我二人並非佛門弟子，借了佛經又有何用？」尹克西是珠寶商出身，口齒伶俐，這番話粗聽之下原也言之成理。但楊過等素知他和瀟湘子並非良善之輩，而他們所盜的經書自也不會是尋常佛經，必是少林派的拳經劍譜。若依楊過的心性，只須縱身上前，一掌一個打倒，在他們身上搜出經書，立時了事，又何必多費唇舌？但覺遠是儒雅之士，卻向眾人說道：「小僧且說此事經過，請各位評一評這個道理。」

郭襄忍不住說道：「大和尚，這兩個人躲在這裏鬼鬼祟祟的商量，說要殺人佔寺，好讓你尋他們不著。若不是作賊心虛，何以會起此惡心？」

覺遠向瀟尹二人道：「罪過，罪過，兩位居士起此孽心，須得及早淸心懺悔。」

眾人見他說話行事都頗有點迂腐騰騰，似乎全然不明世務，跟這兩個惡徒竟來說甚麼淸心懺悔，都不禁暗暗好笑。

尹克西見覺遠並不動武，卻要和自己評理，登時多了三分指望，說道：「大家原該講道理啊！」覺遠點頭道：「衆位，那日小僧在藏經閣上翻閱經書，聽得山後有叫喊鬥毆之聲，又有人大叫救命。小僧出去一看，見這兩位居士躺在地下，給四個蒙古武官打得奄奄一息。小僧心下不忍，上前勸開四位官員，見兩位居士身上受傷，扶他們進閣休息。請問兩位，小僧此言非虛罷？」尹克西道：「不錯，原是這樣。因此我們二人對大師救命之恩感激不盡。」

楊過哼了一聲，說道：「以你兩位功夫，別說四名蒙古武士，便是四十名、四百名、四千名，又怎能將你們打倒？君子可欺以方，覺遠大師這番可上了你們的大當啦。」

覺遠又道：「他們兩位養了一天傷，說道躺在床上無聊，向小僧借閱經書。小僧心想宏法廣道，原是美事，難得這兩位居士生具慧根，親近佛法，於是借了幾部經書給他們看。那知道有一天晚上，這兩位居士乘著小僧坐禪入定之際，卻將小徒君寶正在誦讀的四卷《楞伽經》拿了去。不告而取，未免稍違君子之道，便請兩位賜還。」

一燈大師佛學精湛，朱子柳隨侍師父日久，讀過的佛經也自不少，聽了他這番言語，均想：「這兩人從少林寺中盜了經書出來，我只道定是拳經劍譜的武學之書，豈知竟是四卷楞伽經。這楞伽經雖是達摩祖師東來所傳，但經中所記，乃如來佛在楞伽島上說法的要旨，明心見性，宣說大乘佛法，跟武功全無干係，這兩名惡徒盜去作甚？再說，楞伽經流布天下，所在都有，並非不傳秘籍，這覺遠又何以如此窮追不捨，想來其中定有別情。」

只聽覺遠說道：「這四卷《楞伽經》，乃依據達摩祖師東渡時所攜貝葉經鈔錄，仍以天竺文字原文照錄，一字不改，甚爲珍貴，兩位居士只恐難識，但於我少林寺卻是世傳之寶。」衆人這才恍然：「原來是達摩祖師從天竺攜來的貝葉經照錄，那自是非同小可。」

尹克西笑嘻嘻的道：「我二人不識天竺文字，怎會借閱此般經書？雖說這是寶物，但變賣起來，想亦不值甚麼錢。除了佛家高僧，誰也不會希罕，而大和尚們靠化緣過日子，又是出不起價的。」衆人聽了他油腔滑調的狡辯，均已動怒。

覺遠卻仍氣度雍容，說道：「這楞伽經共有四種漢文譯本，今世尚存其三。一是劉宋時那跋陀羅所譯，名曰《楞伽阿跋多羅寶經》，共四卷，世稱《四卷楞伽》，與達摩祖師所傳，文本相向，可以對照。二是元魏時菩提流支譯，名曰《入楞伽經》，共十卷，世稱《十卷楞伽》。三是唐朝寶叉難陀所譯，名曰《大乘入楞伽經》，共七卷，世稱《七卷楞伽》，那均是後出。三種譯本之中，七卷楞伽最爲明暢易曉，流傳最廣，小僧攜得來此，難得兩位居士心近佛法，小僧便舉以相贈。倘若二位要那四卷楞伽和十卷楞伽，也無不可，小僧當再去求來。」說著從大袖中掏出七卷經書，交給身旁少年，命他去贈給尹克西。

楊過心想：「這位覺遠大師迂腐不堪，世上少見，難怪他所監管的經書會給這兩個惡徒盜去。」

只聽那少年說道：「師父，這兩個惡徒存心不良，就是要偷盜寶經，豈是當眞的心近佛法？」他小小年紀，說話卻中氣充沛，聲若洪鐘。衆人聽了都是一凜，見他形貌甚奇，額尖頸細、胸闊腿長、環眼大耳，雖只十二三歲的少年，但凝氣卓立，甚有威嚴。

楊過暗暗稱奇，問道：「這位小兄弟高姓大名？」覺遠道：「小徒姓張，名君寶。他自幼在藏經閣中助我洒掃晒書，雖稱我一聲師父，其實並未剃度，乃俗家弟子。」楊過讚道：「名師出高徒，大師的弟子氣宇不凡。」覺遠道：「師非名師，這徒兒倒眞是不錯的。不過小僧修爲淺薄，未免躭誤了他。君寶，今日你得遇如許高士，眞乃三生有幸，便當向各位請教。常言道：『聞君一席話，勝讀十年書』。」張君寶應道：「是。」

周伯通聽覺遠嚕哩嚕唆說了良久，始終不著邊際，雖事不關己，卻先忍不住了，叫道：「喂，瀟湘子和尹克西兩個傢伙，你們騙得過這個大和尙，可騙不過我老頑童。你們可知當今五絕是誰？」尹克西道：「不知，卻要請教。」

周伯通得意洋洋的道：「好，你們站穩了聽著：東邪、西狂、南僧、北俠、中頑童。五絕之中，老頑童居首。老頑童既爲五絕之首，說話自然大有斤兩。這經書我說是你們偷的，就是你們偷的。便算不是你們偷的，也要著落在你們兩個廝鳥身上，找出來還給大和尚。快快取了出來！若敢遲延，每個人先撕下一隻耳朵再說。你們愛撕左邊的還是右邊的？」說著摩拳擦掌，便要上前動手。

瀟湘子和尹克西暗皺眉頭，心想這老兒武功奇高，說幹就幹，正自不知所措，忽聽覺遠說道：「周居士此言差矣！世事抬不過一個理字。這部楞伽經兩位居士倘若借了，便是借了。倘若沒借，便是沒借。如果兩位居士當眞沒借，定要胡賴他們，那便於理不當了。」周伯通哈哈大笑，說道：「你們瞧這大和尚豈非莫名其妙？我幫他討經，他反而幫他們分辯，眞正豈有此理。大和尚，我跟你說，我賴也要賴，不賴也要賴。這經書倘若他們當眞沒偷，我便押著他們即日起程，到少林寺中去偷上一偷。總而言之，偷即是偷，不偷亦偷。昨日不偷，今日必偷；今日已偷，明日再偷。」

覺遠連連點頭，說道：「周居士此言頗合禪理。佛家稱色即是空，空即是色，色空之際，原不必強求分界。所謂『偷書』，言之不雅，不如稱之爲『不告而借』。兩位居士只須起了不告而借之心，縱然並未眞的不告而借，那也是不告而借了。」

衆人聽他二人一個迂腐，一個歪纏，當眞各有千秋，心想如此論將下去，不知何時方休。楊過截斷周伯通的話頭，對尹瀟二人說道：「你二人幫著蒙古來侵我疆土，害我百姓，早已死有餘辜。今日一燈大師和覺遠大師兩位高僧在此，我若出手斃了你們，兩位高僧定覺不忍。我指點兩條路，由你們自擇，一條路是乖乖交出經書，從此不許再履中土。另一條路是每人接我一掌，死活憑你們運氣。」

尹、瀟面面相覷，不敢接話。他二人都在楊過手下吃過大苦頭，心知雖只一掌，卻萬萬經受不起。尹克西心想：「只須挨過了今日，自後練成武功，再來報仇雪恥。衆人之中，只覺遠和尙最好說話，欲脫此難，只有著落在他身上。」說道：「楊大俠，你我之事，咱們以後再說。你武功遠勝於我，在下是不敢得罪你的。至於有沒有借了經書，還是讓覺遠大師跟咱們兩個細細分說，這件事可沒礙著你楊大俠啊？」

楊過尙未回答，覺遠已連連點頭，說道：「不錯，不錯，尹居士此言有理。」楊過搖頭苦笑，一回首，只見張君寶目光炯炯，躍躍欲動。楊過向他使個眼色，命他逕自挺身而出，自己當可爲他撑腰。

張君寶會意，大聲道：「尹居士，那日我在廊下讀經，你悄悄走到我身後，伸指點了我穴道，便把那四卷楞伽經取了去。此事可是有的？」尹克西搖頭道：「倘若我要借書，儘管開言便是，諒小師父無有不允，又何必點你穴道？」覺遠點頭道：「嗯，嗯，倒也說得是。」張君寶道：「兩位既說沒借，可敢讓我在身上搜上一搜麼？」覺遠道：「搜人身體，似覺過於無理。但此事是非難明，兩位居士是否另有善策，以釋我疑？」

尹克西正欲狡辯飾非，楊過搶著道：「覺遠大師，這四卷楞伽經中，可有甚麼特異之處？」覺遠微一沉吟，道：「出家人不打誑語，楊居士既然垂詢，小僧直說便是。這部楞伽經中的夾縫之中，另有昔年一位高人書寫的一部經書，稱爲《九陽眞經》。」

此言一出，衆人矍然而驚。當年武學之士爲爭奪《九陰眞經》，鬧到輾轉殺戮，流血天下，最後五大高手聚集華山論劍，這部經書終於爲武功最強的王重陽所得。此後黃藥師盡逐門下弟子、周伯通受囚桃花島、歐陽鋒心神錯亂、段皇爺出家爲僧，種種事故皆和《九陰眞經》有關，那想到除了《九陰眞經》之外，另外還有一部《九陽眞經》。這經書的名字人人都首次聽見，但《九陰眞經》的名頭實在太響，黃藥師、周伯通、郭靖、黃蓉、楊過、小龍女皆曾先後研習，《九陽》與《九陰》並稱，如內容各有千秋，自然非同小可，一聽之下，登時羣情聳動。

覺遠並沒察覺衆人訝異，又道：「小僧職司監管藏經閣，閣中經書自然每部都要看一看。凡佛經中所記，盡是先覺的至理名言，小僧無不深信，這部《九陽眞經》是一位前輩高人所撰，經中記著許多強身健體、易筋洗髓的法門，小僧便一一照做，數十年來，勤習不懈，倒也百病不生，近幾年來又揀著容易的教了一些給君寶。《九陽眞經》不過教人保養有色有相之身，這臭皮囊原也沒甚麼要緊，經書中所述雖然高深奧妙，終究是皮相小道之學，失去倒也罷了。但這鈔本所據的楞伽經，原本是祖師親從天竺攜來，飲水思源，十分珍重。兩位居士又不懂天竺文字，借去也無用處，不如賜還小僧了罷。」

楊過暗自駭異：「他已學成了武學中上乘的功夫，原來自己居然並不知曉，還道只是強身健體、百病不生而已。如此奇事，武林中從所未有。我若非親眼見他這般拘謹守禮，必說他故意裝腔作勢、深藏不露。難怪天鳴、無色、無相諸禪師和他同寺共居數十年，竟不知儕輩中有此異人。」

一燈大師卻暗暗點頭，心道：「這位師兄說《九陽眞經》只不過是皮相小道，果已深悟佛理。禪宗之學，在求明心見性，《九陽眞經》講的是武功，自爲他所不取了。」

尹克西拍了拍身子，笑道：「在下四大皆空，身上那有經書？」瀟湘子也抖了抖長袍，說道：「我也沒有。」張君寶突然喝道：「我來搜！」上前伸手，便向尹克西胸口扭去。尹克西左手在他手腕上一帶，右手在他肩頭輕輕一推，啪的一聲，將張君寶推了出去，摔了個觔斗。

覺遠叫道：「啊喲，不對，君寶！你該當氣沉於淵，力凝山根，這是《九陽眞經》中所說的道理。」張君寶爬起身來，應道：「是！師父。」縱身又向尹克西撲去。

衆人早便不耐煩了，忽聽覺遠指點張君寶武藝，都是一樂，均想：「料不到這位君子和尙居然也會教徒弟打架。」

只見張君寶直竄而前，尹克西揪住他手臂，向前一推一送。張君寶依著師父所授的方法，氣沉下盤，對手這麼一推，他只上身微晃，竟沒給推動了。尹克西吃了一驚，心想：「我對周伯通、郭靖、楊過一干人雖然忌憚，但這些人都是武林中頂兒尖兒的高手，除了這寥寥數人而外，我實已可縱橫當世，豈知連這小小孩童竟也奈何他不得？」加重勁力，向前疾推。張君寶運氣和之相抗。那知尹克西前推之力忽而消失，張君寶站立不定，撲地俯跌。尹克西伸手扶起，笑道：「小師父，不用行這大禮。」

張君寶滿臉通紅，回到覺遠身旁道：「師父，還是不行。」覺遠搖了搖頭，說道：「他這是故示以虛，以無勝有。眞經中言道，你運氣之時，須得氣還自我運，不必理外力從何方而來。你瞧這山峯。」說著一指西面的小峯，續道：「他自屹立，千古如是。大風從西來，暴雨自東至，這山峯既不退讓，也不故意和之挺撞。」張君寶悟性甚高，聽了這番話當即點頭，道：「師父，我懂了，再去幹過。」說著緩步走到尹克西身前。

楊過見他兩次都是急撲過去，這一次聽了覺遠指點幾句，登時腳步沉穩，心道：「他師徒想是修習《九陽眞經》已久，是以功力深厚。但兩人從沒想到這部經書不但教人強身健體，還教人如何克敵制勝、護法伏魔，因之臨敵打鬥的訣竅，竟半點不通。」

張君寶走到距尹克西身前四尺之處，伸出雙手去扭他手臂。尹克西哈哈一笑，左手砰的一聲，拍在張君寶胸前。他礙著大敵環伺在側，不便出手傷人，這一拍只使了一成力，但求令張君寶吃痛，叫他不敢再行糾纏。張君寶全然不知閃避，只見敵人手掌在眼前一晃，已拍在自己胸口，叫道：「師父，我捱打啦。」尹克西一掌擊中，斗覺對方胸口生出一股彈力，將掌力撞回，幸虧自己這一掌勁力使得小，否則尚須遭殃。他跟著左手探出，抓住張君寶肩頭，想提起他來摔一交，那知竟提他不起。

尹克西這一來倒甚尷尬，連使幾招擒拿手法，但均只推得張君寶東倒西歪，要將他摔倒卻是不能，迫得無奈，便連擊數掌，笑道：「小師父，我可不是跟你打架。君子動口不動手，還是請你走開，咱們好好的講理罷。」他每一掌都擊在張君寶身上，掌力逐步加重，但張君寶體內每次都生出反力，他掌力增重，對方抵禦之力也相應加強。

張君寶叫道：「啊喲，師父，他打得我好痛，你快來幫手。」尹克西道：「我這是迫於無奈，是你過來打我，可不是我過來打你。老師父，你要打我便請打好了，你於我有救命之恩，我是萬萬不敢還手的。」

覺遠搖頭晃腦的道：「不錯，尹居士此言有理……嗯，嗯，君寶，我幫手是不幫的，但你要記得眞經中所言，虛實須分淸楚，一處有一處虛實，處處總此一虛實。氣須鼓盪，神宜內歛，無使有缺陷處，無使有凹凸處，無使有斷續處。」

張君寶自六七歲起在藏經閣中供奔走之役，那時覺遠便將《九陽眞經》中紮根基的功夫傳授了他，但兩人均不知那是武學中最精湛的內功修爲。少林僧衆大都精於拳藝，但覺遠覺得掄槍打拳不符佛家本旨，抑且非君子所當爲，因此每見旁人練武，總遠而避之。直到此時張君寶迫得和尹克西動手，覺遠才教他以抵禦之法，但這也只是守護防身，並非攻擊敵人。張君寶聽了師父之言，心念一轉，當下全身氣脈流貫，雖不能如覺遠所說「全身無缺陷處、無凹凸處、無斷續處」，但不論尹克西如何掌擊拳打，他只感微微疼痛，並無大礙了。

饒是如此，尹張兩人的功力終究相去不可以道里計，尹克西倘若當眞使出殺手，自然立時便輕輕易易的殺了這少年，但他眼見楊過、小龍女、周伯通、郭靖等站在左近，那裏敢便下毒手？兩人糾纏良久，張君寶固不能伸手到對方身邊搜索，尹克西卻也打他不倒。只瞧得楊過等衆人暗暗好笑，瀟湘子不住皺眉。

郭襄叫道：「小兄弟，出手打他啊，怎麼你只挨打不還手？」覺遠忙道：「不可，勿嗔勿惱，勿打勿罵！」郭襄叫道：「你只管放手打去，打不過我便來幫你。」張君寶道：「多謝姑娘！」揮拳向尹克西胸口打去。覺遠搖首長嘆：「孽障，孽障，一動嗔怒，靈台便不能如明鏡止水了。」

張君寶一拳打在尹克西胸口，他從未練過拳術，這一拳打去只如常人打架一般，如何傷得了對方？尹克西哈哈大笑，心中卻大感狼狽。他成名數十載，不論友敵，向來不敢輕視於他，豈知今日在衆目睽睽之下，竟爾奈何不了一個孩童，下殺手傷他是有所不敢，想要提起他來遠遠摔出，卻有所不能，一時好不尷尬，只能不輕不重的發掌往他身上打去，只盼他忍痛不住，就此退開。

那邊廂覺遠聽張君寶不住口的哇哇呼痛，便也不住口的求情叫饒：「尹居士，你千萬不可下重手傷了小徒性命。這孩子人很聰明，良心好，知道我失了寺中紀念祖師手澤的經書鈔本，回寺必受方丈重責，這才跟你糾纏不清，你可萬萬不能當眞……」他求了幾句情，又忍不住出言指點張君寶：「君寶，經中說道：要用意不用勁。隨人所動，隨屈就伸，挨何處，心要用在何處……」張君寶大聲應道：「是！」見尹克西拳掌打向何處，心意便用到何處，果然以心使勁，敵人著拳之處便不如何疼痛。

尹克西叫道：「小心了，我打你的頭！」張君寶伸臂擋在臉前，精神專注，只待敵拳打到，那料到尹克西虛晃一拳，左足飛出，砰的一聲，踢了他個觔斗。張君寶幾個翻身，滾到楊過身前，這才站起。

覺遠叫道：「尹居士，你如何打誑語？說打他的頭，叫他小心，卻又伸腳踢他，這不是騙人上當麼？」衆人聽了都覺好笑，心想武學之道，原在實則虛之，虛則實之，虛虛實實，叫人捉摸不定，豈能怪人玩弄玄虛？

張君寶年紀雖小，心意卻堅，揉了揉腿上被踢之處，叫道：「不搜你身，終不罷休！」說著拔步又要上前。楊過伸手握住他手臂，說道：「小兄弟，且慢！」

張君寶手臂給他拉住，登時半身酸麻，再也不能動彈，愕然回頭。楊過低聲道：

「你只挨打不還手，終是制他不住。我教你一招，你去打他，且瞧仔細了。」於是右手袖子在張君寶臉前一拂，左拳伸出，擊到他胸前半尺之處，突然轉彎，輕輕一下擊在他的腰間，低聲道：「你師父教你：挨何處，心要用在何處。這句話最是要緊，你出拳打人，打何處，也是心要用在何處。你打他之時，心神貫注，便如你師父所言，要用意不用勁。」

張君寶大喜，記住了楊過所教的招數，走到尹克西身前，右手成掌，在他臉前一揚，跟著左拳平出，直擊其胸。尹克西橫臂一封，張君寶這一拳忽地轉彎，啪的一聲，擊中在他脅下。尹克西受過他拳擊，打在身上不痛不癢，雖見楊過授他招數，心下更沒半點在意，暗想我便受你一百拳、二百拳，又有何礙？那知這一拳只打得他痛入骨髓，全身顫動，險些彎下腰來。

他不知張君寶練了《九陽眞經》中基本功夫，眞力充沛，已非同小可，只不過向來不會使用，這時分別得到覺遠和楊過指點，懂得了用意不用勁之法，那便如寶劍出匣，利錐脫囊，威力大不相同。尹克西又驚又怒，眼見張君寶右手一揚，左拳又依樣葫蘆的擊來胸口，知他跟著便彎擊自己脅下，反手一抄他手腕，右手砰的一掌，將張君寶擊出數丈之外。張君寶內力雖強，於臨敵拆解之道卻一竅不通，如何能是尹克西之敵？這一下額頭撞在岩石之上，登時鮮血長流。他卻毫不氣餒，伸袖抹了抹額上鮮血，走到楊過身前，跪下磕了個頭，道：「楊居士，求你再教我一招。」

楊過心道：「我若再當面教招，那尹克西瞧在眼內，定有防備。這便無用。」於是在他耳邊低聲說道：「這一次我連教你三招。第一招左右互調，我使左手時，實則是該使右手，我出右袖時，你打他時須用左拳。」張君寶點頭答應。楊過當下教了他一招「推心置腹」。張君寶跟著他出拳推掌，心中卻記著左右互調。

楊過道：「第二招我左便左，我右便右，不用調了。」這一招叫做「四通八達」，拳勢大開大闔，甚具威力，張君寶試了兩遍便記住了。

楊過又低聲道：「第三招『鹿死誰手』，卻是前後對調，這一招最難，部位不可弄錯。你不會認穴，那也無妨，待會我在他背心上做個記號，你用指節牢牢按在這記號之上，那便制住他了。」當下錯步轉身，左迴右旋，猛地裏左手成虎爪之形，中指的指節按在張君寶胸口，低聲道：「這一招全憑步法取勝，你記得麼？」張君寶點頭道：「記得！」把這三招在心中默想一遍，走向尹克西身前。

當楊過教招之時，尹克西看得清清楚楚，心想：「這三招果然精妙，倘若你楊過突然對我施招，我倒也不易抵擋，但既這般當面演過，又是這個不會半分武術的小娃娃來出手，我若再對付不了，除非尹克西是蠢牛木馬。楊過啊楊過，你可也太小覷人了。」他氣惱之下，也沒加深思，眼見張君寶走近，不待他出招，一拳便擊中了他肩頭。

張君寶生怕錯亂了楊過所教的招數，眼見拳來，更不抵禦閃避，咬牙強忍。尹克西這一拳是先打他個下馬威，出拳用了五成力道，只打得他肩頭骨骼格格聲響。張君寶「啊喲」一聲，跟著右掌左拳，使出了第一招「推心置腹」。

當楊過傳授張君寶拳法時，尹克西瞧得明白，早便想好了應付之策，準擬一招便摔得他頭破血流，決不容他再施展第二招、第三招。那知張君寶這招「推心置腹」使出來時方位左右互調，和楊過所傳截然不同。尹克西左肘橫推，料得便可擋開他右手的一掌，不料手肘竟推了個空，砰的一聲，結結實實的吃了一拳，跟著自己右手又抓了個空，小腹上再中一掌，但覺得內臟翻動，全身冷汗直冒，這兩下受得著實不輕。他若非自作聰明，只須待敵招之到再行拆招，那麼張君寶所學拳法雖然神妙，以他此時功力，總不能出招如電，尹克西儘可從容化解，便算中了一拳，第二掌也必能避開。

張君寶一招得手，精神大振，踏上一步，使出第二招「四通八達」來。這一招拳法雖只一招，卻包著東西南北四方，休、生、傷、杜、死、景、驚、開八門。尹克西胸腹間疼痛未止，見這少年身形飄忽，又攻了過來，他適才吃了大虧，已悟到原來楊過所授的拳法左右互調，只道這一招仍是應左則右，應右則左，見那少年出手極快，便制敵機先，搶到左方，發掌便打。豈知這一招的方位卻並不調換，尹克西料敵一錯，出招全落在空處，只聽得劈啪聲響，左肩、右腿、前胸、後背，一齊中掌。總算張君寶打得快了之後內力不易使出，尹克西所中這四掌還不如何疼痛，但已手忙腳亂，十分狼狽。

覺遠心頭一凜，叫道：「尹居士，這一下你可錯了。要知道前後左右，全無定向，後發制人，先發者制於人啊。」

楊過心道：「這位大師的話定是引自眞經，委實非同小可，這幾句話倒讓我受益不淺。『後發制人，先發者制於人』之理，我以往只模模糊糊的悟到，從沒想得這般清楚。但他徒弟跟別人打架，他反而指點對方，也可算得是奇聞。」轉念又想：「憑那尹克西的天資，便細細苦思三年五載，也未必能懂得他這幾句話的至理。」

尹克西聽了覺遠的話，那想到他是情不自禁的吐露了上乘武學的訣竅，只道他是故意胡言亂語，擾亂自己心神，喝道：「賊禿，放甚麼屁！哎喲……」這「哎喲」一聲，卻是左腿上又中了張君寶的一腳。他狂怒之下，雙掌高舉，拚著再受對方打中一拳，運上了十成力，從半空中直壓下來。

張君寶第三招尙未使出，月光下見敵人鬚髯戟張，一股沉重如山的掌力直壓到頂門，叫聲：「不好！」待要後躍逃避，全身已在他掌力籠罩之下。

覺遠叫道：「君寶，我勁接彼勁，曲中求直，借力打人，須用四兩撥千斤之法。」

覺遠所說的這幾句話，確是《九陽眞經》中所載拳學的精義，但可惜說得未免太遲了些，事到臨頭，張君寶便聰明絕頂，也決不能立時領悟，用以化解敵人的掌力。這時他讓尹克西的掌力壓得氣也透不過來，腦海中空空洞洞，全身猶似墮入了冰窖。

尹克西連遭挫敗，這一掌已出全力，存心要將這糾纏不休的少年毀於掌底，縱然楊過等人不放過自己，那也顧不了許多，總之是勝於受這無名少年的屈辱。眼見便可得手，忽聽得嗤的一聲輕響，一粒小石子橫裏向左頰飛來，石子雖小，勁力卻大得異乎尋常。尹克西無可奈何，只得退一步避開。

這粒小石子正是楊過用「彈指神通」的功夫發出，他彈出石子之前，手中已先摘了幾朵鮮花，揑碎了團成個小球，石子飛出，跟著又彈出那個花瓣小球，石子射向尹克西的左頰，那花瓣小球卻在他背後平飛掠過。尹克西受石子所逼，退了一步，正好將自己項頸下的「大椎穴」撞到了花球之上。倘若楊過將花球對準了這穴道彈出，花球雖輕，亦必挾有勁風，尹克西自會擋架閃避，但這時他自行將穴道撞將過去，竟絲毫不覺，淺灰的衣衫之上，給花瓣的汁水清清楚楚的留下了一個紅印。

尹克西這一退，張君寶身上所受的重壓登時消失，他當即向西錯步，使出了楊過所授的第三招「鹿死誰手」。

尹克西一呆，尋思：「第一招他左右方位互調，第二招忽然又不調了，這一招我不可魯莽，且看明白了他拳勢來處，再謀對策。」他這番計較原本不錯，只可惜事先早落楊過的算中。楊過傳授這一招之時，已料到他必定遲疑，但時機一縱即逝，這招「鹿死誰手」東奔西走，著著搶先，古語云：「秦失其鹿，天下共逐之」，豈是猶豫得的？

張君寶左一迴，右一旋，已轉到敵人身後，月光西斜，照在尹克西背上，只見他項頸下衣衫上正有個指頭大的濕印。張君寶心想：「這位楊居士神通廣大，也沒見他過來，怎地果然在他背後作了記號？」不及細思，左手指節成虎爪之形，意傳眞氣，按在這濕印之上。這「大椎穴」非同小可，乃手足三陽督脈之會，在項骨後三節下的第一椎骨上。人身有二十四椎骨，古醫經中稱爲應二十四節氣，「大椎穴」乃第一節氣。尹克西「大椎穴」爲內勁按住，一陣酸痲，手腳俱軟，登時委頓在地。

旁觀衆人除瀟湘子外，個個大聲喝采。

張君寶見敵人已無可抗拒，叫聲：「得罪！」伸手便往他身上裏裏外外搜了一遍，卻那裏有《楞伽經》鈔本的影蹤？

張君寶抬起頭來瞧著瀟湘子。瀟湘子已知其意，心想自己武功和尹克西在伯仲之間，尹克西既已在這少年手底受辱，自己又怎討得了好去？在長袍外拍了幾下，說道：「我身上並無經書，咱們後會有期。」猛地縱起身子，往西南角上便奔。覺遠縱身竄出，擋在他面前。瀟湘子惡念陡起，吸一口氣，將他深山苦練的內勁全都運在雙掌之上，挾著一股冷森森的陰風，直撲覺遠胸口。

楊過、周伯通、一燈、郭靖四人齊聲大叫：「小心了！」但聽得砰的一響，覺遠已胸口中掌，各人心中正叫：「不好！」卻見瀟湘子便似風箏斷線般飄出數丈，跌在地下，縮成一團，竟昏暈了過去。覺遠不會武功，瀟湘子雙掌打到他身上，他既不能擋，又不會避，只有挨打，他修習《九陽眞經》已有大成，體內眞氣流轉，敵弱便弱，敵強愈強。那掌力擊在他身上，盡數反彈了出去，變成瀟湘子以畢生功力擊在自己身上，如何不受重傷？

眾人又驚又喜，齊口稱譽覺遠的內力了得。但覺遠茫然不解，口說：「阿彌陀佛，阿彌陀佛！」張君寶俯身到瀟湘子身邊一搜，也無經書。

楊過心下佩服，上前恭恭敬敬的合什行禮，說道：「大師神功，修爲了得，世所罕見，晚輩拜服。」覺遠道：「居士適才指點小徒，制服惡人，小僧多謝了。」楊過道：「不敢！」退回到小龍女身邊。

黃蓉說道：「大師父，小女子有一事不明，想請大師父指點。」覺遠道：「不敢當。女施主有何垂詢，小僧但教所知，自當奉告。」黃蓉道：「大師父適才言道，在那四卷楞伽經的夾縫之間，有一部武學奇書，叫作《九陽眞經》。想那達摩祖師是天竺人氏，他寫的如是天竺梵文，張君寶小弟弟想是得大師指點，這才讀懂了。那兩個惡人搶了經書，不識梵文，那也枉然。」覺遠微微一笑，說道：「這部《九陽眞經》，乃是用我中華文字書寫。」黃蓉道：「聽說達摩祖師雖能講論我中華言語，卻不會書寫中華文字，難道這位祖師菩薩當眞佛法無邊，神通廣大，欲寫便寫嗎？」

郭襄一斜眼，見張君寶頭上傷口中兀自汩汩流血，於是取出手帕，替他包紮，想到楊過便會偕小龍女離去，此後不知是否再能得見，心中酸痛，雙目淚水瑩然。張君寶見人人都神色溫和，獨有這位美麗可親的小姐姐卻傷心眼紅，不明所以，可不敢相問，本來要稱謝的話也說不出口了。

只聽覺遠說道：「達摩祖師最初來我中華時，是在梁朝梁武帝時，其時我中華早有紙張，而天竺未有紙張，所有經文，全以尖針在貝葉上刻以梵文。達摩祖師所攜來的楞伽經，即是刺在貝葉上的梵文。貝葉易碎，且不易翻讀唸誦，祖師渡江到了少林寺後，本寺先輩僧侶便在白紙上鈔錄了梵文經文的原文。這些白紙裝釘成本，便成了四本梵文楞伽經。這四本楞伽經行間甚寬，留下了不少空白，不知何時，有一位先輩高人在行間的空白中以華文寫下了四卷《九陽眞經》，說的是強身健體、修習內功的法門，甚爲高深秘奧。小僧奉命看管打掃藏經閣，凡閣中藏經，小僧無不拜讀，佛祖以及歷代高僧大德所傳的聖訓金言，小僧誦後必牢記在心，身體力行，不敢有違。這《九陽眞經》中所說的，並非脫苦涅槃的聖諦，也不是說空及非空的中觀之道，更不闡明緣起大義及諸法實相，小僧無人指點，也不敢去求方丈以及寺中高僧教誨，只好熟讀記誦，依法修習，閒來也傳了一些給小徒君寶。他如用來好勇鬥狠，與人打架，那便不符我佛大慈大悲之道了。」

黃蓉、楊過等聽了，不禁啞然，心想：「這位老和尚迂腐之極，跟他談不出甚麼。」

楊過說道：「適才我聽這兩個奸徒說話，那經書定是他們盜了去的，只不知藏在何處。」武修文道：「咱們來用一點兒刑罰，瞧他們說是不說。」覺遠道：「罪過，罪過，千萬使不得。」

便在此時，忽聽得西邊山坡上傳來陣陣猿啼之聲。衆人轉頭望去，見楊過那頭神鵰正趕著一頭蒼猿，伸翅擊打。那蒼猿軀體甚大，但畏懼神鵰猛惡，不敢與鬥，只東逃西竄，啾啾哀鳴。

尹克西站起身來，扶起了瀟湘子，向蒼猿招了招手。那蒼猿奔到他身邊，竟似是他養馴了的一般。兩人夾著一猿，腳步蹣跚，慢慢走下山去。衆人既見張君寶已搜過二人，身上確無經書鈔本，料想再加盤詰也無效果，又見二人這等情景，不禁惻然生憫，也沒再想到去跟他二人爲難。

覺遠與張君寶追不到經書，便即向一燈、楊過等道謝，告別下山自去。

楊過朗聲說道：「今番良晤，豪興不淺，他日江湖相逢，再當杯酒言歡。咱們就此別過。」向一燈、周伯通、瑛姑、黃藥師、郭靖、黃蓉、點蒼漁隱、武三通、朱子柳等各位前輩行禮拜別，和程英、陸無雙表姊妹執手告別，轉頭對郭襄道：「小妹子，你好生保重，你如有何爲難之事，雖無金針，仍可來要我爲你辦到。」以前贈以三枚金針，答允郭襄辦三件事，此時不贈金針，等於說不論多少難事，一概皆允，全不推辭。

郭襄嗚咽道：「多謝大哥哥！多謝楊大嫂！」楊過再和耶律齊、郭芙、武氏兄弟夫婦揮手相別，袍袖一拂，攜著小龍女之手，與神鵰並肩下山。

其時明月在天，清風吹葉，樹巔烏鴉啊啊而鳴，郭襄再也忍耐不住，淚珠奪眶而出。正是：

「秋風清，秋月明；落葉聚還散，寒鴉栖復驚。相思相見知何日，此時此夜難爲情。」

（全書完。郭襄、張君寶、覺遠、《九陽眞經》等事蹟，在《倚天屠龍記》中續有敘述。）

易經・陰陽與術數

我國學術界多數意見，認爲《易經》成於殷末周初，成立的時候極早，本來的作用是卜占吉凶，作爲行爲的指導。古人迷信，對於自然界、命運、戰爭的結果、婚姻、建屋等等大事都不了解，惴惴不安，便占卦來作決定。《易經》的基本道理，是古代哲人根據觀察事理和人生經驗而得出來的教訓，教導人們：萬事變動不居，不會固定不易，物極必反，做事不可趨於極端。即使以現代的哲學來看，那也是極有道理的。一般認爲，《周易》應當在西周初年即已成型。向來說是周文王所作，這未必爲事實，但周文王根據傳統資料，加以整理編輯，當有可能。

《易經》以八卦來表示，以一表示陽，以- -表示陰（現代西洋自然科學以＋表示陽，以－表示陰，意思相同）。《易經》的根本觀念是陰陽，這本是道家的觀念，後來爲儒家所利用。

孔子對《易經》是很佩服的，似乎遺憾沒有好好的學習它。《論語•述而》：「子曰：加我數年，五十以學《易》，可以無大過矣。」《易經》的爻辭之後，有十篇解釋經文與爻辭的文字，稱爲《易傳》，或稱《十翼》，儒家相傳都說是孔子所作。但宋代歐陽修即表懷疑，近代學者如馮友蘭、錢穆、李鏡池、戴君仁、陳鼓應等諸位先生以充分證據證明非孔子之作，大概是戰國較後期學人加上去的。

儒家的最重要經書《論語》中極少提到陰陽，孔子也幾乎不談陰陽。

陰與陽是中國人思想中極早出現的一種觀念。本來是指日光的向背，向日爲陽，背日爲陰。中國的地名中陰陽二字甚多，一個地方在山峯或河流附近，太陽照到的稱之爲陽（水之北、山之南），背著日光的稱爲陰（水之南、山之北）。在西周時代，周太史伯陽父即以陰陽二氣來解釋爲甚麼發生地震，認爲那是陰陽二氣不能調和而衝擊，因而發生地震。《紅樓夢》中，史湘雲向她的丫鬟翠縷解釋陰陽的概念，就旣淺明而又有趣。一般認爲，天地宇宙之間，任何事物都有陰陽，所以電有陰電、陽電，人有陰（女）陽（男）之分。日爲太陽，月爲太陰。老子說：「萬物負陰而抱陽，沖氣以爲和。」莊子更以爲，陰陽二氣是人以及萬物的直接根源。《莊子•田子方》：「至陰肅肅，至陽赫赫，肅肅出乎天，赫赫發乎地，兩者交通成和而物生焉。」

《易經》的原本本來很注重陰陽，但後世的傳世本《易經》反而不大討論陰陽的互濟，可能是目前流行的傳世本經過後世「尊陽貶陰」的儒門弟子所改動。長沙馬王堆漢墓出土的帛書本《易經》，時代較傳世本爲古，對陰陽規律性的談論反而更多且更好。李學勤先生著《周易經傳溯源》一書見解精闢，其中說：「易卦由陰陽兩爻構成，本來蘊含著陰陽說的哲理，故《繫辭》云：『一陰一陽之謂道。』但傳世本經文的卦序，卻很難找出合於陰陽說的規律性。在體現陰陽規律這一點上，帛書本顯然勝於傳世本。」

《易經》中有八卦，以⚊表示陽，⚋表示陰，古代書寫與印刷術不如今日，八卦重疊有時寫或印時容易不清楚，用數字來表示就不易誤會，而且以後談到時易於引用。八卦每一卦都由兩卦重疊而成，每一畫叫做一爻，從下向上數上去。例如「泰卦」，是乾下坤上，畫出來是䷊，用數字來表示，陽以九代，陰以六代，第一畫叫「初」，第二畫叫「二」，最後第六畫叫「上」，這泰卦寫出來便是初九、九二、九三、六四、六五、上六。「同人卦」是離下乾上䷌，用文字寫便是初九、六二、九三、九四、九五、上九。

以數字代表符號是到了戰國後期的《易傳》才見之於書，所以拿九的數字代表陽，拿六代表陰，據我個人猜想，當時紙張筆墨尚未發明，戰國人著書，用刀在竹簡、木簡刻畫八卦，⚊⚋兩種符號很易混淆，用九六兩字代表就易得多，寫在文字中不易誤會。有人以爲，陽必須九，其他數字不可，陰必須六，其他數字不可，這是混淆了兩種不同觀念，等於說陽電以+表示，陰電以-表示，所以計算陰電陽電的數據時只能加(+)減(-)，不能乘(×)除(÷)，因×÷不代表陰陽電也。其實傳統的中國人並不這樣拘泥，新年祝賀時常說「三陽開泰」，並不說「九陽開泰」，中醫認爲頭部是手三陽、足三陽經絡的六陽之會，所以稱頭爲「六陽會首」或「六陽魁首」，並不稱之爲「九陽魁首」。「六陽正氣丸」是一種流行極廣的中藥，並不需改稱爲「九陽正氣丸」。

以戰國後期之人的意見，硬要去約束殷周或西周時代的《易經》，未免是以後拘前了。《紅樓夢》中林黛玉生肺結核，至近代才有肺結核特效藥，論者指摘曰：何不使用特效藥 **Rifampicin, Isoniazid** 去治林妹妹的病？薛寶釵送她燕窩，有甚麼用？尤二姐覺大限吞生金，痛苦不堪而死，現代讀者指摘曰：尤二姐缺乏常識，何不服安眠藥，痛苦就少得多了？

道家哲學一直認爲陰陽並重，太極圖中雙魚對稱，陰盛則陽消，陽盛則陰消，陰陽完全相等，物極必反。陰漸盛，自少陰發展至老陰，陰盛極就開始衰，出現少陽、陽明、而至老陽，有一個循環轉變的過程。強調陽剛而貶低陰柔，是儒家中某一派（有人認爲可能是子張之徒）的觀點。董仲舒更將陰陽之說用之於人事，尊陽貶陰，用以尊君貶臣、重男輕女。董仲舒《繁露・基義》：「君臣父子夫婦之義，皆取諸陰陽之道。君爲陽，臣爲陰。父爲陽，子爲陰。夫爲陽，妻爲陰。」儒家強調人倫之中，以三倫爲綱：

「君爲臣綱、父爲子綱、夫爲妻綱」，儒家爲了維持宗法社會中禮教的架構，將陰陽作了便利的解釋。董仲舒之學在西漢大盛，《易傳》中九陽六陰的代號更爲人用作表示重陽輕陰，其實《易傳》本身，也未必認爲九比六更重要。

在世界各民族中，數字大致上並無特殊意義，西方人說七字吉利，十三不祥，六六六是魔鬼，都是後世的迷信。中國人、日本人不喜「四」，因與「死」同音，也非古俗。當代廣東人喜「八」，因音近「發」，最近上海人認爲「4」字吉利，因在簡譜中爲Do、Re、Mi、Fa之Fa，即「發」，表示發達、發財。

卜占本來以龜甲、牛骨爲工具，但甲骨卜占不易，後來改採簡易的方法用筮草。筮草常一五一十的來數，五與十這兩個數字在術數家的說法中有了特殊意義。《易傳・繫辭》云：「天一、地二、天三、地四、天五、地六、天七、地八、天九、地十。」《乾鑿度》云：「陽動而進，陰動而退。故陽以七，陰以八爲彖。易一陰一陽，合而爲十五，之謂道……五音六律七變，由此作焉。故大衍之數五十，所以成變化而行鬼神也。日十干者，五音也。辰十二者，六律也。星二十八者，七宿也。凡五十所以大閡物而出之者也。孔子曰：陽三陰四，住之正也。」鄭康成注云：「五象天之數，奇也；十象地之數，偶也。合天地之數，乃謂之道。」到宋朝，劉牧有所謂「河圖」，朱熹有所謂「洛書」，都是一大堆數字。馮友蘭先生在《中國哲學史》中說：「所謂象數之學，初視之似爲一大堆迷信，然其用意，亦在於對於宇宙及其中各方面之事物，作一有系統的解釋。」到後來曆法、方位、日月、星辰、春夏秋冬、金木水火土、宮南角徵羽、政治吉凶、行軍打仗、生辰八字、婚姻風水，無一而不與術數有關。

古人說到數字，遠不如今人之精確。《呂氏春秋．有始篇》謂：「天有九野，地有九州，土有九山，山有九塞，澤有九藪，風有八等，水有六川。」地有九州，那是事實，天有九野，是那九種野？就不詳說了，這已接近於陰陽五行家的說法。

吾友臺灣葉洪生兄有《論劍》一書之作，根據《易傳》的說法而堅認「九陰眞經」之名不通，蓋《易傳》認爲陽爲九而陰爲六，所以應改稱「六陰眞經」，他說：「道家既無『九陰』怪談（佛家亦無）。」其實宋人黃裳撰寫「九陰眞經」，本爲子虛烏有之事，而且他只研讀道書，根本不理儒家所尊崇的《易經》，《易傳》中之大部分當非孔子所作（郭沂先生主張《易傳》中的一部分可能經孔子整理），可能是戰國後期的儒門弟子（或非儒門弟子）所撰，雖內容甚佳，但黃裳先生自可以「我道不同」，置之度外。他硬要寫《九陰眞經》，別人恐亦無可奈何。（你打得過他嗎？）吾友楊興安兄在談論拙作《月雲》一文文末有注云：「臺灣葉洪生在專著《論劍》中說：『陽爻以九爲老（至陽），陰爻以六爲老（至陰）』，認爲無『九陰』。友人嚴曉星查得道教類書中有《帝君九陰經》。『九陰』一詞，最早見於《山海經．大荒北經》。三國葛玄《道德經．序》有『禍滅九陰，福生十方』之言。」《易傳》是儒家及陰陽家之學，認爲陽重於陰，因此陽九陰六，至西漢儒家爲了尊君、尊父、尊夫，更大大的重陽輕陰，出於政治及意識形態的需要，並無適當的哲學內容。《九陰眞經》是道家武學，主張柔能克剛，陰勝於陽，因此稱爲「九陰」。「降龍十八掌」特重乾卦，因此爲陽剛武學，與「九陰眞經」截然不同。

葉洪生兄研究近代武俠小說，功力深厚，惟將拙作小說中的胡思亂想，一本正經的考據一番（《九陰眞經》講的是武學，與陰陽八卦、老陰老陽的術數完全無關），未免近於「覺遠大師風度」了，作學問如此認眞，令人佩服，只不過我的即興空想並非學問。楊興安、嚴曉星二兄辛勤爲此小問題查閱道藏，極感。其實儒家、陰陽家在先秦均爲諸子，《易傳》混和儒、道、陰陽家諸說，陰陽家盛於齊東，喜浮誇虛妄，先秦學者稱之爲「齊東野語」，未必能爲一切學問之權威根據。但陰陽家的術數理論，對後世儒家影響很大。漢代經學主流是以陰陽家學說說經，王莽好符命，漢光武信緯讖，都有政治和宣傳目的，宣傳的宗旨是「主公應做皇帝」。後來古文家經學興起，反對緯讖及陰陽家之言，但直到大學者揚雄，仍脫不了陰陽術數之說。揚雄撰《太玄經》，總原理爲「一玄」，分而爲三，共爲「三方」，又各分爲三，共爲「九州」，又各分爲三，共「二十七部」，又各分爲三，共「八十一家」，結論說：「方州部家，三位疏成。曰：陳其九九，以爲數生，贊上羣綱，乃綜乎名，八十一首，歲事咸貞。」太玄經的象數是「一與六共宗；二與七共明；三與八成友；四與九同道；五與五相守。」這些數字遊戲，說來神祕得很，與方士神仙之道相通，到底有甚道理，誰也說不清楚，似乎對之不必太認眞，正如馮友蘭先生所云，是「一大堆迷信」。

其實，我們把《易經》以及其中的《易傳》當作是一種人生哲學以及宇宙觀來閱讀，可以見到很多深刻而有益的思想。《易傳》由於吸收了大量老莊以及田齊稷下的道家思想，表達了富於哲理的對人生、人事、事物發展的思想，很值得作爲我們思考的依據。

例如，《易經》強調陰陽兩種矛盾力量的互相衝突，就像辯證法中所說那樣，陰陽兩種相反力量不斷的在發展、矛盾、激化、消長、轉換。辯證法認爲一種力量壓倒了另一種，出現了「否定」的結果，又可以「否定的否定」。《易經》則認爲陰盛陽消、或陽盛陰消只是部分的消長，一種力量增強了，另一種相反的力量相應減弱，而不必完全消滅。中間有一個發展過程。《易經》中有時一個卦陽多陰少，陽極多時陰完全沒有了。到陽發展到頂點時又可一變而出現陰。所謂「亢龍有悔」、「履霜堅冰至」，都強調「物極必反」，「相反力量在不知不覺中來臨」，有「自量變而質變」的含義。

《易經》與《易傳》強調「變動不居」，「易經」之「易」，其中一義指的是「變易」，「豐卦」：「日中則昃，月盈則食，天地盈虛，與時消息，而況於人乎？況于鬼神乎？」「損卦」：「損剛益柔有時，損益盈虛，與時偕行。」「復卦」：「復，亨，剛，動而以順行，是以出入無疾，朋來無咎。『反復其道，七日來復』，天行也。『利有攸往』，剛長也。復，其見天心乎？」《易經》把「有往必有復，往復循環」當作是天地的主要規律，人事也是如此。

《易傳》中也發揮一些老子「柔弱勝剛強」、「弱之勝強，柔之勝強，天下莫不知，莫能行」的道理。但基本上是崇陽剛而貶陰柔。

《易經》與《易傳》中教導人謙遜而不自滿，不可貪心務得，所以「謙卦」、「損卦」都是好卦。喜歡釋《易》的人常說：最壞的「否卦」比最好的「泰卦」更好。因爲到了最壞的谷底之後，往後發展只能漸漸變好，到了好的頂點，往後只能走下坡，所謂「否極泰來」，「泰極否來」是也。

道家有「陽九」、「陰九」之說，都是指大災難、大厄運，「陽九」指大旱災九年，「陰九」指大水災九年，平均數每八十年有一個大災年。曹植〈王仲宣誄〉：「會遭陽九，炎光中矇」，弔唁其喪。錢謙益〈慈光寺〉詩：「嗚呼，卅年來滄桑逼陽九。」小說中用「九陽眞經」、「九陰眞經」是逆用其意，意謂武功本身之中，包含有重大災難，必須謹慎使用。

我國古文辭中，確有「九陰」、「九陽」的名稱，並不如葉君所云：「九陰不成立。」其實所謂「九陰不成立」，只是《易傳》中不用「九陰」這個術語而已。黃裳鑽研道藏，他的著作不必依據儒家「六經」中的《易經》，即使重視《易經》，也不一定要重視戰國時儒門弟子所私撰的《易傳》，更加不必重視西漢董仲舒為了尊君、振三綱而強調《易傳》中尊陽貶陰的不平衡觀點。王莽、漢光武搞符命、緯讖，是一種宣傳「天命在我」的政治行動，道家的武學著作完全可以置之不理。

在我國古文辭中，「九陰」表示陰氣極盛，〈葛仙公道德經序〉：「禍厭九陰，福生十方」意謂陰氣極盛有禍，又指極北的幽冥之地；柳宗元〈天對〉文中云：「爰北其首，九陰極冥。」湛若水〈交南賦〉：「燭九陰於赤水兮，覿馮夷之幽宮。」馮夷為水神，居極北之地。「九陽」指太陽或日出處，《後漢書・仲長統傳》：「沆瀣當餐，九陽代燭。」《楚辭・遠游》：「朝濯髮於湯谷，夕晞余身兮九陽。」嵇康〈琴賦〉：「夕納景於虞淵兮，日晞幹於九陽。」在《神鵰》及《倚天》小說中，「九陰眞經」的宗旨極重陰柔，是老子的道家之學；「九陽眞經」的宗旨是陰陽調和及互濟，糾正道家之偏。

武俠小說中的門派、人名、招式、功夫等等，都是作者的杜撰自創，可以批評其名稱不雅、違反常規、不合邏輯，但不能以清朝人的著作，來批評唐朝人的著作。甚麼「辟邪劍法」、「葵花寶典」、「獨孤九劍」、「降龍十八掌」、「凌波微步」、「九陰眞經」、「九陽眞經」等等，全是金庸的胡思亂想，等於是令狐冲和岳靈珊所創的「冲靈劍法」。桃谷六仙如宣布已創制成功「桃谷六神功」，只金庸可予以制止，不令宣布，別人大概也沒有甚麼法子，不能批評其「六神功」不妥，以「七神功」較合。你如能辯得贏這六位仁兄，放棄原意而改採閣下建議，閣下已有資格列入「桃谷七仙」了。

「九陰眞經」、「九陽眞經」之名，係撰作人黃裳先生及另一位無名高人根據道書而撰作，與儒家無關，與儒家尊爲六經之一的《易經》無關，更與可能是戰國後期甚至是秦漢時始成的《易傳》無關。《易傳》方創九陽六陰之說，黃裳與無名高人全當他們是「放邢種氣」。正如老子的哲學中有若干樸素的辯證法，豈能以後世黑格爾、恩格斯、馬克思之辯證法來指摘老子乎？老子曰：「知其白、守其黑。」此「黑」，非黑格爾也；公孫龍子曰：「白馬非馬」，此「馬」，非馬克思也。

少年讀者要學習《易經》，可參讀朱伯崑、高亨、張岱年、錢穆、侯外廬、任繼愈、李鏡池、馮友蘭、李學勤、陳鼓應等諸位先生的著作。我的小說中所說的「九陰」、「一陽」之類，屬於遊戲文章，並無眞正的實際意義，不必認眞注意。

後記

《神鵰俠侶》的第一段於一九五九年五月二十日在香港《明報》創刊號上發表。這部小說約刊載了三年，也就是寫了三年。這三年是《明報》初創的最艱苦階段。重行修改的時候，幾乎在每一段的故事之中，都想到了當年和幾位同事共同辛勞的情景。

《神鵰》企圖通過楊過這個角色，抒寫世間禮法習俗對人心靈和行爲的拘束。禮法習俗都是暫時性的，但當其存在之時，卻有巨大的社會力量。師生不能結婚的觀念，在現代人心目中或許已很淡泊了，然而在郭靖、楊過時代卻是天經地義。然則我們今日認爲天經地義的許許多多規矩習俗，數百年後是不是也大有可能給人認爲毫無意義呢？

道德規範、行爲準則、風俗習慣等等社會的行爲模式，經常隨著時代而改變，然而人的性格和感情，變動卻十分緩慢。三千年前《詩經》中的歡悅、哀傷、懷念、悲苦，與今日人們的感情仍無重大分別。我個人始終覺得，在小說中，人的性格和感情，比社會意識、政治規範等等具有更大的重要性。郭靖說：「爲國爲民，俠之大者。」這句話在今日仍有重大的積極意義。但我深信將來國家的界限會消滅，那時候「愛國」、「叛國」等等觀念就沒有多大意義了。然而父母子女兄弟間的親情、純眞的友誼、愛情、正義感、仁善、勇於助人、爲社會獻身等等感情與品德，相信今後還是長期的爲人們所讚美，這似乎不是任何政治理論、經濟制度、社會改革、宗教信仰等所能代替的。

武俠小說的故事不免有過份的離奇和巧合。我一直希望在小說中所寫的，武功可以事實上不可能，人的性格應當是可能的。楊過和小龍女一離一合，其事甚奇，似乎歸於天意和巧合，其實卻須歸因於兩人本身的性格。兩人若非鍾情如此之深，決不會一躍入谷中；小龍女若非天性恬淡，再加上自幼的修練，決難在谷底長時獨居；楊過如不是生具至性，也定然不會十六年如一日，至死不悔。當然，倘若谷底並非水潭而係山石，則兩人躍下後粉身碎骨，終於還是同穴而葬。世事遇合變幻，窮通成敗，雖有關機緣氣運，自有幸與不幸之別，但歸根結底，總是由各人本來性格而定。

神鵰這種怪鳥，現實世界中是沒有的。非洲馬達加斯加島有一種「象鳥」（Aepyornistitan），身高十呎餘，體重一千餘磅，是世上最大的鳥類，在公元一六六〇年前後絕種。象鳥腿極粗，身體太重，不能飛翔。象鳥蛋比駝鳥蛋大六倍。我在紐約博物館中見過象鳥蛋的化石，比一張小茶几的几面還大些。但這種鳥類相信智力一定甚低。

《神鵰俠侶》修訂本的改動並不很大，主要是修補了原作中的一些漏洞。

一九七六年五月

在第三次修改《神鵰》之後，曾加寫了三篇附錄，第一篇討論易經與道家、儒家、陰陽家的陰陽八卦之說。這時又細讀了蘇州大學束景南教授（現在浙江大學）贈給我的大著《中華太極圖與太極文化》，很受教益，其中討論到很多道教關於內丹修鍊的問題，我因一竅不通，在所寫那篇附錄的文字中沒有涉及。只深深覺得，天下學問深奧奇妙者極多，對於自己不懂的部分，如沒有決心盡力去學習鑽研，最好坦認不懂，不要去碰。

另外兩篇，一篇關於忽必烈的性格和行為，另一篇敘述襄陽的攻守，可以作為年輕讀者們閱讀《神鵰》的背景資料。但因客居香港，手邊關於元史的參考材料不多，更缺原始資料，又沒有師友可以請教蒙古文中的疑難，對歷史上的結論自己信心不足，所以這兩篇附錄沒有附入本書。

朱光潛先生談美學中的「距離說」，我一向很是尊崇。年輕之時，一讀之下便即信服，後來多讀了一些中外的美學與哲學書，仍覺朱先生的說法簡明易解，很能說明問題。朱先生主要說，以審美眼光欣賞藝術品，要撇開功利性的、知識性的觀點，純以審美性的眼光去看，譬如說，欣賞一幅「游魚圖」，要看圖中游魚姿態之美、運動之美，構圖、色彩和線條之美，全心投入，以致心曠神怡。功利觀點則要想這條魚從那裏買來，要多少錢，這條魚重幾斤幾兩，市場上賣多少錢一斤，可以在水裏養多少時候不死，如請上司、父母、朋友或愛人吃飯，把這條魚殺了請他吃，他是否會十分喜歡等等。知識觀點則要研究這條魚屬於甚麼類、甚麼科、叫甚麼名字，拉丁文學名是甚麼，是淡水魚還是海水魚，主要生產於甚麼水域，這條魚是雌的還是雄的，如是雌的，在甚麼季節產卵，它以甚麼東西作食物，能不能人工飼養，它的天敵是甚麼。即使是漁市場商人或古生物學家，觀賞游魚圖時也應純用審美觀點，不要混入自己的專業觀點。

莊子與惠子在濠上觀魚，討論魚是否很快樂，你（我）不是魚，怎麼能知道魚快樂不快樂？楊過、小龍女和瑛姑觀魚，大概會想像魚這麼一扭一閃，迅速之極，是不是能用在武功身法之中？八大山人、齊白石觀魚，所想的多半是用甚麼線條來表現游魚之美；而法國印象派大畫家塞尚等人，心中所想的圖畫，當是一條魚給人剖開後血淋淋的掛在蔬菜之旁，用的是甚麼線條、顏色。舒伯特觀鱒魚時，腦子中出現的當是跳躍的音符與旋律。張仲景、李時珍所想的，當然是這種魚能治甚麼病，補陰還是補陽，要加甚麼藥材。我在香港住得久了，很能了解「洪七公觀點」，他老人家見到魚，自然會想這條魚清蒸滋味如何，紅燒又如何？頭、尾、肚、背、燴、烤、燻、煮，又各如何？老叫化自己動手怎麼樣？要小黃蓉來作又怎麼樣？

閱讀小說，最合理的享受是採審美態度，欣賞書中人物的性格、感情、經歷，與書中人物同喜共怒，同哀共樂，既打成一片，又保持適當的觀賞距離（觀看從小說改編的電影、電視連續劇也是一樣），可以欣賞（或討厭）書中文字之美（或不美）、人物遭遇之奇（或不通）、故事結構之出人意表（或糟不可言）、人物性格之美（或醜惡）……我看小說、看電影、電視一向是用這種態度的。有一段時期中，我在報紙上專門寫電影評論，每天一篇（香港放映的電影極多，每天評一部根本評不完），後來又進電影公司專業做編劇和導演，看電影時便注意鏡頭的長短和銜接（蒙太奇）、色彩配搭、鏡頭角度及長短、燈光明暗、演員的表情和對白等等，看電影的審美樂趣便大大減少了，理智的態度多了，情感的態度少了，變得相當冷靜，不大會受感動，看大悲劇時甚至不會流淚。在電影中聽交響樂、看巴蕾舞時甚至不會心魂俱醉、魂不附體，藝術欣賞的意義就大大減少了。

讀小說而採用功利觀點（這小說是否合於無產階級鬥爭的革命思想？合不合革命現實主義的理論指導？對人民羣衆的教育作用怎樣？）、或知識觀點（小說中所寫是不是符合歷史記載？物理學上有無可能，某本權威哲學書中是這樣主張的嗎？這種毒藥能毒死人嗎？能把屍體化爲黃水嗎？一個人手臂給人斬落了，重傷之後還能騎馬出奔而不死嗎？鳥類智力這樣低，能與人拆招而顯示武功麼？魯智深能連根拔起一株大楊樹嗎？沒有東風時可以築壇行法而借來東風嗎？戴宗腿上縛了有符咒的甲馬，就可日行八百里，去參加奧運馬拉松賽豈非穩得金牌？根據歷史，關羽並沒有在華容道上義釋曹操，《三國演義》這樣寫，豈非把三國的歷史全改變了？），讀小說時的趣味大減。當然也可以這樣持批判的態度來讀，然而已不是審美的態度，不是享受藝術、欣賞文學的好態度了。所以，忽必烈的眞正性格怎樣，楊過是否在襄陽城下飛石擲死蒙古大汗蒙哥，我想在小說中最好不討論，我會在另外寫的歷史文章中談論，那是知識性的文章，便該用知識性的態度去閱讀。（例如，我在小說《碧血劍》中，寫袁承志有很大自由，他要愛青青便愛青青，要愛阿九便愛阿九。在歷史文章〈袁崇煥評傳〉中，任何史實寫錯了，都須設法改正。）

有些讀者因爲自己的性格與小說中的人物大大不同或甚至相反，無法理解小說中人物爲甚麼要這樣做，他覺得根本是不合理的、違反常識的、甚至是絕對不可能的（尤三姐因柳湘蓮不肯娶她，便會橫劍自殺嗎？），他覺得小說這樣寫十分「不通」，小說中人物的表現是「莫名其妙」，書中人物完全可以採取一種更明智、更合理的辦法來解決問題。

對於楊過的性格衝動、憑一時意氣而「胡作非爲」，很多人不能理解，尤其是理智極強的自然科學家。他們覺得，楊過初出場時像韋小寶，到後來像蕭峯，性格在書中變化很大。一個十二三歲的小孩到三十幾歲的中年人，性格一定會變，那並不希奇。問題是理智人不理解熱情人，這是世上許多悲劇發生的原因之一。理智人不理解楊過、蕭峯、段譽……，他們覺得楊過不該想殺郭靖，蕭峯不該自殺，段譽不該苦戀王語嫣，葉二娘不該對玄慈方丈一往情深，李莫愁這樣美貌聰明，又何必對陸展元念念不忘？黃蓉不該猜疑楊過，殷離「不識張郎是張郎」太不科學……

有人覺得，楊過懷疑郭靖是殺父仇人，應該以理智態度冷靜查明，不該一時衝動想殺他報仇、又一時衝動救他性命。如果楊過是福爾摩斯，或是英國偵探小說家克麗絲蒂筆下的白羅或瑪波小姐，又如是包公、況鍾、或彭公、狄公，當然他會頭腦冷靜的搜集證據，詢問証人（例如程英、黃藥師），然而他是性格衝動的楊過。性格衝動和聰明絕頂毫不矛盾，只有某些不喜歡藝術的科學家才會以爲兩者矛盾。藝術家中身兼二者的實在太多了。一個人如果不聰明、又不熱情，決做不成藝術家。屈原、司馬遷、李白、李義山、杜牧、李後主、李清照、蘇東坡、曹雪芹、龔自珍、巴金、徐悲鴻……這些大藝術家難道不是既聰明、又熱情嗎？每位中國科學院的院士，大概都可從他們身世之中，找到一些不合理的行爲（尤其是在青少年時期。一生生活絕對合理的人，恐怕也成不了大科學家）。

純從理智的觀點來看，莎士比亞的四大悲劇都是不成立的。哈姆雷特早該一劍殺了叔王爲父王報仇，不該優柔寡斷、躊躇不決。奧賽羅應該追究依阿果的誹謗，證明妻子苔茲狄夢娜的清白，不該扼死妻子。馬克白不該野心勃勃的弒國王而篡位；李爾王稍稍頭腦清楚一點，就該知道女兒在欺騙他。

有些「現代化」的「聰明」讀者覺得楊過很蠢，不該苦等小龍女十六年，應當先娶公孫綠萼，得到岳母給他半粒絕情丹解了身上情花之毒，再娶程英、陸無雙兩個美女，最後與郭襄訂情，然後到絕情谷去，握著郭襄的小手，坐在石上，瞧瞧小龍女有沒有來，她如不來，再娶郭襄也就心安理得。（這樣，楊過變成了「聰明的」韋小寶！）

黃蓉懷疑楊過對小郭襄這樣大張旗鼓的祝壽，是爲了騙得她的芳心，令她一生一世受苦，用以向郭家報仇。不是的，黃蓉又不懂楊過了。郭襄這樣可愛的一個小妹妹，秀美豪邁，善解人意，聰明伶俐，楊過心中早就眞的喜歡她了，給她三枚金針，就是說：「不論你叫我做甚麼，我都答允！就是要我爲你死了也可以！」大張旗鼓的爲一個小姑娘做生日，是熱情而衝動的年輕人的狂妄行爲，老成持重的理智中年人當然不幹。外國有個年輕人爲了向他的愛人表示情意，租了架飛機，在空中寫大字「我愛你」，楊過這種狂氣，有幾分相似。他苦等小龍女十六年，鬱積無可發洩，他替郭襄做生日，有點向小龍女大叫的意思：「小龍女，我等了你十六年，你還不來，我在給別個可愛小姑娘做生日了！」旁人要恥笑，楊過怕甚麼？他怎麼會怕？他又不是你！

讀偵探小說，要理智地讀，推想犯罪者的心理，從偵探的角度，追尋線索，設想各種可能的情景，再用證據去證實或推翻設想。

讀武俠小說（《鹿鼎記》是例外），要熱情洋溢地讀，跟隨熱情、正直而衝動的角色，了解他做熱情的事，做正直的、不違自己良心的事，不自私自利，不要老是計算是不是有好處、有利益，應當時常想著應該還是不應該？

《神鵰俠侶》的第三版在修改七次之後，寄到北京，張紀中先生把修改稿拿給陳墨先生去看，陳先生寫了很長的意見給我（那時我在澳洲墨爾本），我請臺北遠流公司將第七次改後的定稿暫停上機印刷，再快郵寄給我，我又花了兩個月時間，重新再修改一次，將歐陽鋒臨死的情形、金輪國師的內心、公孫止的深沉、小龍女與楊過在古墓中的純情相處等等，重新寫過，似乎可以提得高一點。甚至陳先生的女兒陳小墨小姐（她還在讀書，可能是中學生），也提出了一個有價值的意見（我也採用了）。我本來加了大段文字，敘述「九陽眞經」的來歷，可說是大發奇想，陳先生認爲是「蛇足」（他說得極客氣，但意思便是說「蛇足」），我仔細考慮，覺得確是蛇足，便全部刪去了，覺得刪去後藝術上好些。古人說：「益者三友，友直、友諒、友多聞。」我覺得益友還可再加一項：「友聰明」，「聰明」與「多聞」並不相同。（陳墨兄曾堅決要求，「後記」中不可提他名字，但對幫助了我的人必須感謝，既是爲人之道，又是國際通例，因此書此誌謝。但爲尊重陳兄意願，中國內地版中此段刪去。）

二〇〇三、一、九

二〇〇三、九、一

神鵰俠侶(大字版) / 金庸作. -- 二版.
-- 臺北市：遠流, 2017.10
冊； 公分. -- (大字版金庸作品集；17–24)

ISBN 978-957-32-8094-1 (全套：平裝).

857.9 106016637

鏞